KB052937

샤를로테의
고백

샤를로테의 고백

초판 1쇄 발행 2021년 7월 31일

지은이 조영미
펴낸이 정혜윤
디자인 김미영, 김윤남
펴낸곳 SISO

주소 경기도 고양시 일산서구 일산로635번길 32-19
출판등록 2015년 01월 08일 제 2015-000007호
전화 031-915-6236
팩스 031-5171-2365
이메일 siso@sisobooks.com

ISBN 979-11-89533-75-5 03800

샤를 로레의 고백

조영미 소설

siso

하루하루 멀어져 갑니다. 머물러 있는 청춘인 줄 알았는데요…. 멀리서 보면 한없이 반짝이는 것도 막상 그 안에서는 알아차리지 못할 때가 있습니다. 제겐 그때가 바로 20대, 인생의 푸른 봄이라 일컬어지는 청춘의 시기였습니다. 당시의 저는 그 시기를 즐기기보단 '88만 원 세대'라는 말에 지레 겁을 먹었고 진로와 연애에 대한 고민을 가득 안고 힘들게 살아갈 뿐이었습니다.

어느 시대에나 청춘들은 중요한 과제를 부여받습니다. 그중 빼놓을 수 없는 것이 바로 청춘사업, '사랑'입니다. 그렇다면 우리가 사랑에 빠지는 이유는 무엇일까요? 인터넷이 발달하며 온라인으로만 인연을 맺게 되는 사람들이 많이 생겨나는 시대의 우리는, 얼굴도 모르는 사람을 생각하며 두근거리는 마음에 사랑이라는 이름을 붙이기도 했습니다. 오랜 시간 가까이 생활하면서도 진솔한 마음 한 가닥 표현하기 어려운 관계가 있는가 하면 얼굴도 모르는 누군가의 앞에서 무장 해제된 속마음을 쏟아낼 때도 있습니다. 누군가에게 속마음을 털어놓을 때, 누군가의 목소리에 나도 모르게 집중하고 있을 때, 그 누군가를 떠올리는 마음은 무엇보다 강렬한 진심일 수 있습니다.

이 소설은 '20대의 저와 30대의 제가 함께 쓴 글'입니다. 20대 때 블로그에 실제로 남겨 놓았던 글을 인용해 당시의 시대상과 20대의 감성을 최대한 담아내려 했습니다. 이 소설을 읽으며 기억의 저편으로 물러난 여러분의 청춘도 다시 소환해 볼 수 있기를 바랍니다. 그리고 오늘을 살아갈 수 있는 힘을 얻을 수 있기를 응원합니다. 우리의 청춘은 지금도 진행 중이라고 믿으며 당신에게 이 소설을 전합니다.

목
차

생애 첫 벚꽃놀이

\#

샤를로테 2007.4.9. 20:36

레오님, 안녕하세요. 이웃이 된 지는 오래됐는데 인사가 많이 늦었네요. 제 블로그에 자주 와주시고 댓글 남겨주셔서 늘 감사하게 생각하고 있습니다.

레오님 어떤 분이신지 궁금해서 블로그 살펴보았는데 동물을 좋아하신다는 것 말고는 잘 모르겠어요. 저는 서울에 살고 있는 대학교 3학년 학생이에요. 오늘 하루도 즐겁게 마무리하세요~^^

레오 2007.4.12. 21:44

로테님 안녕하세요. 레오라고 합니다. 방문한 지는 좀 되었는데 인사는 처음 나누네요. 저는 부산에 살고 있고 대학교 4학년이에요. 동물 관련한 공부를 하고 있어요.

샤를로테님 닉네임은 〈젊은 베르테르의 슬픔〉에 나오는 그 샤를로테인가요?

제 블로그에는 별로 재미있는 게 없죠? 로테님 블로그 재미있게 잘 보고 있어요. 앞으로도 많이 올려주세요~

샤를로테 2007.4.12. 21:47

네, 맞아요~ 제가 롯데월드 옆에 살거든요. 이유가 되려나요? 어쨌든 저는 샤를로테입니다. 레오님은 왜 레오님이에요?

레오 2007.4.12. 21:49

밀림의 왕자 레오 안 보셨어요? 밀림의 왕이 되고 싶은 레오요. 추억의 만화죠. 어릴 때 엄청 좋아했던 만화인데 이제는 기억이 가물가물 해요. 시간이 지나면 이렇게 다 희미해지는 걸까요? 그래도 레오를 좋아하던 그 시절 기억하고 싶어서 닉네임을 레오라고 지어봤어요. 거의 실시간이네요.

당산역 4번 출구

에서 6시

같은 서울이라고 해도 영지가 사는 곳과 당산역은 정반대 편이라 한 시간 전에는 출발해야 했다. 돌고 도는 2호선 열차의 어느 방향으로 탈까 생각하다가 평소 등교할 때와는 다른 방향을 선택했다. 일요일 저녁의 만원 지하철이었다. 어디에 서느냐에 따라 1시간의 운명이 달라질 것이라 생각

12

한 영지는 자리에 앉아 있는 사람들을 쭉 한 번 훑어본 후, 흰색 원피스에 청재킷을 입고 손거울을 보며 립스틱을 바르고 있는 또래의 여자 앞에 섰다. 여자는 거울에 비치는 얼굴을 보며 이런저런 표정을 지어보였다. 누군가에게 예쁜 표정을 보여주려고 연습하는 것 같아 영지는 살짝 부러운 마음이 들었다. 여자는 예상대로 삼성역에서 내렸다. 영지는 묵직한 검정색 배낭을 어깨에서 내리고 자리에 앉으면서 이런 계절에는 코엑스 실내 데이트보다 꽃구경을 가는 게 더 낫지 않을까 생각했다. 책을 꺼내려고 가방 지퍼를 열었을 때 봉지 안에 있는 김밥 냄새가 고소하게 풍겨 나왔다.

음악을 끄고 책에 집중하려는 생각으로 영지는 주머니에서 하얀색 MP3를 꺼냈다. 종료 버튼을 누르려다가 음악 목록을 쭉 훑어봤다. 지난달에 좋아하는 노래를 가득 넣었지만 벌써 질려버린 느낌이 들었다. 전원을 끄고 다시 주머니 속에 넣으려는 순간, 휴대폰에서 진동이 울렸다.

언니, 미안나
10분 정도 늦어

민주의 메시지였다. 영지는 오늘도 친구들을 기다려야 한다는 사실에 조금 짜증이 났다. 해미라도 빨리 도착했으면 하는 마음에 문자메시지를 보냈다.

해미야, 어디쯤 왔
어? 민주는 늦는대

곧바로 도착한 해미의 답을 확인한 영지는 또 한번 시무룩해졌다.

영지, 미안 나 좀
늦을 것 같은데
얼른 갈게

그렇게 휴대폰 메시지함을 열었다 닫았다 하는 동안 생각보다 빨리 당산역에 도착했다. 학창시절에도 지각하지 않고 일찍 오는 친구가 사실 집이 가장 먼 경우가 종종 있었다. 반대로 교문 앞에 살면서 밥 먹듯이 늦는 경우를 많이 봤던 것도 같다. 영지는 오늘이 딱 그렇다고 생각했다. 한 시간도 전에 나와 김밥까지 사왔는데 가까이에 사는 친구들이 늦는다니 억울한 마음까지 들었다.

어쨌든 오늘은 영지의 생애 첫 벚꽃놀이 날이다. 스무 번이 넘는 봄을 지나는 동안 벚꽃을 많이 봤을 텐데 왜 하나도 기억이 안 나는지, 이번 봄의 벚꽃이 태어나서 처음으로 보는 벚꽃처럼 느껴졌다. 그런데 이런 생각을 지난겨울에도 했던가. 눈 내리는 풍경을 처음 보는 것만 같다고. 영지는 스스로가 기억력이 좋은 편이라고 생각하는데 계절이 바뀔 때마다 풍경을 낯설게 느끼는 점이 의아했다. 그래서 올해의 벚꽃은 꼭 기억하고자 오늘 밤에는 블로그에 일기를 써야겠다고 생각했다. 그러면 올해의 벚꽃을 분명히 기억할 수 있겠지? 오늘은 벚꽃 구경을 한 즐거운 이야기를 반드시 남기리라.

민주는 여의도 벚꽃놀이를 즐기는 팁이 당산역에서 출발하는 거라고 했다. 작년엔 여의도에서 출발했더니 너무 복잡해서 꽃보다 사람을 더 많이 본 것 같다며 올해는 당산역에서 만나자고 했다. 지하철을 갈아타지 않아도 되므로 영지에게도 반가운 제안이었다. 작년에 민주와 해미는 둘 다 연애를 하고 있어 남자 친구랑 벚꽃놀이를 다녀왔지만 올해 는 솔로인 세 사람이 함께하게 되었다.

개찰구를 통과한 영지는 인파에 놀라 정신없이 사방을 둘 러보았다. 사람이 많은 토요일을 피해 일요일로 약속을 잡 았는데도 이 정도라니, 모든 사람들이 당산역에서 내린 것 같았다. 영지는 약속대로 4번 출구로 나갔다. 꽃 피는 4월이 건만 저녁 공기는 차디차기만 했다. 흰색 스웨터에 남색 점 퍼를 입은 영지는 점퍼의 지퍼를 목 위까지 올렸다. 주위에 짧은 치마를 입고 지나가는 여자들을 보며 정말 대단하다고 생각했다.

그때 또래로 보이는 커플이 영지에게 디지털카메라를 건 네며 부탁했다.

"저, 죄송한데요. 사진 한 장만 부탁드려도 될까요?"

카메라를 손에 든 영지는 당산역 4번 출구를 배경으로 커 플의 사진을 찍었다. 하나 둘 셋! 가로로 한 번, 세로로 한 번 셔터를 눌렀다. 남자에게 팔짱을 낀 여자는 터져 나오는 행 복을 숨기지 못하는 모습이었다. 사진을 확인한 여자는 만족스러운 표정을 지으며 높은 톤으로 감사 인사를 전했다. 멋쩍어진 영지는 고개만 숙여 인사했다. 뒤에서 영지를 부르는 소리가 들렸다.

"언니!"

민주였다. 재수해서 대학에 입학한 영지와 해미와는 달리 민주는 바로 입학해서 한 살 어렸다. 순천에서 온 민주는 영등포에 있는 친척 집에서 살고 있다. 영지는 민주가 동생이라고는 하지만 어른스럽다는 생각을 자주 했다.

"늦어서 미안. 해미 언니 한 정거장 남았대. 여기도 사람 많다."

"그러게. 일찍 왔다가 커플의 추억을 남겨줬다."

영지가 민주를 보며 씨익 웃었다.

"저 커플은 왜 지하철역을 배경으로."

"저 커플, 오래오래 당산역 4번 출구를 기억할 거야."

장난스러운 영지를 보며 민주도 웃음을 터뜨렸다.

"근데 오늘 춥다. 옷 좀 더 껴입고 나올 걸."

"그러게, 저녁 되니까 춥다. 겨울인지 봄인지……."

"에이, 그래도 겨울에 비할 건 아니지. 언니 윤중로 안 와봤다고 했지? 오늘도 사람 엄청 많겠네."

서울 토박이 영지는 서울에 안 가본 곳이 많았다. 고등학교 때는 친구를 만나면 주로 잠실이나 코엑스였고, 대학생이 되어 대학로에 다니기는 했지만 그 외의 지역은 아직도 거의 가보지 못했다. 반면 순천에서 온 민주는 서울 곳곳을 알차게 구경하면서 대학 시절을 보내고 있었다. 1학년 때부터 연합동아리에서 만난 남자 친구를 사귀기 시작해 올해 초 헤어지기 전까지 이곳저곳을 다니며 데이트했기 때문에 웬만한 곳은 다 가봤다고 했다. 영지는 그런 민주가 부럽기도 했다. 민주가 남자 친구에게 차였다고 했을 때는 내심 반가운 마음도 있었다.

그때 저 밑에서부터 해미가 계단을 뛰어 올라왔다. 갈색으로 염색한 그녀의 긴 머리가 바람에 휘날렸다. 늘 밝고 활발해서 주위에 웃음을 주는 친구.

"늦어서 미안."

헉헉대며 미안해하는 해미의 모습에 둘은 웃어버렸다.

민주는 익숙한 듯이 윤중로로 향하는 길을 안내했다. 셋이 함께하는 자리에서 서울을 안내하는 역할은 언제나 민주차지였다. 이렇게 길눈이 밝은 친구와 함께하는 것은 꽤 든든한 느낌이었다. 강변의 벤치를 지나려는데 해미가 양손으로 영지와 민주의 소매를 잡으며 멈췄다.

"얘들아, 배고프지 않아?"

영지가 가방끈을 내리면서 대답했다.

"어쩐지 가방이 무겁다 했어."

해미는 의도가 달성된 듯 환하게 웃었다. 가방에서 김밥을 꺼내는 영지를 향해 해미가 양 손바닥을 예의 바르게 펴면서 콧소리를 가득 실어 고마운 마음을 전했다. 김밥 하나를 입 속에 넣은 해미는 자신의 오른손에 들린 김밥 한 줄의 크기를 눈으로 재어 보더니 혼잣말처럼 오물거렸다.

"근데 우리 이걸로 배가 찰까?"

"언니는 다이어트 한다며?"

움찔하는 해미 모습에 모두 크게 웃었다. 순식간에 김밥의 높이가 점점 낮아졌다. 해미가 은박지를 동그랗게 뭉치면서 아쉽다는 투로 말했다.

"우리 다음에는 맛있는 거 먹자. 김밥도 맛있지만."

민주가 마치 언니처럼 다독였다.

"그래. 그런데 오늘 같은 날 이 주위에 식당 가면 줄만 길고 가격은 비싸고 그러니까."

영지가 물을 한 모금 들이켜고 해미를 바라보며 말했다.

"해미야, 맛집 찾아봐. 우리 내년엔 꼭 맛있는 거 먹자."

"그러면 내년에도 남자 친구 없이 우리끼리 벚꽃놀이 오는 거야?"

민주의 예리한 질문에 영지와 해미 둘 다 절레절레 고개를 가로저었다. 잠시 후 해미는 은근슬쩍 눈치를 보더니 조심스럽게 입을 열었다.

"나, 어쩌면, 은성 오빠랑 다시 사귈 수도 있어."

영지는 그저 눈이 동그래져서 해미를 바라봤고, 민주는 한 손으로 뭉치고 있던 은박지에 힘을 주며 말했다.

"뭔 소리야? 은성 오빠 회사 다니느라 바빠서 언니 만날 시간도 없다며!"

"어, 그랬는데 엊그제 갑자기 전화 왔더라. 이제 입사한 지 좀 지나서 여유가 생겼대. 내 생각이 많이 난대. 정말 후회한다고, 오늘은 근무하니까 내일 만나자고."

민주가 한숨을 푹 내쉬더니 물었다.

"언니, 은성 오빠 다시 만날 생각 있었던 거야?"

"그런 생각 절대 없다고 믿고 있었는데, 오랜만에 오빠 목소리 들으니까 나도 보고 싶더라."

"언니가 많이 좋아하긴 했구나."

"내 평생의 첫 남자 친구니까?"

은성 오빠 이야기를 하면서 얼굴이 붉어지는 해미를 바라보던 영지도 조심스럽게 말을 건넸다.

"나는 잘 모르지만 응원할게!"

영지는 이어서 물을 한 모금 마시더니 체념한 듯 말했다.

"아, 그럼 내년엔 맛집이고 뭐고 나 혼자 벚꽃놀이 할 수도 있겠다."

"에이, 안 그래. 남자 친구 생겨도 우리 같이 올 거야. 그렇지 민주야?"

"이래 놓고 영지 언니가 제일 먼저 연애 시작하는 거 아냐?"

잠시 입 속에 물을 한가득 물고 있던 영지는 천천히 삼키고 나서 다시 입을 열었다.

"너네 혹시 2말3초라는 말 들어봤어?"

"그게 뭐야? 야구 2회 말 3회 초 이런 건가?"

엉뚱한 대답을 하는 해미가 귀엽다는 듯이 바라보며 영지가 말을 이어갔다.

"학교 커뮤니티에서 봤는데 2학년 말, 3학년 초까지 연애를 못하면 대학교 생활에서의 연애는 없다는, 그런 용어인가 보더라고."

해미는 영지의 어깨를 슬쩍 밀면서 말했다.

"에이, 그런 게 어디 있어."

"사실상 이번 1학기 지나면 우리도 이제 취업 준비해야 될 테니까."

"언니, 정 안 되면 2학기에 세준 오빠 복학하지 않아?"

민주가 영지 쪽으로 시선을 돌리며 물었다. 이전에도 여러 번 그랬던 것처럼 익숙한 태도로 영지는 세준의 얘기에 발끈했다.

"정세준이랑은 진짜 그런 사이 아니야."

"세준 오빠 정도면 솔직히 괜찮지 않아? 언니는 눈이 너무 높아."

재수학원에 다닐 때 같은 반이었던 세준과 영지는 우연히 같은 과에 입학을 했다. 내성적인 성격의 영지가 대학생활에 적응하는 데 세준이 많은 도움을 준 것은 사실이었다. 하지만 10대 때부터 알고 지내서인지 만날 때마다 가장 싫어하는 별명으로 자신을 부르는 세준을 영지는 남자로 바라본 적이 없었다. 영지는 고개를 도리도리하며 말을 이었다.

"정세준 같지만 않으면 사귈 수 있을 것 같아."

민주는 영지 쪽으로 아예 몸의 방향을 틀어 이전보다 조금 커진 목소리로 말했다.

"언니, 세준 오빠 같은 사람도 잘 없어. 내가 동아리도 하고 소개팅도 많이 해봤잖아."

"그래, 영지야. 세준이 정도면, 착하고 외모도 괜찮고."

입 속에 공기를 가득 불어넣은 영지는 불만 가득한 표정을 지었다. 민주는 어른스럽게 웃더니 영지를 가볍게 치며 말했다.

"언니, 올해는 꼭 모솔 탈출하기를!"

"그래, 영지야. 눈을 조금 낮춰 봐."

둘의 응원과 위로에 표정이 한결 풀렸던 영지는 문득 바라본 한강변에 죄다 커플인 걸 발견하고는 조금 더 마음이 무거워졌다.

윤중로에는 벚꽃이 많았고 나무에 초록색, 파란색, 빨간색 등 다양한 불빛이 비친 모습은 환상적인 분위기를 자아냈다. 과연 벚꽃의 대표 명소다운 모습이었다. 사람들을 피해 조심스럽게 걷던 해미가 말했다.

"여기 너무 예쁘다! 벚꽃이 이렇게 아름다운 거였다니."

"헛, 해미 언니도 윤중로 처음이야?"

"은성 오빠는 사람 많은 데 다니는 거 별로 안 좋아하잖아."

둘의 대화를 잠자코 듣고만 있던 영지는 여의도에 벚꽃보다 사람이 더 많은 것 같다고 생각했다. 집 가까운 공원이나 둘러볼 걸 괜히 여기까지 온 것 같다는 후회마저 들었다. 점점 더 차가워지기만 하는 바람이 목 위까지 올린 지퍼 사이로 스며들어 마음까지 쓰라리게 하는 것 같았다. 벚꽃은 그저 그대로 파란 하늘 아래 있을 때가 가장 예쁘다며 바닥에서 나오는 인위적인 불빛에까지 원망스러운 마음이 들었다. 세 사람은 이리 밀리고 저리 밀리다가 커플들의 사진만 잔뜩 찍어줬다.

또다시 혼자 돌아오는 지하철에서 영지는 습관적으로 하얀색 이어폰을 귀에 꽂고 있었지만 무슨 음악이 나오는지도 알 수 없었다. 영지를 기다리고 있던 엄마는 벚꽃구경 이야기를 궁금해 했지만 영지는 너무 피곤하다는 대답만 하고 방으로 들어왔다. 샤워를 하고 계획대로 블로그에 접속했다. 올해는 분명히 벚꽃을 봤다고 기쁜 마음으로 흔적을 남기고 싶었는데 텅 빈 글쓰기 창을 채우려니 막막하기만 했다. 벚꽃 사진을 한 장도 찍지 않았다는 사실을 이제야 깨달았다. 그래도 내 블로그니까 그냥 지금 느끼는 대로의 마음을 남기면 되겠지 하는 생각에 한 글자씩 키보드를 두드리기 시작했다.

 # 떨어지는 벚꽃처럼   2007.4.8. 22:43

혼자라고 해서 외로운 것은 아니다.
오히려 외로움이란 사람들과 관계를 맺고 있는 시간 속에서 내면을 파고들었다.

그럴 때가 있다. 가끔씩.

친구들과 여느 때처럼 수다를 떨고 있으면서도,

밤늦게 집에 들어왔을 때 가족들이 반갑게 맞아주어도,

겉으로는 애써 웃으면서 평소처럼 행동하지만

왠지 모르게 자꾸만 외로운 것 같은 기분이 들 때,

가깝게 지내는 사람들마저도 진짜 나를 몰라주는 것 같아서 섭섭

할 때,

(하긴 나도 나를 모르겠는데 누가 나를 알겠냐마는…)

평소와 똑같은 시간을 보냈는데도

뭔가 미친 듯이 외롭고 쓸쓸해서

역시 나에게는 나밖에 없는 것 같다는 생각에 나 자신을 꼭 안고

토닥여주고 싶을 때,

아무것도 안 하고 방구석에서 몇 시간이고 혼자 앉아있고 싶을 때,

뭔가 내 생활이 만족스럽지 못한데

그럼 나는 어떤 생활을 바라고 있는 것인지 모를 때,

이런 감정은 남자 친구가 생긴다고 해도 없어질 것 같지 않다.

모든 사람이 가끔씩 이런 감정을 느끼지만 숨기고 살아갈 뿐일까.

아니면 나라는 사람만이 유난히도 복잡하고 우울해서 나에게만

이런 날이 있는 걸까.

나도 좀 단순하고 쿨하면 좋을 텐데.

겉으로만이 아닌 내면까지 그저 단순하고 쿨한 사람이 있기는

할까.

가끔씩 이런 기분이 들 때면

나는 그동안 어떻게 살아온 것일까,

나의 문제는 도대체 무엇일까,

아무리 생각해도 답이 안 나오는 많은 질문들 때문에 힘들어진다.

오늘의 감정은 마치 떨어지는 벚꽃 같다.

자유 2007.4.8. 22:53

너 이거 뭐야? 왜 신나게 벚꽃놀이 다녀와서 이런 걸. 오늘이 그랬어? 알아주지 못해서 미안해. 너무너무 미안해.

럭키 2007.4.8. 22:56

토닥토닥. 기운 내세요. 토닥토닥~~ 군중 속의 고독과도 같은 것인 듯해요.

로테님 말대로 누가 얼마나 있느냐의 문제가 아니라 소통과 이해의 문제 같아요. 그런데 어찌 보면 소통과 이해라는 것이 가장 힘든 것인 것 같기도 하고요.

로테님 아자아자 파이팅입니다~~~!!

하늘라기 2007.4.8. 23:00

저도 이럴 때 있어요. 특히 친구들이랑 신나게 떠들다가 혼자 집으로 돌아올 때? 로테님 말대로 괜히 외롭고 쓸쓸해져요. 로테님 말처럼 이런 건 남친 생겨도 똑같이 그럴 거예요. 그냥 고독을 씹을 수밖에 없어요.

파란향기 2007.4.8. 23:01

너무 신나는 일을 겪고 나면 가끔 겪는 우울~ 저도 그래요.

그냥 즐기세요. 전 그럴 때 차라리 펑펑 울고 나면 한결 다시 밝아지더라고요.

힘내실 거죠? 힘내세요!

그리미 2007.4.8. 23:03

그래서 오늘 그렇게 말이 없었던 건가? 힘내삼~

레오 2007.4.8. 23:23

뭐예요. 저랑 똑같잖아요. 나중에 술이나 한 잔 해요.

오동동 2007.4.8. 23:30

다 그렇죠. 정말 군중 속의 고독이네요. 사실 혼자여도 외로운 건 마찬가지예요. 다만 그 외로움을 어떻게 극복하느냐가 중요하지 않을까요?

거북이 2007.4.9. 00:02

누구나 혼자예요. 힘내요.

열두 시가 넘어 다시 확인한 블로그에는 무려 8개의 댓글이 달려 있었다. 누군지도 모르는 사람이 올린 글을 정성스럽게 읽고 위로해주는 이웃들에게 감동받은 영지는 마음이 따뜻해지는 것 같았다. 함께 벚꽃놀이를 다녀와서 이런 글을 남겼는데 오히려 자신이 미안하다고 하는 해미에게는 정말 크게 미안함을 느꼈다.

힘내자. 또 한 주 시작이다. 어두운 방에 누운 영지는 댓글들을 반복해서 떠올리며 마음을 다독였다. 오늘은 왠지 벚꽃이 나오는 기분 좋은 꿈을 꿀 것 같다.

영지가 블로그를 시작하게 된 데에는 민주의 영향이 컸다. 일기 쓰는 것을 좋아하는 영지는 미니홈피의 작은 공간에 답답함을 느꼈다. 그때 민주가 비밀스럽게 추천해준 게 바로 블로그였다. 일단 미니홈피보다 공간이 크고 닉네임으로만 활동하기 때문에 개인 정보를 드러내지 않아도 되며 소통하는 이웃이 생기는 것도 재미있다고 했다. 그래서 들어가 본 민주의 블로그에는 고등학교 때부터 써놓은 몇 년치의 기록이 고스란히 남아 있었다. 블로그 속 민주의 모습은 실제로 알고 지내던 것보다 더 멋지고 그럴듯해 보였다.
그렇게 영지가 블로그를 시작했고, 이어서 해미도 시작했다. 셋은 온라인 공간에서 소통하며 더욱더 가까워졌다. 영지의 블로그를 찾는 사람은 많지 않았지만 영지는 조금씩 그 공간에 익숙해지며 글을 남기기 시작했다. 블로그를 한다고 하면 친구들은 '주제'가 뭐냐고 물어봤지만 영지에게 딱히 주제라는 것은 없었다. 그때그때 올리고 싶은 것을 마음껏 올렸으니 주제라면 '나'일까. 포토샵을 공부하며 너구리 얼굴을 마우스로 그려 올리기도 했고 자신의 얼굴을 합성하여 축구 선수 앙리와 어깨동무한 사진을 만들어 올리기도 했다. 한번은 텔레비전에서 왼쪽 얼굴과 오른쪽 얼굴에 관한 이야기를 보고 왼쪽 얼굴을 양쪽으로, 오른쪽 얼굴을 양쪽으로 붙여넣기한 사진을 올려 민주와 해미의 폭발적인 반응을 불러일으키기도 했다. 대체로 사람들은 왼쪽 얼굴이 더 갸름하고 예쁘다는데 자신에게도 그러한 경향이 적용된다는 것이 신기했다.

몇 달이 지나면서 영지에게도 자연스럽게 이웃이 여러 명 생겼고 댓글과 안부 글을 통해 가끔씩 소통하게 되었다. 어제 포스트의 댓글에 답을 달기 어색했던 영지는 직접 그들의 블로그에 방문하는 것으로 고마움에 보답하기로 했다.

럭키라는 이웃은 언제부턴가 등장해 길게 댓글을 남겨주었다. 하지만 인사를 제대로 주고받은 적은 없어 어떤 사람인지 알 수 없었다. 남자인지 여자인지도 알 수 없었다. 말투를 보면 여자 같은데 여자 연예인을 주로 좋아하는 걸 보면 남자 같기도 했다. 빨간 모자를 쓴 소녀 퍼스나콘을 사용했고, 블로그에는 연예인과 영화 사진이 가득했다. 영지는 최근 포스트에서 김연아 사진을 발견하고는 우리나라 국민들이 김연아 선수를 보고 느끼는 일반적인 감정을 댓글로 남겼다. 지난달 도쿄 세계피겨선수권대회 1위. 영지 역시 처음으로 관심 가지게 된 빙판 위 공연이었다. 경쟁을 하는 운동 경기라고는 믿기지 않을 만큼 아름다운 무대였다. 유난히도 작은 얼굴에 팔다리가 길쭉길쭉한 김연아 선수는 정말 예뻤다.

하늘라기는 북카페에서 만난 한 살 언니였다. 실명과 나이까지 서로 알고 있지만 여전히 닉네임으로 부르며 존댓말을 쓰고 있다. 자주 왕래하지는 않아도 가끔씩 어제와 같은 댓글로 감동을 주고는 했다. 영지는 블로그에 가득한 신간 도서 소개 스크랩을 보며 어디에 글을 남겨야 할지 고민하다가 그냥 창을 닫았다.

파란향기라는 이웃은 항상 정성스러운 분이었다. 블로그에 방문할 때마다 꽃 사진과 함께 안부 글과 댓글을 길게 남겨주었다. 풍부한 독서량을 바탕으로 따뜻한 마음을 갖고 있는 듯 격려와 위로를 잘해주었다. 이분이 쓴 글을 볼 때마다 영지는 배울 점이 많다고 생각했다. 화분 관련 포스팅을 쭉 보다가 별 의미 없는 댓글을 달았다. 진심을 담아 소통하는 일이 아직은 어렵게만 느껴졌다.

오동동은 재수생이라고 했다. 영지는 이 정도로 글을 쓸 수 있는 재수생이라면 좋은 학교를 목표로 하고 있을 거라고 생각했다. 오동동과는 몇 번 대화를 주고받았기 때문에 익숙한 태도로 안부게시판을 열어 4월에도 힘내서 열심히 공부하라는 메시지를 남겼다.

레오라는 이웃은 항상 말이 짧았다. 말투를 보면 무뚝뚝한 남성분이라는 느낌이 강했다. 그런데 블로그에 거의 매주 동물에 대한 포스트가 업데이트된다는 점이 특이했다. 어느 순간부터 댓글을 남겨주었는데 그 시작이 언제였는지는 기억이 나지 않았다. 영지는 어제 레오의 댓글을 왠지 모르게 반복해서 읽게 되었다. '뭐예요, 저랑 똑같잖아요.'라는 말투가 스스럼없이 가깝게 느껴졌다. 어디 사는 누군지도 모르는데 술이나 한 잔 하자니 웃음이 나왔다. 고마움의 흔적을 남기고 싶은데 어디에 어떻게 인사를 남겨야 할지 어려워 고민하다가 처음으로 안부게시판을 열었다.

며칠 뒤에야 달린 레오의 답글에 댓글을 달며 영지는 아직 한 번도 가보지 못한 도시 부산에 대해서, 동물 관련한 공부가 어떤 건지에 대해서 이것저것 궁금한 점이 많이 떠올랐다. 안타깝게도 밀림의 왕자 레오라는 만화를 본 적은 없었다. 레오의 답에 이어서 질문을 쓰다가 '거의 실시간이네요.'라는 문장을 다시 읽어보고는 백스페이스 바를 눌러 지워버렸다. 친구들은 데이트를 하고 있을 이 시간에, 집에서 이렇게 인터넷만 하고 실시간으로 댓글을 달고 있는 게 스스로 괜히 민망했다. 그러고 보니 '샤를로테'라는 닉네임을 쓰면서 이에 대한 질문을 처음 들었다는 사실을 깨달았다. 영지는 어릴 때부터 별명 짓기가 가장 어려웠다. 그렇다고 실제 별명인 '이영자'라고 닉네임을 붙이고 싶지는 않았다. 예전에 학교 커뮤니티에서 '롯데'라는 그룹명이 대표가 문학소년 시절 좋아했던 소설 〈젊은 베르테르의 슬픔〉에 나오는 여인 샤를로테의 이름에서 유래했다는 말을 얼핏 본 적이 있었는데 그저 그 이름이 예뻐 보였다면 솔직한 이유일까. 그리고 마침 10년 넘게 롯데월드 옆에 살고 있으니까 꽤 잘 어울리는 닉네임이라고 생각했다.

어떤 공간에서 오랫동안 시간을 보낸다는 것은 스스로도 인지하지 못하는 사이에 엄청난 영향을 끼치게 된다. 어려서부터 길을 오가며 매일같이 본 너구리 동상의 이미지는 영지에게 지울 수 없을 정도로 각인되어 눈을 감아도 그릴 수 있을 정도가 되었다. 또, 호수에 섬처럼 떠 있는 놀이공원의 알록달록한 이미지는 닿을 듯 말 듯한 이상처럼 느껴졌다. 바라는 일이나 갖고 싶은 게 생기면 영지의 머릿속엔 그 놀이공원의 이미지가 떠올랐다.

영지가 기억할 수 있는 범위 내에서 부모님은 늘 생계를 이어가기 위해 발버둥치고 있었기 때문에 그 외의 것은 떠올릴 만한 여유도 없었다. 그런 이유로 아직 여행이라는 것을 제대로 해본 적도 없었지만 다른 사람들이 사는 세상도 접해보고 싶다는 생각을 막연히 하곤 했다. 사람이 사는 거야 어디에서나 비슷하겠지만 그들을 둘러싼 배경이 어떻게 다른지, 사람들에게 그 영향이 어떻게 미칠지 궁금하다며 여행 가고 싶은 이유를 혼자 만들어보기도 했다. 책에서 읽고 머릿속으로 상상하는 것과 실제 모습에는 큰 차이가 있을 테니까. 국내여행을 한다면 우리나라 제2의 도시인 부산에 먼저 가보고 싶다고 생각했는데 레오가 마침 그곳에 살고 있다는 대답을 듣고는 더욱 궁금한 마음이 들었다.

화창한 일요일, 늦게까지 시험공부를 하다가 잠든 영지는 대낮이 되어서야 겨우 눈을 떴다. 이마에 빨갛게 난 여드름 하나가 한껏 부풀어 자꾸 손이 갔다. 책상 위 동그란 거울에 여드름을 비추어 보다가 그래도 고등학교 때에 비하면 아무것도 아니라는 생각이 들었다. 실제로 20대에 들어서고 어느 순간부터 여드름이 사라지고 있었다. 가끔 하나씩 이렇게 속을 썩이지만. 어쩌면 나이를 먹는다는 건 이렇게 여드름이 하나씩 사라져가는 것일까. 그러면서도 지난날을 완전히 잊지는 말라고 하나씩 나타나는 것일까.

 # 나이 먹었다고 느낄 때 2007.4.15. 13:36

며칠째 이마에 여드름 하나가 몹시 거슬립니다. 앞머리로 가리면 안 보이지만 은근히 신경이 많이 쓰여요. 그러다가 고등학교 시절을 떠올리니 이게 어디냐 싶더라고요. 그때에 비하면 여드름 하나 정도야. 이런 게 나이를 먹는 걸까 싶어서 오늘은 나이에 관한 글을 써보기로 했어요.

본격적으로 나이 먹었다고 느낄 때에 대한 이야기를 시간과 공간으로 나누어 써보려고 해요.

ㅡ 시간

초등학교, 중학교 때는 보통 3시면 수업이 끝났죠. 중학교 때는 일주일에 한 번 정도 7교시를 해서 4시에 끝났는데 이런 날에는 수업이 늦게 끝났다는 이유를 대며 저녁에 놀기를 부담스러워했던 것 같아요.

어릴 땐 학교 끝나고 근처에서 놀다가 어두워져서 집에 들어갈 때면 위험한 것 같다, 너무 늦었다, 왜 이때까지 놀았지 이런 생각으로 마음이 조급해졌던 기억이 나요. 단순히 어두워졌다는 이유만으로.

고등학교 때도 서울에는 야자가 없었기 때문에 수업이 세 시면 끝났어요. 세 시에 수업 마치고 종례도 안 하는 날 제일 먼저 학교에서 나갈 때의 기쁨이란! 벌써 끝났냐면서 경비 아저씨가 문을 열어줄 때도 있었어요.

생각해보면 고등학교 때까지는 하루를 짧게 봤다고 해야 하나? 저녁 6시만 되면 하루가 끝났다는 느낌이 들었던 것 같아요. 일찍 잤으니 그랬을까요?

그런데 요즘은요. 시작이 들쭉날쭉한 시간표에 맞춰서 일어나죠. 1시 반에 첫 수업이면 10시 넘어서 일어나고, 대신 아침 8시에 시험 보는 날에는 5시 50분에는 일어나야 해요.
저녁 6시에 수업이 끝나는 날은 일찍 끝나는 날이라고 생각하게 되었고, 다음 날 아침에 수업이 있다고 해도 밤늦게까지 맘 편히 놀 수 있게 되었어요.

11시가 넘으면 엄마가 전화를 계속 하셔서 더 늦게까지 놀 수는 없지만 밤 시간을 활용할 수 있게 되었다는 점에서 시간을 바라보는 시야가 넓어졌다고 할까요? 그런 변화가 있는 것 같아요.

– 공간

저는 대략 10살 때부터 이 동네에서 살았기 때문에 이곳 풍경이
상당히 익숙해요.
매일 지나치기 때문에 심각하게 받아들이지는 않지만 이 동네도
빠르게 변화하고 있습니다.
먹자골목에 식당이 바뀌는 건 흔히 있는 일이고, 얼마 전까지 빽
빽하게 있었던 5층짜리 주공아파트를 다 부수고 재건축 한다고
했던 게 엊그제 같은데 벌써 다 지었어요.
중학교 때 친구들이랑 저녁 여섯 시 즈음, 헤어지기 직전에 앉아
서 이야기하던 횡단보도 앞은 아직도 그대로인데, 그 앞에 있는
은행 이름은 두 번이나 바뀌었어요. 자주 가던 패스트푸드점도
없어졌고, 500원 내고 앞머리 자르던 미용실도 없어졌고, 늦었
을 때마다 열심히 뛰어오르던 지하철역 계단에는 에스컬레이터
가 생겼습니다. 놀이터에는 언제부턴가 운동기구가 가득 들어찼
어요.

과거의 내가 그랬듯이 우리 중학교 교복을 입고 노란 명찰을 달고 신발주머니를 들고 다니는 애들을 볼 때, 예쁘기로 유명했던 우리 고등학교 교복을 입고 동네를 누비고 다니는 애들을 볼 때,

영화나 드라마를 보면 이런 장면에서 과거를 회상하면서 자신의 모습이 떠오르잖아요?
그런데 저는 제 모습은 떠오르지가 않아요.
자신의 모습을 기억하기란 불가능하지 않을까요? 내가 나를 보고 있는 게 아니라서 내 모습을 기억하지 못한다는 게 너무 아쉬워요.
우리는 기억 속 자신의 모습을 떠올리는 게 아니라 주위에 있었던 친구들이나 배경, 들었던 음악, 하고 있던 생각 같은 것들을 떠올리는 거겠죠.

추억이 가득한 공간에 살고 있어서 느끼지 못하고 있을 뿐이지 몇 년 정도 먼 곳에서 살다가 이 동네에 와본다면 눈물 날 정도로 많은 것을 느끼게 되겠죠?

나이 먹었다는 말도 상대적인 거라 시간이 더 지나고 난 후엔, 20
대 중반의 어느 날 블로그에 이렇게 나이 먹었음을 느낀다는 글을
남겼다는 사실도 우스워지겠죠?

이제는 더 나이 드는 게 싫어서 나이 먹는다고 생각하면 조금은
아찔해져요.

나는 그대로인 것 같은데, 나이만 먹었어.
나는 그때나 지금이나 정말 똑같은데
라고 자주 말하지만 곰곰이 다시 생각해보면 저도 많이 달라졌죠.
외면적으로나, 내면적으로나
변하지 않고 살아갈 수는 없잖아요.

역시 이 글에서 제시할 수 있는 결론은 이것밖에 없는 것 같아요.
부디 더 좋은 방향으로 변해가길.
매일매일 나는 모든 면에서 조금씩 발전하고 있습니다.

이렇게 믿고, 하루하루를 열심히 보내자고 또 한 번 다짐합니다.

럭키 2007.4.15. 19:09

로테님은 조금씩 발전하고 계세요. 토닥토닥~~

로테님 말대로 시간이 지나면 기억하게 되는 건 그 당시의 공간이나 풍경이 가장 큰 것 같아요. 이 분위기 그대로 토이의 〈바램〉이라는 노래를 추천합니다. 한번 들어보세요~

오동동 2007.4.15. 19:35

로테님 너무 멋있어요! 하루가 갈수록, 시간이 지날수록, 우리 꼭 좋은 방향으로 변화해요! 저는 주로 저보다 어린 아이들을 보면서 나이 먹었다는 생각을 했어요. 어린 사람들이 자꾸 더 많아지는 것 같아서. 그리고 요즘 애들은 왜 이리 성장이 빠른 건지 저보다 키가 큰 애들을 보면 슬퍼져요.

키요 2007.4.15. 20:06

나이 먹으니까 여드름 돋는 나는 어떻게 된 거지?

자유 2007.4.15. 22:45

로테 너무 멋있다! 주말 동안 시험공부 많이 했어?

자정이 넘은 시간, 영지는 불을 끄고 잠자리에 누워 딱히 볼 것도 없는 휴대폰을 만지작거렸다. 잘 자라는 인사를 듣는다고 해서 정말 잘 자는 것도 아니고, 좋은 꿈꾸라는 말을 듣는다고 해서 정말 좋은 꿈을 꾸는 것도 아니라는 걸 누구보다 잘 알고 있지만 이럴 때는 간단한 메시지 한 통이 그리워진다. 짙은 보라색이 신비롭게 감도는 폴더 폰 뚜껑을 닫자 작은 액정에 파란 색으로 조그맣게 시간이 표시되었다. 영지 방 앞에 있는 소파에 앉아 이승엽의 일본 프로야구를 재방송으로 보고 있던 아빠와 오빠의 말소리가 들렸다. 총을 쐈다느니, 몇 명이나 죽었느니 하는 대화 소리를 들으며 궁금증이 생겼지만 점점 무거워지는 눈꺼풀의 무게를 이기지 못하고 하루를 마무리했다.

다음 날 아침 뉴스는 버지니아 공대에서 총기난사 사건이 일어나 수십 명이 사망했다는 보도로 도배되었다. 한국의 뉴스 속보에까지 실시간으로 보도된 이유는 범인이 한국인이기 때문이었다. 뉴스 화면에는 미국을 배경으로 젊은이들이 영어로 인터뷰하는 장면이 이어졌다. 인종차별을 받으며 힘들어했던 범인은 이 범행을 오래전부터 계획했고 사건 직후 자살했다는 게 주된 내용이었다.

그날 수업에서 교수님들 역시 이에 대한 이야기를 먼저

꺼냈다. 국문학사 수업의 교수님은 이 사건의 범인이 한국인이라 우리나라에서 이를 주목해서 보도하고 있다는 사실을 언급하며 영지를 갸우뚱하게 만드는 발언을 이어갔다. 십 년 넘게 미국에 살았으면 한국인이기보다 미국인에 가깝다는 이야기였다. 근거가 전혀 없는 말은 아니었지만 이기심이 앞선 것 같다는 생각을 하며 영지는 무표정한 얼굴로 고개를 숙였다. 주위 학생들 또한 교수님이 잠시 딴소리를 하는 동안 속닥거리기도 하고 휴대폰을 보기도 하며 어수선한 분위기였다. 강의실 중간에 혼자 앉아 책을 펴고 있던 영지는 시험 범위를 쭉 넘겨보고는 한숨을 내쉬었다.

영지는 수업이 끝나자마자 여느 때처럼 도서관에 갔지만 공부가 되지 않았다. 이 사건에 대한 기사를 더 찾아보고 싶었다. 하나의 사건을 어떤 각도에서 바라보느냐에 따라 기사의 방향은 많이 달랐다. 미국에 있는 한국인들이 보복 행위를 두려워하고 있다는 내용도 있었다. 미국에 있는 친구들이 생각난 영지는 재빨리 이메일을 열어 지은과 수희에게 메시지를 작성했다.

지은과 수희는 영지가 고등학교 3년 동안 건진 보물이었다. 영지는 지은과 대화를 나눌 때마다 진짜 상담을 받는 것 같았다. 상담을 전공하다가 지금은 뉴욕에 어학연수를 간 지은은 배려심 깊은 성격 덕에 어딜 가든 인기가 좋았다. 그래서인지 남자들에게도 고백을 많이 받았다. 영지는 고백을 받았다고 고민을 털어놓는 지은 앞에서 스스로의 모습을 되돌아본 기억이 많았다.

　수희는 영지와 가장 가까이에 사는 편한 친구였다. 그랬던 수희가 달라 보이기 시작한 건 얼마 되지 않았다. 수희가 어학연수를 떠나기 며칠 전이었다. 아쉬운 마음에 수희와 팔짱을 끼고 동네를 산책하던 영지는 우연히 엄마 친구와 마주쳐 인사를 드렸다. 그런데 놀랍게도 수희 또한 엄마친구에게 인사하는 것이 아닌가. 엄마 친구를 어떻게 아냐는 영지의 질문에 수희는 자신의 집에 세 들어 사는 아줌마라서 안다고 했다. 그날 저녁 엄마에게서 수희가 이 동네 꽤 유명한 재력가의 외동딸이라는 사실을 처음 알게 되었다. 순간 영지는 5년 지기 친구인 수희에게 심리적 거리감이 느껴졌지만 개의치 않으려 노력했다.

지난겨울, 약속이라도 한 듯 비슷한 시기에 지은은 뉴욕으로, 수희는 친척이 있는 시카고로 어학연수를 떠났다. 떠나기 전, 지은은 영지에게 내년에 만날 때는 꼭 남자 친구랑 같이 나오라고 말하며 장난스럽게 웃었다. 반면 수희는 영어를 공부해야 하는 것도 부담스럽고 잠시라도 한국을 떠나야 하는 게 싫다며 눈물을 보였다. 하지만 다행히 지난달 마지막으로 온 수희의 편지에는 생각보다 미국 생활이 즐겁고 행복하다는 내용이 쓰여 있었다.

영지는 지은과 수희를 생각할 때마다 지금 위치에서 최선을 다해 살아야겠다는 다짐을 했다. 많은 경험을 하고 멋진 모습으로 돌아올 친구들에게 부끄럽지 않게 이 시기를 알차게 보내야 한다고 마음을 다잡았다.

가까웠던 두 친구를 떠올리게 한 버지니아 공대 총격 사건은 며칠 동안 계속해서 뉴스의 첫 화면을 장식했고 그것과 아무 상관없는 중간고사는 하루하루 더 가까워졌다.

#2

골든 레트리버를 좋아해

\#

샤를로테 2007.5.1. 23:15

레오님 저 엊그제 친구 집에서 프렌치 불도그를 직접 봤어요!
제가 원래 강아지를 그렇게 무서워하지는 않는데 애네는 너무 크
고 무섭더라고요.

레오님 블로그를 보니 제가 엊그제 친구 집에서 죽을 수도 있었던
상황인 거네요! 뒤늦게 더 무서워졌어요.

저는 골든 레트리버를 좋아해요~ 웃는 것 같은 얼굴이 너무나 착
해 보여요.

레오 2007.5.1. 23:43

하하, 프렌치 불도그가 무서우셨어요? 프렌치 불도그뿐만 아니
라 반려견으로 인한 사고가 가끔씩 일어나죠. 산책시킬 때 목줄
은 필수예요.

동물에 관한 취향이 저랑 비슷하시네요. 골든 레트리버처럼 사람
을 잘 따르는 종을 찾기도 어려운 것 같아요. 로테님 말씀대로 웃
는 얼굴 같기도 하고요.

아, 로테님, 소개팅 후기도 기다리고 있을게요.

"중간고사 끝나고 바로 리포트 내라는 건 너무한 거 아니
야?"

"대충 해서 내. 언니는 잘하려고 하니까 스트레스 받는 거
지. 해미 언니처럼 장학금을 한 방에 날려버리는 사람도 있
는데!"

"갑자기 내 얘기가 왜 나와? 속상하니까 말하지 마."

해미의 진심이 담긴 말에 민주는 실수했다는 듯이 혀를
살짝 깨물며 어색한 웃음을 지었다. 해미는 수석 입학생이
었다. 이전 학기 평점이 3.0만 넘으면 졸업할 때까지 연속으
로 장학금을 받을 수 있다는 조건이었다. 그 정도는 쉽게 넘
을 수 있을 줄 알았지만 입학하자마자 첫사랑을 꽃피운 해
미에게는 쉽지 않았다. 일곱 학기 동안의 장학금을 첫사랑
과 맞바꾼 해미의 이야기는 과 내에서 종종 안주거리가 되
었다. 반면에 이도 저도 하지 않았는데 형편없는 학점을 받
은 영지도 스스로의 대학 생활을 돌아보게 됐다. 영지는 아

무엇도 하지 않고 이런 점수를 받은 자신의 모습이 부끄러워 그다음 학기부터 학점 관리를 시작했다. 이해력이나 응용력은 부족하지만 암기력이 좋았던 영지에게 대학 공부는 고등학교 때보다 오히려 더 쉽게 느껴졌다. 그 결과 영지는 매 학기 장학금을 놓치지 않을 수 있었다.

영지는 분위기를 바꾸려고 재빨리 주위를 둘러보고는 가장 먼저 떠오르는 말부터 내뱉었다.

"해미네 동네 좋다. 근처에 산책하기 좋은 공원이 있는 동네가 제일 좋은 것 같아."

벚꽃이 만개했던 게 한 달도 채 지나지 않았는데 벚꽃의 흔적은 어디에도 없었다. 아직 짙어지지 않은 맑은 초록빛이 머리 위에서 반짝였다. 옅은 하늘색을 배경으로 펼쳐진 연둣빛의 나무들이 지나간 벚꽃을 그리워할 틈도 주지 않고 영지의 마음을 빼앗았다. 영지는 편한 신발을 신고 나무 사이를 걸을 때마다 자기도 모르게 미소를 짓고는 했다. 갑자기 무언가 생각난 듯 영지는 시선을 해미 쪽으로 옮기며 물었다.

"근데 너네 집에 뚱원이, 뚱투 진짜 괜찮아?"

"뚱원이가 좀 적극적으로 애정 표현을 할 거야. 애정이 고파서 그래. 민주도 처음엔 무섭다더니 이제는 잘 지내잖아."

민주는 두 손으로 뚱원이, 뚱투의 크기를 그려 보이며 말했다.

"사진보다 애들이 커. 근데 언니는 고양이도 그렇게 무서워하면서. 뚱원이, 뚱투 괜찮을까?"

영지가 걱정스러운 표정을 지으며 해미에게 물었다.

"걔네 몇 살이라고 했지?"

"두 살. 사람 나이로 치면 대략 우리 친구뻘이지."

"그런 얘기하면 슬퍼. 뚱원이, 뚱투에게는 시간이 너무 빨리 지나가버리는 것 같잖아."

"이것 봐. 민주는 이제 뚱원이, 뚱투 팬이 됐다니까."

해미는 엘리베이터 버튼을 누르며 장난스럽게 웃었다. 엘리베이터의 열린 문을 통과하는 영지의 손에 새삼스레 땀이 쥐어졌다. 이윽고 현관문이 열리자마자 끝에 있는 방에서 묵직한 소리가 달려오기 시작했다. 으악, 영지는 작게 비명을 지르며 두 팔로 몸을 감싸고 눈을 질끈 감았다. 뚱원이는 영지에게 마구 치대며 반가움을 표시했다. 어느 순간 거실로 들어간 민주와 해미는 깔깔거리며 영지를 바라봤다. 방문 앞에 서 있는 뚱투도 재미있다는 듯이 영지를 바라보고 있었다. 뚱원이의 두 발은 영지의 배꼽까지 닿았다. 영지는 눈도 뜨지 못하고 해미를 찾았다.

"해미야, 제, 제발 살려줘."

해미는 익숙한 몸짓으로 뚱원이를 번쩍 들어 뚱투랑 같이 방에 들여보내더니 문을 닫았다. 민주는 이미 자리를 잡고 앉아 있었다. 그제야 영지는 크게 한숨을 내쉬고 한쪽씩 조심스럽게 눈을 뜨며 말했다.

"애들 진짜 크다!"

"언니 사진 찍어놨어야 하는데."

"무서워하는 사람들이 많더라고. 얼마 전에도 아파트 주민이 뚱원이, 뚱투 무섭다고 신고해서 경비 아저씨가 왔었다니까."

영지는 민원을 넣은 아파트 주민의 마음이 이해가 되어 고개를 끄덕였다. 영지를 보며 웃는 해미의 얼굴에 사람들이 뚱원이, 뚱투의 매력을 알아주지 못한다는 아쉬움이 살짝 비쳤다. 해미는 바쁘게 거실과 주방을 오가며 상을 차렸다.

"쟤네도 먹을 거 좀 줘야 되는 거 아니야?"

"쟤네는 사료 먹을 거야. 못 나오니까 걱정 말고 먹어."

해미는 좀 전에 눈도 못 뜨던 모습을 기억한다는 듯이 웃으면서 영지를 다독였다.

떡볶이와 순대에서 김이 모락모락 피어났다. 민주는 포크를 들기도 전에 해미를 가볍게 치며 재촉했다.

"빨리 은성 오빠 얘기해줘. 그때 얘기하다가 만 거."

해미는 떡볶이를 절반 베어 물고 씹으며 무덤덤하게 대답했다.

"연락이 잘 안 돼. 퇴근하기 전에는 휴대폰 볼 시간이 없대."

쿨피스를 따르던 민주는 커진 목소리로 말했다.

"아니, 화장실 갈 시간은 있을 거 아니야? 그때 문자 한 통 정도는 보내줄 수 있잖아. 다시 사귄 지 얼마나 됐다고."

여전히 차분한 목소리로 해미가 대답했다.

"오빠가 그냥 믿어 달래. 직장인은 대학생과 다르다고. 학생 때처럼 연애할 수는 없대."

"바쁘긴 하겠지만 좀 너무한 것 같아. 엊그제는 퇴근하고도 연락이 안 됐다며."

"엊그제는 너무 피곤해서 바로 쓰러져 잤대."

"언니는 은성 오빠 말을 100% 믿는 거구나."

"믿는다기보다는 믿고 싶어."

해미는 포크에 꽂힌 절반 남은 떡볶이를 마저 입 속에 넣고 씹으며 말을 이어갔다.

"지금 은성 오빠랑 연애한다고 해서 이게 오래가고, 내가 오빠랑 결혼하고 그럴 거라고는 생각 안 해. 그러면 우린 또 헤어져야겠지? 그땐 아프겠지만 지금은 그냥 오빠 믿고 연애해볼래."

영지는 떡에 떡볶이 국물을 바르면서 감탄한 표정으로 말했다.

"어른 같다."

"언니가 이별하고 나서 많이 달라지긴 했어. 내가 괜한 의심을 하는 걸 수도 있어. 난 직장인이랑은 만나보지 않았으니까."

"요즘도 소개팅은 계속 하지?"

해미의 물음에 고개를 끄덕이고는 쿨피스로 매운 혀를 달

래며 민주가 이야기를 이어갔다.

"난 연애에 중독된 것 같기도 해. 겨우 스물두 살 먹어서 이렇게 말하는 것도 웃기지만."

"소개팅은 잘 안 돼?"

순진하게 질문하는 영지의 모습에 민주와 해미는 웃음을 터뜨렸다. 민주는 코밑을 가볍게 문지르며 웃음을 참더니 영지를 보고 대답했다.

"생각보다 쉽지가 않네. 애프터 못 받으면 기분도 많이 나쁘고. 어떤 사람인지도 잘 모르는데 무작정 시작하긴 망설여지고."

"자연스러운 만남이 좋은데."

영지는 연애란 남의 이야기인 듯 말했다. 그런 영지를 곁눈질로 보고는 입가에 미소가 가득해진 해미가 입을 열었다.

"민주야, 영지 소개팅 좀 한번 시켜주자."

떡볶이를 씹고 있던 영지의 두 눈이 커졌다. 민주는 포크로 어묵을 찾으며 물었다.

"언니 소개팅 할 거야?"

영지는 입 속에 있던 떡볶이를 삼키고 쿨피스를 원샷하더

니 큰 결심을 한 듯 고개를 끄덕였다. 영지의 예상치 못한 반
응에 민주와 해미도 눈이 커졌다.

"영지가 요즘 진짜 외롭구나. 그때 블로그에도 올렸잖아."

생각지도 못한 블로그 언급에 영지는 자기도 모르게 얼굴
이 새빨개졌다. 얼굴이 빨개진 이유를 숨기고 싶어 포크를
내려놓고 양 볼을 꼬집으며 천천히 대답을 이어가는 영지의
모습에 민주와 해미는 웃음을 감추지 못했다.

"아니, 그렇게 외롭고 막 그런 건 아닌데……. 올해는 나
도 한번 해봐야지 안 그러면 대학 시절 내내 남자 친구 한
번 못 사귀고 끝날 것 같아서……. 너네 볼 때마다 나를 돌아
보게 되기도 하고."

민주와 해미는 박수까지 치면서 영지의 용기를 응원했다.

"세준 오빠 제대하기 전에 언니 남친 생기는 건가? 하하,
오빠가 이 사실을 알면 슬퍼하겠는데."

"여기서 왜 또 정세준이 나와?"

영지는 친구들과 연애 이야기를 할 때마다 어김없이 세준
이 튀어나오는 걸 보면 정말 앞길을 세준이 막고 있는 게 아
닌가 싶은 생각이 들기도 했다. 민주의 말에 고개를 가로저

으며 세준에 대한 감정을 또 한 번 설명하면서 가까운 친구들마저 자신의 진정한 마음을 몰라주는 것 같아 섭섭함이 느껴질 정도였다. 도대체 몇 번을 더 해명해야 진심으로 받아줄 수 있을지.

"아무것도 없는 것보단 군대 간 남친을 기다리고 있는 게 더 나을 것 같은데. 언니는 곧 죽어도 세준 오빠는 아니라는 거구나?"

민주는 영지가 가지고 있는 감정을 다시 확인했다. 영지는 안 되겠다 싶어 슬쩍 화제를 돌렸다.

"그러면 이번 방학부터 노량진 다니는 거야?"

"응, 나는 일단 교육학부터 시작해보려고. 우리 전공은 다 다르니까 교육학만이라도 같이 듣자. 해미 언니, 같이 들을 거지?"

해미는 왼쪽으로 머리카락을 쓸어내리며 잠시 난감한 표정을 짓더니 대답했다.

"민주 보면 부러워. 임용이 쉽지 않겠지만 어쨌든 분명하게 하고 싶은 일이 있는 거잖아. 나는 사실 아직 잘 모르겠어. 일단 어학연수를 다녀와야 하나 고민도 되고. 요즘 다른 전공 사람들도 다 어학연수 가는데 영어 전공인 나는 막상 미국 땅 한 번 밟지 못했고, 영어도 잘 못하고."

대학동기인 세 사람은 컴퓨터교육과에서 만났지만 복수 전공으로 각자 다른 과목을 선택했다. 해미는 어려서부터 제일 잘했던 과목이라며 영어를 선택했고, 민주는 흰 가운을 입고 연구하는 사람들이 멋있다며 생명과학을 선택했다. 반면에 딱히 잘하는 과목도 없었고 흥미가 있는 부분도 없었던 영지는 복수전공 과목을 선택하는 데 큰 어려움을 겪었다. 처음엔 동기들을 따라 수학 전공 수업에 들어갔지만 조금 깊이 있게 들어간 미분적분학 내용의 대부분을 이해하지 못하고 좌절해버렸다. 그러다가 돌파구를 찾듯이 도서관에서 닥치는 대로 책을 읽기 시작한 게 1학년 2학기였다. 소설에 심취하게 되면서 더 고민이 깊어졌던 영지는 전공을 국문학으로 정하면 소설 읽기가 전공 공부가 되지 않을까 하는 생각에 복수전공으로 국어를 선택했다. 두께가 얇고 머리 아플 만큼 생각하지 않아도 되는 내용을 찾다 보니 두껍지 않은 일본 소설을 주로 읽게 되었고, 번역서 말고 원문을 읽으면 다른 느낌이지 않을까 하는 생각에 등굣길 지하철에서 '아, 에, 이, 오, 우'부터 외우며 일본어 공부를 시작했다.

민주가 아쉬움 가득한 표정으로 말했다.

"내년이면 졸업반이라니, 믿기지가 않아. 임용 공부 시작하면 동아리 활동도 못할 텐데."

영지는 멍한 얼굴로 입을 열었다.

"그래도 너네 보면 둘 다 대학생활 알차게 잘하고 있는 것 같아."

민주는 어이없다는 듯이 영지를 한 대 툭 치면서 말했다.

"뭐야, 언니 혼자 장학금은 다 받으면서."

민망하다는 표정을 지으며 영지는 변명을 늘어놓았다.

"나는 따로 하는 게 없잖아. 그런데 모르겠어. 나는 아직도 임용을 준비해야 하는지, 뭘 해야 하는지, 이러다가 졸업하고 아무 일도 못 하는 게 아닌지 걱정도 되고."

"그건 모두 같은 마음일 걸? 요즘 괜히 88만 원 세대 같은 책이 유행하겠어?"

"영지야, 근데 너는 솔직히 임용보다는 다른 쪽으로 진로를 생각하고 있는 거 아니야?"

"난 학창시절에 별로 그렇게 예쁨 받는 학생도 아니었고, 그래서인지 기억에 남는 선생님도 없고, 내 앞에 서 있던 선생님이 행복할 거라고 생각해본 적도 없고, 이런 마음으로 임용에 합격할 자신도 없는데, 또 어떻게 생각해보면 경쟁률을 보고 자신이 없어서 생뚱맞게 혼자 일본어 공부하고 있는 것 같기도 하고 그래. 일종의 도피처 같은 느낌?"

"언니 지금 공부하는 것처럼 하면 임용도 붙을 수 있지 않을까? 경쟁률은 높지만 붙는 사람도 있잖아. 난 그렇게 긍정적으로 생각해."

영지는 이렇게 긍정적인 모습의 민주를 볼 때면 거리감이 느껴진다고 생각하며 말을 이어갔다.

"나는 어릴 때부터 안 좋은 생각을 먼저 하는 게 버릇인 것 같아. 예전에는 애써 긍정적인 생각을 하려고도 노력했었는데 이제는 그냥 떠오르는 생각들을 받아들이기로 했어. 안 좋은 생각을 미리 많이 해놓을수록 나 스스로가 크게 상처받지 않는 것 같거든. 예방주사를 맞는 것처럼."

민주는 두 손을 살짝 모으며 말했다.

"언니, 그 말도 일리 있다. 안 좋은 생각을 미리 해보니까 최악의 상황이 오더라도 크게 상처받지 않는다는 말이지? 오호."

그때 저쪽 방 안에서 뚱원이, 뚱투가 답답하다는 듯이 문을 긁는 소리가 들렸다. 영지와 민주는 귀를 쫑긋 세우고 그 소리에 집중했지만 해미는 익숙하다는 듯 신경 쓰지 않는 눈치였다. 해미가 애써 씩씩한 표정을 지으며 말했다.

"우리 셋 다 잘 살 수 있을 거야!"

"건배라도 해야 될 것 같은데? 이거로라도?"

민주가 쿨피스가 든 컵을 들어 보이자 영지와 해미도 자신의 컵을 들었다. 빨간색, 노란색, 초록색 컵은 작게 쨍 하는 소리를 냈고 다시 집 안에는 셋의 웃음소리가 가득해졌다. 쿨피스를 한 모금 마신 영지는 결심했다는 듯이 말했다.

"난 올해 목표 일본어능력시험 합격! 그냥 하고 싶은 공부부터 할래."

"여름방학에 노량진 같이 다니자는 계획은 무산됐네."

민주는 바닥에 있던 과자 봉지를 뜯기 시작하며 아쉬움을 표현했다.

"일단 마음이 시키는 방향으로 가볼래."

"언니, 그것도 그렇고 일단 마음이 시키는 방향대로 소개팅도 거절하지 않는 거다! 소개팅 상대 얼른 알아볼게."

영지의 첫 소개팅을 앞두고 민주와 해미가 더 들뜬 표정을 지어보였다.

공부하는 이유 2007.4.30. 22:01

이번 시험기간엔 다른 때보다 시험이 적다는 이유로
생각할 시간이 많이 주어졌어요.
때마침 수업 들어가는 교수님들마다 생각할 거리를 제공해 주셨고요.

그걸 곱씹어봤더니
젊은 교수님들은 대체로 학점관리 잘하라는 말씀을 해주시는데
나이가 지긋하신 교수님들은 반대의 말씀을 해주시는 경향이 있었어요.
한 교수님은 학점이 뭐 그리 중요하냐고 즐기면서 살라는 말씀을 해주시면서

제일 불쌍한 인생이 학점 A 줬다고 뿔＋ 달아달라고 이의신청하는 학생이라면서 (저도 몇 번 해본 것 같아요.)
날씨가 좋으면 과감하게 수업도 빠져보라고 하셨어요.

어떤 교수님은 대학 졸업하고 하고 싶은 대로 살면 정말 미친 사람이 되어버릴 테니
대학생 때라도 하고 싶은 일에 미쳐보라고 말씀하시더군요.
밤새워 영화를 본다거나, 무얼 만들어 본다거나 하는?

시험기간이라고 징징거리면서 스트레스도 많이 받았지만
곰곰이 생각해보면 중간고사, 기말고사 뭐 이런 게 그렇게 중요한가도 싶어요.
요즘은 취업할 때 오히려 학점이 지나치게 높은 학생은 안 뽑는다는 얘기도 있더라고요.

연습장에 쓰면서 열심히 암기하는 것이 진짜 공부인가 하는 의문도 들고,
시험 끝나고 하루 지나면 다 잊어버릴 텐데 이걸 외우는 게 무슨

의미가 있나도 싶고,

공부는 왜 하는 걸까요?

좋은 직업을 가지고 돈을 많이 벌기 위함.
돈을 많이 벌어서 행복해지기 위함.
궁극적인 목표는 행복해지는 건데
많이 배운다고, 똑똑하다고 행복한 건 아니잖아요.
오히려 많이 알게 될수록 모든 것에 무뎌지게 된대요.

지난주에 지하철역에서 작은 꼬마 여자아이가 아빠 볼에 '쪽'하
고 뽀뽀하는 모습을 보고
예쁘다, 귀엽다는 생각보다도 먼저 양순 입안소리라는 단어가 떠
올랐어요. ㅜㅜㅜ

그냥 이런저런 회의감이 듭니다.
역시 공부하기 싫어서.
무슨 공부를 어떻게 해야 할지 방향도 잡기 어려운 대학교 3학년

시기.

친구들과 긴 이야기를 하고 돌아온 날 밤,

전 일단 마음이 시키는 대로 가보기로 했어요.

어쨌든 우리 모두 파이팅!

하늘라기 2007.4.30. 23:11

공부는 죽을 때까지 해야 된다는 게 맞는 말 같아요. 인간은 늘 더
좋은 자리를 꿈꾸니까요. 저도 이런 목적으로 공부하고 있고요.
그런데 또 잘 생각해보면 무엇보다 자기만족이더라고요. 남에게
보여주기 위함도 있지만 전 순전히 자기만족 때문에 계속 책 읽고
공부하는 것 같다는 생각이 들어요.

그리미 2007.4.30. 23:17

오늘의 깊이 있는 대화 좋았어! 밤새 영화를 보는 것도 해봐야 되
지 않을까? 밤새 3편 내리 틀어주는 극장 있잖아. 언제 갈까?

자유 2007.4.30. 23:32

공부도 소개팅도 다 파이팅! 밤새 영화 좋아! 언제 보러 갈까?

오동동 2007.4.30. 23:56

정확히는 '대한민국에서' 공부하는 이유 같아요. 저도 재수생인
지라 공부가 지긋지긋하네요. 로테님처럼 저도 이번 4월은 다른
때보다 유난히 잔인한 달이었어요. 사춘기라 봄을 탔나 봐요.

레오 2007.5.1. 20:56

아, 잃어버린 4월! 저도 시험 끝나고 컴백했어요. 공부도 소개팅
도 응원해요.

　분홍색 펜을 들고 학생수첩에 일정을 적던 영지는 한숨을
푹 내쉬며 천장을 바라봤다. 영지는 대학 시절의 학점 따위
가 뭐가 그리 중요하냐고 이야기하면서도 누구보다 욕심낼
수밖에 없었다. 장학금을 받으면 학자금 대출을 받지 않아
도 되기 때문이었다. 어디에 취업을 하게 될지, 돈을 벌 수는
있을지 막막한 상황에서 매 학기 300만 원 가량의 빚을 줄
이는 일은 무엇보다 간절했다. 또 한편으로는 열심히 하고
보상 받는 그 경험이 무엇보다 짜릿하게 느껴지기도 했다.

　학생수첩을 덮고 블로그에 접속했다. 밤새 영화를 보자는
친구들의 댓글을 보고 영지는 피식 웃어버렸다. 두 편만 봐
도 머리가 아픈데 밤새워서 영화 세 편을 볼 생각은 추호도

없었다. 충동적으로 소개팅을 하겠다고 한 건 사실이었지만 소개팅 한다는 사실을 이렇게 공개적으로 밝혀버리다니, 레오의 댓글을 보는 영지의 얼굴이 붉어졌다. 그러다가 이내 얼굴도 모르고 만날 일도 없는 사람인데 부끄러울 게 뭐가 있냐는 식으로 생각이 바뀌었다. 어쩌면 또래 남자니까 소개팅에 대한 조언을 들을 수도 있지 않을까 하는 가벼운 생각에 레오의 블로그에 접속했다.

'레오의 페이지'라는 간단한 제목의 블로그에는 오늘도 동물 관련 정보가 업데이트되어 있었다. 모니터를 보는 영지의 입이 벌어졌다. 앗, 이 사진은 뚱원이, 뚱투다! 프렌치 불도그! 뚱원이, 뚱투가 프렌치 불도그였구나. 영국의 불도그를 프랑스에서 개량한 개. 단단한 체력을 가졌으며 활력이 넘친다. 영리하고 용감하다. 외국에서 목줄을 하지 않고 산책을 하던 프렌치 불도그에 물려 사망한 사람이 있다!

레오의 안부게시판을 연 영지는 할 말이 너무 많았는지 자꾸만 키보드를 잘못 눌렀다. 머릿속 생각이 손가락의 속도를 앞질러가서 백스페이스를 몇 번이나 누르고 문장을 고쳤다. 동물을 공부하는 사람과 취향이 같다니 정답을 맞힌 듯한 기분이 들었다. 영지는 일요일 아침에 동물농장에서 본 이미지를 떠올리며 골든 레트리버를 좋아한다고 했지만 실제로 보게 된다면 뚱원이, 뚱투를 만났을 때와 다르지 않을 수 있다고 생각하며 멋쩍은 미소를 지었다. 레오의 두 번째 답글을 확인하고는 왼손을 들어 가렵지도 않은 머리를 벅벅 긁었다. 민주가 진짜 소개팅을 알아보고 있을까, 그냥 없었던 일로 넘어가고 싶은 생각만 들었다.

해미가 수업 전부터 말없이 휴대폰만 들여다보고 있는 것을 깨닫고는 조심스럽게 영지가 물었다.

"은성 오빠 연락 안 돼?"

영지를 바라보는 해미의 두 눈이 퉁퉁 부어있었다.

"어젯밤에 조금 다퉜는데 오늘 아예 문자도 안 보는 것 같고, 출근 시간에 전화했는데 받지도 않아서."

"은성 오빠 진짜 너무하네. 자기 멋대로야. 헤어지자고 말한 것도, 다시 연락한 것도, 다 은성 오빠잖아. 나 같으면 안 만날래."

영지는 금방이라도 울 것 같은 해미의 얼굴을 힐끗 보고는 흥분한 민주의 옆구리를 쿡 찔렀다. 셋은 학교 후문 앞에 있는 주황색 간판의 작은 돈가스 집에 들어섰다. 점심시간, 돈가스, 대학생의 조합이 묘하게 활기를 자아냈다. 다행히 창가에 네 명이 앉을 수 있는 테이블이 하나 비어 있었다.

"이런 분위기 좋아. 대학생들을 보면 젊음이 느껴져서 참 좋아."

물을 따르던 민주는 고개를 두리번거리며 흐뭇한 미소로 말하는 영지를 보고 웃었다.

"무슨 애늙은이냐. 언니도 대학생이야."

이내 주문한 돈가스가 나오고 영지는 김이 모락모락 나는 미소된장국을 살살 돌려 먼저 한 모금 마셨다. 얇게 채 썬 양배추 샐러드를 한 젓가락 집어 먹고 나서야 돈가스를 썰기 시작했다. 돈가스의 잘린 속살 사이로 소스가 조금씩 스며들었다. 영지가 돈가스에 한참 집중해 있을 때 해미의 휴대폰에서 진동이 울렸다. 해미는 먹는 둥 마는 둥 하며 들고 있던 포크를 재빨리 테이블에 내려놓고 가게 밖으로 나갔다.

"언니, 소개팅 상대 구했어."

마침 미소된장국의 미역이 영지의 입술에 길게 걸렸다.

영지는 혀를 날름 내밀어 미역을 입 속으로 넣었다. 그 모습에 민주는 웃음이 터져 한 손으로 입을 가리고 말했다.

"그런데 언니, 소개팅 처음 하는 거 아니야?"

"무슨 말이야. 당연히 해봤지."

동생 앞에서 괜한 자존심에 거짓말을 하는 영지는 스스로의 모습이 어색하게 느껴졌다.

"동아리 오빠 친구인데 착하고 성실하대. 겪어보기 전엔 잘 모르지만. 언니보다 두 살 많은 공대 3학년 복학생. 키는 175인가? 외모는 평범하다는데 집에 가서 싸이월드로 한 번 찾아봐."

영지는 돈가스 조각에 소스를 두껍게 바르며 아무렇지 않은 척 물어봤다.

"요즘은 보통 소개팅 할 때 어디서 만나지?"

"언니가 편한 데로 잡아. 나 지금 연락처 넘긴다."

영지는 무슨 말을 할지 망설이다가 남은 한 조각의 돈가스를 입으로 넣었다. 그때 한결 밝아진 표정의 해미가 자리로 돌아왔다. 휴대폰 폴더를 닫은 민주가 해미의 얼굴을 보더니 다시 입을 열었다.

"표정이 좋아졌네."

"응, 오늘 일찍 퇴근한다고 해서 만나기로 했어."

"아주 언니를 들었다 놨다 하는구나."

이번에는 영지의 휴대폰이 울렸다. 문자메시지 알림이었다. 별 생각 없이 폴더를 열어 메시지를 확인한 영지의 표정이 순식간에 굳어졌다. 민주는 메시지를 보낸 사람을 바로 알아차리고는 장난스럽게 웃어 보였다.

안녕하세요. 친구
소개로문자드려요
조성용입니다. 이
번주말시간되세요
?

"이번 주말에 다른 약속 없지?

"그렇긴 한데."

"그러면 시간 끌지 말고 얼른 만나."

"주말에 과제해야 하는데……."

"과제는 소개팅 끝나고 해!"

이번에는 옆에 있던 해미도 거들었다.

"그래. 과제는 좀 늦어도 되잖아."

영지의 휴대폰을 민주가 엿보더니 또 웃음을 터뜨렸다. 너무 웃어 배가 아픈 것처럼 한 손으로 배를 잡고 말했다.

"뭔가, 성룡과 이영자의 역사적인 만남이 될 것 같은."

민주의 말에 해미가 오늘 봤던 표정 중에 가장 밝게 웃었다. 영지는 오랜만에 듣는 별명도 싫었지만 그보다 첫 소개팅에 대한 걱정이 더 앞섰다.

그럼토요일3시에

혜화역4번출구에

서뵈요

어린이날이네요^^

생애 첫 소개팅을 하루 앞둔 밤, 영지는 잠이 오지 않았다. 5월 초 햇살의 따스함이 사라진 밤엔 서늘한 기운이 느껴졌다. 영지는 두 손으로 이불을 잡고 턱밑에서부터 발끝까지 다시 꼼꼼하게 덮었다. 눈을 감고 양을 백 마리까지 세어봤지만 오히려 정신이 또렷해졌다. 휴대폰 폴더를 열어 메시지를 다시 읽어봤다. 맞춤법에 틀린 부분이 자꾸만 눈에 들어왔다. 예의 바르게 '뵈요'라고 쓴 부분이 마음에 걸렸다. 자신도 모르는 맞춤법이 많으면서 상대방의 맞춤법을 지적하는 모습에 혀를 차며 고개를 도리도리 했다. 내일은 어떤 하루가 될까. 오른쪽으로 돌아누워 내일을 상상해봤다. 혜화역 4번 출구 앞에는 어떤 사람이 서 있을까, 처음 만났을 때는 어떻게 인사를 해야 하지? 다시 양을 백 마리쯤 세어보다가 이번에는 왼쪽으로 돌아누웠다. 카페에 가면 뭘 주문해야 할지, 계산은 어떻게 해야 할지, 소개팅이라는 게 생각할수록 더 어렵게만 느껴졌다.

　잠에서 일찍 깬 영지는 오늘의 일정을 누가 눈치라도 챌까 봐 방문을 닫고 조심스럽게 옷장에 있는 옷들을 다 꺼내봤다. 민주가 소개팅에는 무조건 치마를 입고 나가라고 했는데, 교복 이외에는 치마를 입어본 적이 없어 어색하기만 했다. 평소처럼 입어야 할까. 그래도 상대에게 조금이라도 더 예쁘게 보일 만한 옷을 입고 싶었다. 그래서 생각한 코디는 유행하는 딱 달라붙는 청바지에, 줄무늬 반팔 티셔츠, 그리고 어른스러워 보이는 흰색 재킷이었다. 불편하다고 잘 안 입었지만 유행하는 스타일의 청바지를 사놓아서 다행이라고 생각했다. 학교 도서관에서 과제를 하다가 소개팅을 가기로 계획한 영지는 베이지색 숄더백을 옆에 메고 신발장 깊이 넣어놓았던 플랫 슈즈를 꺼내 신고 집을 나섰다.

한쪽 어깨에만 전해지는 전공도서의 무게감도, 양 다리를 꽉 조이는 청바지의 압박감도, 거칠고 딱딱하게만 느껴지는 신발도 다 불편했지만 마음만큼은 아니었다. 뭐가 그렇게 긴장이 되는지 아침밥도 거의 먹지 못했다. 배에서는 계속해서 꼬르륵 소리를 내며 신호를 보냈다. 도서관에 도착해 책을 펴기는 했지만 글자가 눈에 들어올 리 없었다.

화장실 전신 거울 앞에 서서 왼쪽 얼굴과 오른쪽 얼굴을 번갈아 보기도 하고 이빨이 보이지 않게도 웃어보고 이빨이 다 드러날 만큼 크게 웃어보기도 했다. 예전에 왼쪽 얼굴과 오른쪽 얼굴을 각각 합성해 봤을 때 왼쪽 얼굴이 훨씬 갸름했던 기억이 떠올라 대화를 나누며 살짝 왼쪽 얼굴이 보이도록 고개를 돌려야겠다는 계획도 세웠다. 고개를 살짝 오른쪽으로 돌려 상대에게는 왼쪽 얼굴이 보이게끔 하고 수줍은 듯 치아가 살짝만 보이게 웃으면서……. 영지는 화장실에 들어온 여학생과 거울을 통해 눈이 마주치고는 그제야 정신이 번쩍 들었다.

상대의 얼굴을 미리 보고 싶었지만 직접 확인할 때까지 더 기대하고 설레고 싶다는 생각에 싸이월드에 접속하는 일은 참았다. 딱딱한 구두 때문에 아픈 발을 질질 끌고, 상대보다 일찍 도착할까 봐 천천히 더 천천히 약속 장소에 도착했더니 정확히 오후 세 시였다. 매일 오가던 출구가 원래 이런 만남의 장소였는지 상대를 기다리고 있는 사람들이 많이 보였다. 그때 흰색 운동화를 신고 남색 면바지에 하늘색 남방을 단정하게 차려입은 남자가 영지 쪽으로 다가왔다.

"그 오빠는 그러면 장소도 안 찾아보고 왔다는 거야?"
"그런 건 아닌데, 잘 아는 카페가 있다고 가자고 해서 갔는데 공사 중인 거야."
궁금한 마음이 앞선 민주는 영지를 바라보며 두 눈이 동그래져 질문을 퍼부었다.

"그래서 언니가 민토로 데리고 간 거구나? 그런데 그건 뭐 그럴 수 있어. 그 오빠가 가려고 했던 데가 없었던 건 아니잖아. 근데 뭐가 그렇게 마음에 안 들었어?"

세 시간 가까이 마주 보고 대화 나눈 시간이 그렇게 불편하고 싫었던 건 아니었다. 오히려 점점 배는 고프고 졸리기까지 해서 잠들고 싶은 편안함까지 느꼈다. 말이 많았던 상대는 영지 옆으로 자리를 옮겨 자신의 휴대폰 갤러리에 있는 사진을 보여주기까지 했다.

"좋은 사람인 것 같기는 한데, 나랑은 안 맞는 것 같다는 생각이 들었어."

"어떤 점이?"

"나랑 취향이 아주 다른 것 같았어. 민토에 골든 레트리버 있잖아. 그래서 내가 그 종 좋아한다고 했더니 자기는 푸들을 좋아한대. 그 사람은 아메리카노 시키고 나는 민토차 마셨는데 나더러 커피를 안 좋아하냐고 해서 안 좋아한다고 아직 커피 맛을 잘 모르겠다고 했지. 그랬더니 자기가 먹던 걸 나보고 맛보라는 거야. 싫다는데 왜 자꾸 권하는지. 주말엔 뭐 하냐고 물어봐서 난 주로 소설 읽거나 음악 듣고 공원

산책하고 한다고 했더니 자기는 등산을 좋아한대. 나는 분명히 등산 안 좋아한다고 했거든? 그런데 갑자기 옆자리로 오더니 등산하면서 찍은 사진을 막 보여주는 거야."

민주는 결국 웃음이 터졌다. 한 손으로 입을 가리고 확신에 찬 말투로 물어봤다.

"그 오빠는 자기 휴대폰 사진 보여줄 만큼 언니가 마음에 들었나본데?"

"아니, 내가 분명히 등산 안 좋아한다고 했잖아."

"저녁을 먹지. 같이 맛있는 거 먹으면 마음이 바뀔 수도 있는데."

"아니야. 더는 같이 있고 싶지 않았어. 뭐랄까. 비슷한 점이 하나도 없는 것 같더라."

"그 오빠가 한 말이 언니가 자길 정말 마음에 안 들어 하는 것 같다고, 그래서 더 연락할 용기가 안 생긴다고 했대. 내가 보기엔 그 오빠도 연애를 안 해 봐서 그런 것 같은데……. 그건 언니도 그렇잖아."

영지는 사실이라고 해도 연애 경험이 없다는 말을 직접 들을 때마다 기분이 좋지 않았다.

"나는 신경 쓰지 말고 언니 편한 대로 해. 그 오빠랑은 인연이 아닌가 보다. 어딘가에 언니 짝이 있겠지. 그래도 아쉽기는 하다. 성룡과 이영자의 역사적인 만남이 한 번만으로 끝난다는 게."

#3

행복의 조건

\#

레오 2007.5.12. 12:37

이제는 일어나셨겠죠? 로테님의 바람이 참 흐뭇하게 느껴지네요. 로테님의 성장 일기를 보는 것 같아요. 저도 멀리서나마 응원할게요!

샤를로테 2007.5.12. 15:03

레오님 새로운 배경음악이 딱 제 취향이에요!

이 노래 참 좋네요. ^^

레오 2007.5.12. 15:06

안녕하세요 로테님. 5월인데 크리스마스 노래를 배경음악으로 설정하면서 괜찮으려나 싶었는데 로테님 마음에 드셨다니 저도 좋네요.

레오 2007.5.12. 15:08

로테님 오늘 주말인데 어디 안 가셨어요? 저는 오늘 리포트 끝내고 내일은 놀려고 애쓰고 있어요. 잠깐 쉬려던 참에 로테님 안부 글이 올라와 반갑네요. ^^

샤를로테 2007.5.12. 15:17

저녁 약속이 있어서 이제 나가려고요. 레오님도 즐거운 주말 보내세요.

레오 2007.6.15. 21:14

로테님 안녕하세요. 시험 공부하다가 잠깐 쉬고 싶어서 로테님 블로그 왔는데 로테님도 요즘 시험기간이라 그런지 업뎃이 없네요. 시험공부에만 집중하면 되는 이 시기가 감사하게 느껴지면서도 참 고통스럽네요. 그래도 다음 주면 로테님이 기다리고 기다리던 방학이 올 테니 힘내세요.

샤를로테 2007.6.15. 21:15

앗 레오님 저랑 같은 생각을 하고 계시네요? 레오님은 대학생으로서의 마지막 해라 더 그러신 거 아닐까요? 전 아직 1년 더 남았어요. 하핫~ 시험 잘 보세요!

레오 2007.6.15. 21:17

로테님 컴퓨터 하고 계셨나 봐요? 빠른 댓글 반가워요. 그런데 저 4학년이기는 하지만 아직 대학생활은 2년 더 남았어요. 내년부터는 더 바빠지겠지만요.

샤를로테 2007.6.15. 21:19

레오님 의대생이세요? 와우! 뭔가 되게 똑똑하신 분 같다는 생각은 하고 있었지만. 저는 의사 선생님들 정말 존경해요. 사람 생명을 다루시는 분들이잖아요. 의대생들 많이 바쁘다고 들었는데 레오님은 컴퓨터를 자주 하시네요. 그러고 보니 지난 시험기간에만 해도 로그인 안하셨던 것 같은데. ^^

레오 2007.6.15. 21:22

이번 시험기간에 자꾸만 블로그가 궁금해지더라고요. 이웃도 별로 없는데 말이죠. 저도 의사 선생님들 존경해요. 저는 사람 생명을 다루지는 않지만 그에 못지않게 동물의 생명도 중요하니까 아주 중요한 공부를 하고 있다고 자부합니다. 아무쪼록 로테님 시험 잘 보시고 시험 끝나면 또 재미있는 포스팅 올려주세요.

샤를로테 2007.6.15. 21:22

잠깐만요. 레오님, 그런데, 그러면 몇 살이세요?

레오 2007.6.15. 21:23

저 올해 스물네 살입니다.

샤를로테 2007.6.15. 21:25

네~ 시험 잘 보세요!

레오 2007.6.15. 21:25

로테님 나이는 안 알려주세요?

샤를로테 2007.6.15. 21:27

제가 한 살 더 어리네요. 왜 다행스럽다는 생각이 드는지 모르겠
지만. ^^

레오 2007.6.15. 21:29

제가 한 살 오빠였군요. 무심코 올렸던 안부 글이 이렇게 길어질
줄이야. 저 이제 나갈게요. 좋은 밤 되세요~

영지는 음악 소리를 친구 삼아 걸어가며 많은 생각을 했
다. 그 남자가 푸들을 좋아하는 게 아니라 골든 레트리버를
좋아한다고 했다면, 자기도 주말엔 책을 읽고 음악을 듣고
공원을 산책한다고 했다면, 그를 더 만나본다고 했을까? 모
르겠다. 처음으로 소개팅도 해보고 한 걸음 나아갔지만 아
직도 다른 사람과 사귄다는 것에 지나치게 크게 의미를 부
여하고 겁먹고 있다는 걸 스스로도 누구보다 잘 알고 있다.
그래도 민주 말대로 어딘가에 짝이 있겠지? 그 짝을 만나면
지금 가지고 있는 이런 무거운 마음 벗어던지고 다가갈 수

있겠지? 그나저나 올해 무슨 일이 있어도 일본어능력시험
에 합격해야 하는데 오랜 기간 동안 일본어 공부를 전혀 하
지 못했다는 사실이 떠올랐다. 그런데 자격증을 따면 그다
음은? 졸업을 하고 나면 무슨 일을 해야 하지? 2년 뒤의 나
는 무얼 하고 있을까? 영지는 밤거리의 많은 사람들을 스쳐
지나가면서 혼자만 온갖 고민을 다 떠안고 있는 것처럼, 혼
자만 다른 별에 살고 있는 것처럼 느꼈다.

왠지 잠들기 아쉬운 금요일 밤   2007.5.12. 1:16

어제 신기한 일이 있었어요.
횡단보도를 건너는데 맞은편에서 교복 입은 애들이 뛰어오더라
고요.
활기찬 그 아이들을 보고 갑자기 그 시절 누군가의 모습이 선명하
게 그려졌어요. 이제는 애써 떠올리려고 해도 기억도 안 나는데
말이에요.

우리에게 주어진 시간은 과거, 현재, 미래로 나누어볼 수 있겠죠.

과거의 산물인 현재를 살아가면서, 과거는 플러스 되고 미래는 마이너스 됩니다.

결국 우리는 태어나는 그 순간에 신 이외에는 아무도 알지 못하는 만큼의 시간을 각각 부여받는 거예요. 처음에는 미래의 비중이 훨씬 더 높았겠지만 갈수록 과거가 점점 더 많아지게 되겠죠.

20년 넘게 살아왔다고 해서, 20년이 넘는 만큼의 기억을 갖고 있다고 해서

그 기억을 하나하나 다 떠올리면서 살아갈 수는 없잖아요.

그 과정에서 우리는 많은 것들을 잊어버리고 변화해갑니다.

친구의 모습이 떠오른 이후 많은 생각이 들었어요.

무엇보다 사람과 사람 사이에 이어져 있는 인연의 끈이라는 것이 너무나도 짧은 시간 동안만 지속되고 쉽게 끊어지는 일이 많다는 게 안타까워요.

나는 아무리 많이 변해도 결국 나예요.

똑같이 상대방 또한 아무리 많이 변한다고 해도 제가 알던 그 사

람이에요.

그럼에도 둘 사이가 변화한다는 것은 그 둘 사이에 보이지 않는 어떤 것이 변하는 거지 사람 자체가 변하는 건 아니라는 생각이 들었어요.

시간이 흘러 그 친구가 아무리 많이 변한다고 하더라도

제 기억 속에서는 언제까지나 교복 입고 장난기 가득한 표정을 짓고 있겠죠.

그 친구가 노인이 되더라도 제게는 영원한 중학생일 거예요.

마찬가지로 제 블로그 이웃 분들의 기억 속에서

샤를로테라는 애는 언제까지나 이런저런 고민 많고 좀 유치하기도 한 대학생으로 남겠네요.

어제 하루를 또 이렇게 과거로 만들어버리고

컴퓨터 앞에 앉아서 이상한 이야기를 쓰고 있는 현재를 보내면서

미래로 나아가고 있는 제가 앞으로의 제게 바라는 것이 있다면요.

저는 착해지고 싶고 능력 있는 여자가 되고 싶어요.

착해진다는 것이 누구에게나 친절하게 선행을 베풀겠다는 건 아니고 그저 저 때문에 상처 받고 힘들어하는 사람은 없었으면 좋겠다는 거예요. 또 무엇보다 간절한 바람, 학교 졸업하고는 스스로 벌어먹고 싶어요. 졸업까지 얼마 남지도 않았는데 솔직히 저는 강인한 어떤 의지를 가지고 목표를 향해 가고 있는 것도 아니에요. 그러면서도 막연히 능력 있는 여자가 되고 싶다고 꿈을 꾸고 있어요.

아아 모르겠어요. 이제 그만 자야지.

럭키 2007.5.12. 07:47
로테님의 마음 이해할 수 있을 것 같아요. 토닥토닥~~
로테님은 너구리를 좋아하는 어여쁜 소녀 이미지로도 기억이 될 것 같아요.
밖에 비가 내리네요. 잠 푹 주무세요.

자유 2007.5.12. 08:32
로테 늦게 자서 아직 안 일어난 거야? 이런저런 생각이 많았구나.
나도 착하고 능력 있는 여자가 되고 싶어. 우리 열심히 살아보자.

오동동 2007.5.12. 10:05

멋있는 포스팅이에요. 저는 중요한 건 당연히 현재지만 과거도 무시 못 한다고 생각해요. 과거가 쌓이고 쌓여서 현재가 되는 것이기 때문이에요. 과거에 내가 어떤 사람이었느냐에 따라 현재의 내가 결정되는 것 같아요. 물론 가장 중요한 것은 어떤 과거든 현재와 미래에 더 좋은 나를 만들어가야죠. 로테님은 꼭 착하고 능력 있는 멋진 분이 되실 거예요! 저도 훗날 저를 알았던 사람들에게 좋은 모습으로 기억될 수 있도록 열심히 살아야겠어요. 다들 파이팅입니다!!

그리미 2007.5.12. 11:00

열한 시입니다. 로테님 이제는 좀 일어나세요!

느지막이 일어난 영지는 또 혼자만 남아버린 집에서 늦은 아점을 차렸다. 아침 일찍 비가 좀 내린 것 같은데 언제 그랬냐는 듯 눈부시기만 한 햇살이 영지의 눈을 작게 만들었다. 이렇게 화창한 5월의 토요일, 4시간 넘게 보온 중이었던 밥솥은 갓 지은 것처럼 따뜻한 밥을 선물해주었다.

카레를 데우는 동안 휴대폰을 열어 문자메시지를 확인했

다. 읽지 않은 메시지 두 통, 민주랑 해미였다. 늦게 자더니 아직 안 일어났냐는 말들이 마치 놀리는 것 같았다. 늦게 잠든 걸 어떻게 알았지? 영지는 블로그를 떠올리고 서둘러 컴퓨터를 켰다. 새로운 댓글 네 개. 새벽에 올린 포스팅을 다시 읽어보는 영지의 얼굴이 조금씩 빨개졌다. 역시 새벽에는 함부로 글을 올리면 안 된다고 다시 한번 생각하며 컴퓨터 아래 있는 두 발을 가볍게 굴렀다. 후회해봤자 어차피 아무도 알지 못하겠지만.

영지는 밥 위에 카레를 부을 때는 늘 반쪽만 덮이도록 했다. 어차피 바로 다 비벼 먹을 거지만 이렇게 부어 먹는 게 더 멋있고 맛있는 느낌이었다. 냉장고에서 배추김치 하나만 꺼내 식탁에 앉자마자 숟가락을 들어 밥을 꼼꼼하게 비볐다. 카레에는 이미 많은 재료들이 들어 있어서 반찬은 김치 하나면 충분했다.

허기진 배를 어느 정도 채우고 다시 휴대폰 폴더를 열었다. 메시지를 자세히 읽어봤다. 해미는 요즘 연애가 잘 되어 가는지 아침 일찍부터 에버랜드로 데이트를 간다고 했다. 며칠 전부터 날씨가 좋기만을 바랐는데, 막상 날씨가 화

창하자 이제는 너무 붐빌까 봐 걱정이라는 내용이었다. 해
미의 설레는 마음이 그대로 드러났다. 말없이 휴대폰을 바
라보는 영지의 입술이 비스듬하게 삐죽였다. 최근의 해미는
감정 기복이 지나칠 만큼 심해진 것 같았다. 해미의 감정은
은성 오빠의 말 한 마디, 행동 하나에 크게 달라졌다. 연애를
하면 다 그렇게 되는 건지. 영지는 만약 연애를 하게 되더라
도 결코 자신의 전부를 걸지는 않겠다고, 제법 진지하게 다
짐했다. 연애를 할 수 있을지에 대해선 여전히 미지수였지
만. 민주에게선 소개팅이 빨리 끝나면 저녁을 같이 먹자는
메시지가 와있었다. 시간이 되냐고 물어보지도 않고 멋대로
저녁을 먹자는 말에 살짝 미간을 찌푸리고 배추김치를 자
근자근 씹었다. 이렇게 때때로 자신이 지나치게 예민하다는
걸 알고 있으면서도 이건 자존심의 문제라고 생각했다. 영
지는 답장 보내기를 눌러 표정 변화 없이 글자를 입력했다.

나 오늘 저녁

약속이 있어서

미안.

소개팅 잘해~

그릇에 남은 카레를 숟가락으로 싹싹 긁으면서 오늘의 일
정을 생각해봤다. 공부할 것도 많고 과제도 많았지만 이렇
게 화창한 봄에 혼자 집에만 있는 게 아쉬워 눈물이 핑 돌
지경이었다. 내가 누군가와 함께할 수 있는 사람인지, 이런
나와 공감대가 있는 사람이 세상에 존재하기는 할지, 마음
이 복잡해졌다. 그 어디에도 섞이지 못하는 자신을 생각하
며 개수대 안 그릇의 카레 소스가 수돗물에 섞여 지워지는
모습을 묵묵히 바라보았다.

벌써 12시 30분. 하루의 절반이 또 이렇게 날아가 버렸
다. 컴퓨터 앞에 앉아 뉴스를 검색하기 시작했다. 뉴스를 볼
때마다 세상이, 사람이 더 무서워졌다. 조금씩 밀려오는 우
울한 감정으로 영지의 표정이 어두워지기 시작할 때 모니터
하단에 새로운 안부 글이 등록되었다는 알림이 떴다. 이렇
게 화창한 청춘의 대낮에 나처럼 컴퓨터 앞에 앉아있는 사
람이란!

부산에 살고 있다는 또래의 대학생 남자. 어떤 사람인지 모르겠지만 이 시간에 블로그를 하고 있다는 데서 알 수 없는 동질감이 느껴졌다. 오랜만에 레오의 블로그에 접속했다. 한 시간쯤 전에 올린 포스팅에는 활기찬 모습의 웰시 코기가 가득했다. 순간 모니터 속 웰시 코기와는 너무나도 어울리지 않는 느낌의 배경음악이 스피커를 통해 나오기 시작했다. 신비로운 종소리와 함께 시작되는 조용한 음악이 마우스를 잡고 있는 영지의 손을 멈추게 했다. 여태까지 추억할 만한 크리스마스를 보낸 적은 한 번도 없었지만 막연한 기대감을 갖고 매년 기다리고 기다리는 날이 바로 크리스마스였다. 오랜만에 찾았다. 취향 저격의 노래!

배경음악이 마음에 든다는 사실을 블로그 주인에게 전하고 싶어 안부게시판을 클릭하는 순간 음악이 끊어졌다. 노래를 더 듣고 싶어서 다시 블로그로 돌아가 여기저기를 클릭해 보았다. 시작한 지 일 년 정도 된 블로그에는 생각보다 포스팅이 많았다. 사진 찍는 연습을 하는지 부산의 곳곳이 사진에 담겨 있었다. 우리나라 제2의 도시 부산. 레오의 블로그 속 부산은 사람 사는 냄새가 가득 풍기는 곳이었다.

여러 장소 중 유난히 시선을 끈 곳은 보수동 책방 골목이었다. '# 보수동 책방 거리'라는 제목의 포스팅에는 모든 사진이 흑백 처리되어 있었다. 사진 속 그 어떤 책도 같은 명암으로 보이지 않았다. 오래된 책이 차곡차곡 정리되어 있는 모습에는 나이 지긋한 책방 주인의 정성이 담겨 있는 것 같았고, 이 장면을 멋지게 담기 위해 무릎을 굽히고 카메라를 비추는 레오라는 사람이 보이는 것도 같았다. 이런 음악을 좋아하고 이런 사진을 찍는 사람이라면 나쁜 사람일 것 같지는 않다는 느낌이 들었다. 반복되는 배경음악이 클라이맥스를 향해 갈 때마다, 블로그의 페이지를 하나씩 넘길 때마다, 더 궁금해졌다. 레오라는 사람은 어떻게 생겼을까.

스무 번은 반복해서 들었을까. 두 시간이 순식간에 지나갔다. 세 시를 향해가는 시계 바늘을 보며 하루가 지나간다는 사실에 씁쓸함을 느꼈다. 또 이렇게 청춘의 하루가 저물어 간다니. 안부게시판에 얼른 글을 남기고 컴퓨터를 꺼야겠다는 생각을 했다. 처음에 배경음악을 들었을 때의 흥분한 감정이 이제야 겨우 누그러든 것 같았다.

몇 시간 동안 다정하고 감미로운 목소리의 노래를 너무

많이 들었는지 레오의 안부 글 속 목소리마저 왠지 달콤하게 느껴졌다. 이 사람이 놀러 가는 곳이란 아까 본 포스팅처럼 보수동 책방 골목 같은 데가 아닐까. 영지는 자기도 모르게 단정한 옷차림의 키가 훤칠한 남자가 작은 책방 앞에 서서 왼쪽 어깨에는 묵직한 카메라를 걸고 오른손으로 빛바랜 책장을 한 장씩 넘기는 장면을 떠올렸다. 이내 스스로의 상상을 알아채고는 부끄러운 듯 고개를 도리도리하며 어이없는 웃음을 지어보였다.

"도대체 무슨 생각을 하는 거야? 너 진짜 외롭구나!"

혼잣말을 하고는 혹시나 그사이에 누가 왔을까 봐 빨개진 얼굴로 주위를 두리번거렸다.

언제부터였을까. 영지는 친구들과 이야기를 할 때마다 혼자만 같은 자리에 머물러 있는 것 같다는 생각을 했다. 하지만 따지고 보면 그렇게 무료한 시간을 보내는 것도 아니었다. 이전보다 학과 공부에 더욱 최선을 다하고 있었고 꾸준히 일본어도 공부하고 있었으니까. 그러나 아직 명시적으로 드러나는 결과가 없어서인지 늘 불안감이 컸다. 어쩌면 이

불안감은 외로움에서 비롯된 것일지도 모른다는 생각이 들었다.

그러는 동안 민주는 얼마 전에 소개팅했던 남자와 데이트 메이트를 시작했고 해미의 연애도 안정기를 맞이했다. 둘은 여름방학이 시작되면 바로 임용 공부를 시작할 거라며 그전까지 남은 한 달을 아주 즐겁게 불태우겠다는 계획을 세우고 있었다.

컴퓨터 전공 수업 속 프로그래밍 언어는 그저 외계어처럼 느껴졌다. 3년째 반복해서 들어도 여전히 이해되지 않았다. 민주도, 해미도 마찬가지였다. 강의실 뒤편에 나란히 앉은 세 명은 연습장에 대화를 나누며 함박웃음을 지었다. 점심 메뉴를 정하는 일은 언제나 즐거웠다. 오늘은 2차를 위해 교내 식당에서 가장 저렴한 식사를 하기로 했다.

수업이 끝나고 바로 지하의 교내 식당으로 향했다. 정말 시간이 없거나 돈이 없을 때에만 어쩔 수 없이 먹게 된다는 악명 높은 곳이지만 매일 생각보다 많은 학생들로 북적였다. 메뉴는 세 가지. 가장 비싼 2,200원짜리 식사를 선택하면 나름대로의 특식 느낌을 낼 수도 있지만 오늘 세 명은

1,500원짜리 메뉴로 통일했다.

흰쌀밥만 수북한 공기에 미역국 한 그릇, 콩나물과 김치만이 담긴 쟁반이 조금은 휑해 보였다. 영지는 습관적으로 밥을 미역국에 말았다. 국그릇이 작아 국물이 쟁반 위로 흘러내렸다.

"영지는 미역국에 꼭 밥 말아먹지?"

이전에 들었던 얘기가 생각났다는 듯 해미가 입을 열었다.

"근데 미역국에 건더기가 너무 없다. 가격이 싸니까 그렇겠지?"

숟가락으로 미역국을 휘휘 저으며 민주는 아쉬움을 토로했다. 해미가 민주를 토닥였다.

"얼른 먹고 스타벅스 가자."

"에스프레소는 빼고."

지난 소개팅에서 스타벅스에 처음 가게 된 민주는 익숙한 척하며 메뉴판 맨 위에 있는 에스프레소를 주문했다. 상대는 깜짝 놀라 에스프레소를 마실 수 있냐고 물어봤고 민주는 아무렇지 않게 당연하다고 대답했다. 하지만 아주 작은 컵에 담겨 있던 진한 액체는 한 모금 들이켜자마자 기침이 나오게 했다. 민주는 서울 한복판에서 생활하며 요즘 젊은 사람들 사이에 유행하는 스타벅스에도 한 번 가보지 못했다는 사실이 너무 부끄러웠다고 했다. 아이러니하게도 이런 경험이 소개팅 자리의 두 사람을 더 가깝게 이어줬는지 민주는 그 날의 상대와 데이트 메이트 관계를 이어가고 있었다. 영지는 민주를 바라보며 물었다.

"근데 사귀면 사귀는 거고, 아니면 아닌 거지, 데이트 메이트는 또 뭐야?"

민주는 설명할 게 많은지 수저를 쟁반 위에 내려놓더니 대답을 시작했다.

"난 이 오빠를 그렇게까지 좋아하지는 않아. 사귀고 싶을 만큼 좋지는 않은데, 그렇다고 연락을 끊고 안 만날 만큼 싫지는 또 않은 거야. 그래서 고민하고 있었는데 오빠가 먼저 제안하더라고. 사귀는 건 아니지만 사귀는 것처럼 만나는 보자고. 대신 그러면서 다른 사람 만나도 되고 때가 되면 쿨하게 헤어지자고. 솔직히 좋아하는 감정이 아예 없는 건 아니야. 근데 나도, 오빠도, 우리 둘 다 이전 연애가 너무 힘들었다는 거야. 그래서 연애를 다시 시작하는 게 좀 겁나기도 하고."

"연애가 정말 힘들긴 하지. 요즘 은성 오빠랑 잘 지내고는 있지만, 계속 불안해."

친구들의 연애 이야기에 귀를 쫑긋 세우고 듣던 영지는 전공 수업에 이런 집중력을 발휘할 수 있으면 얼마나 좋을 까 싶은 생각을 잠시 했다.

"어쨌든 그래서 만나보는 거야. 다음 주에는 롯데월드 갈 거야."

영지는 순간 손이 흔들려 국물을 청바지 위에 한 방울 떨어뜨렸다. 민주는 냅킨을 꺼내 영지에게 건네고 어른스럽게 말을 이어갔다.

"이 오빠 말이 스타벅스에서 내 모습이 그렇게 귀여웠대. 내가 뒤늦게, 사실은 처음 가봤다고. 에스프레소라는 것도 처음 먹어봤다고 실토했거든. 모르면서 아는 척하고 마셨다 가 기침하는 모습이 너무 귀여웠대. 여자 친구였으면 안아 주고 싶었다고."

수위가 높아진 말에 영지의 입꼬리가 올라갔다.

"어쨌든 우리 오늘 스타벅스 마스터 해보자고. 영지 언니도 소개팅 때 그 남자가 아메리카노 마셔보라고 계속 그랬다며. 우리 여태까지 아메리카노도 제대로 안 마셔보고 뭐 한 거지?"

대학로 한복판에 새로 생긴 스타벅스에는 다양한 연령층의 사람들이 가득했다. 혼자 앉아 이어폰을 꽂고 책을 보는 사람들도 많았고 여럿이 대화의 꽃을 피우고 있는 사람들도 많았다. 무려 네 테이블이나 붙여 앉아 모임을 하는 사람들도 있었다. 매일 지나치던 가게 안이 이런 풍경이라는 게 신기했다.

구석에 겨우 한 테이블이 비어 있었다. 어두운 색의 조그만 원목 테이블은 셋의 사이를 더 가깝게 만들었다. 셋은 약속이나 한 듯이 일제히 몸을 돌려 메뉴판을 응시했다. 영지는 재빨리 안경집을 꺼내 빨간 뿔테 안경을 썼다.

"저 옆쪽에 있는 건 알겠는데…… 핫초코, 캐모마일……."

메뉴판을 손가락으로 가리키며 영지는 익숙한 글자부터 찾고 있었다. 민주는 웃는 얼굴로 영지의 손가락 방향을 왼쪽으로 밀었다.

"거기 보지 말고, 우리 오늘 커피 먹기로 했잖아. 기본 메뉴가 아메리카노. 일단 저걸 하나 하자."

영지는 안경의 오른쪽 아랫부분을 두 번째 손가락으로 슬쩍 올리며 메뉴판에서 눈을 떼지 못했다. 이윽고 큰 깨달음을 얻었다는 듯이 말했다.

"우리 세 개를 다 다른 걸로 시켜보자."

"카페라테 하나 해. 아메리카노에 우유를 탄 거야. 영어 수업 때 들었지."

"우리 오빠가 카페모카 맛있다고 했어. 저기 생크림 많이 올려준대."

영지는 언젠가 오빠가 했던 이야기를 떠올리며 카페모카를 추천했다. 생크림 케이크를 좋아하는 영지는 음료 위에 생크림이 듬뿍 올라갔다면 분명히 맛있을 거라고 생각했다. 정리를 해보자는 듯 민주는 두 번째 손가락을 들어 보이며 말했다.

"더우니까 시원한 걸로 시킬까?"

"아니, 우리 엄마가 커피는 따뜻해야 제맛이라고 했어."

"하하 영지 엄마, 오빠 다 나온다. 그럼 아메리카노랑 라테는 따뜻한 걸로 하고 카페모카는 시원한 걸로 하자."

해미의 제안에 민주도 고개를 끄덕였다.

"그럼 됐네. 아메리카노, 카페라테, 카페모카 이렇게 세 잔. 다 합하면 얼마지?"

민주의 물음에 총무를 맡은 해미는 휴대폰을 열어 계산기를 찾았다. 가격을 입력해 보더니 살짝 혀를 내밀었다.

"우리 점심 값의 두 배가 넘어."

민주가 휴대폰을 쥐고 있는 해미의 두 손을 잡아 가볍게 흔들며 고개를 끄덕였다.

음료 세 잔이 놓인 까만 쟁반을 올려놓자 테이블 위가 가득해졌다. 아메리카노에서는 모락모락 김이 나고 있었고, 카페라테 위에는 하얀 색으로 하트가 그려져 있었다. 휘핑 크림이 듬뿍 올라가 있는 카페모카는 너무 푸짐해서 어떻게 먹기 시작해야 할지 망설여질 정도였다. 민주는 휴대폰을 꺼내 사진을 찍기 시작했다. 위에서 한 번, 앞에서 한 번, 비스듬하게도 한 장 찍었다. 영지는 앞머리를 한 번 쓸어내리더니 작은 소리로 박수를 한 번 치고는 두 번째 손가락으로 커피 잔을 하나씩 가리키며 말했다.

"순서를 정해서 맛을 볼까? 아메리카노, 카페라테, 카페
모카 순서로 먹어야 할 것 같은데?"

민주는 휴대폰 폴더를 닫고 고개를 끄덕였다.

"뷔페 갔을 때 음식 먹는 순서 같은 거지?"

"맞아. 뷔페 가서도 양념이 없는 것부터 먹으라고 하잖
아? 우리 한 번씩 맛을 보고 투표해보는 거 어때?"

"제일 맛있는 거 뽑기?"

해미도 웃음이 나오는 입을 손으로 가린 채 고개를 끄덕
였다. 영지는 손가락으로 아메리카노를 가리켰다.

"자, 그러면 1번 아메리카노."

"영지가 심사의 진행을 맡는 거야?"

아메리카노 컵을 들던 영지는 심사의 진행이라는 해미의
말에 웃음이 터져 손이 흔들리는 바람에 커피를 두 방울이
나 흘렸다. 더 쏟을 뻔한 걸 재빨리 입을 가져다 댔다. 너무
뜨거웠는지 입을 벌려 혀를 삐쭉 내밀었다. 오른손을 두어
번 혀 앞에서 흔든 후에야 뜨거우니 조심하라는 말을 전했
다. 다음으로 하트 그림이 있는 라테를 마셔볼 차례였다.

"이거 마시기 아까운데?"

라테를 두 손으로 감싸고 망설이던 영지가 한마디 건네고는 조심스럽게 마셨다. 해미는 영지의 이런 모습이 마냥 재미있는지 또 웃음보가 터졌다. 민주와 해미가 라테를 한 모금씩 마시고 나니 하트의 모양도 형체 없이 사라져버렸다. 지워져버린 하트 따위는 안중에도 없는 듯 셋의 시선은 카페모카로 향했다.

"이건 어떻게 먹어야 되지?"

"그냥 편하게 먹으면 돼. 생크림 먼저 먹다가 음료 마셔도 되고, 처음부터 빨대로 마셔도 생크림이 녹아들 거야."

영지의 질문에 너무나도 자연스러운 대답을 하는 해미를 보는 민주의 눈이 휘둥그레졌다.

"은성 오빠가 이거 좋아하거든."

"하긴 뭐 우리 마음대로 먹으면 되지. 이번엔 나부터 먹어볼게."

말이 끝나자마자 민주는 초록색 빨대를 생크림 한가운데에 푹 꽂았다. 한 모금 들이켜더니 맛있다면서 한 모금 더 들이켰다. 민주가 빨대를 뽑자 영지가 새 빨대를 뜯어 생크림을 먼저 한 번 떠먹더니 음료를 한 모금 마셨다. 이어서 해미도 또 다른 빨대로 카페모카를 시원하게 한 모금 들이켰다.

"우리 계속 같은 거 나눠먹으면서 새삼스럽게 빨대 각자 쓴 것 좀 봐."

민주의 말에 영지와 해미도 웃음이 터졌다.

"그럼 이제 투표를 해볼까? 참고로 어른이 되면 커피 맛을 알게 된다는 말이 있지."

심사 진행을 맡은 영지가 웃음기를 거두고 진지하게 말을 건넸다. 민주는 질문이 있다면서 왼손을 작게 들었다.

"근데 투표해서 뭐하는 거야?"

"우리의 취향 파악?"

"다 맛있긴 하네."

"다 맛있긴 해. 그런데 이걸 어떻게 매일 사먹어. 돈이 얼마인데. 요즘 송희랑 은아 매일 이거 한 잔씩 손에 들고 오잖아. 걔네는 돈이 많으니까 그렇다 쳐. 은성 오빠는 회사에서 점심 먹고 매일 카페 간다더라고. 난 그게 정말 마음에 안 들어. 돈도 돈이고 요즘 살도 많이 쪘어."

"그렇겠다. 송희랑 은아처럼 밥보다 비싼 커피를 즐기는 사치스러운 여자들을 된장녀라고 한대."

민주는 해미의 말에 공감하며 얼마 전에 인터넷에서 봤다는 신조어를 설명했다. 해미는 두 번째 손가락을 들고 기다리고 있는 영지를 보고 말했다.

"우리는 영지 말대로 그냥 취향 파악만 일단 해보자."

영지는 기다렸다는 듯 진지한 표정으로 심사를 진행했다.

"하나, 둘, 셋 하면 제일 맛있었던 거 하나만 손가락으로 지목하기! 자, 하나, 둘, 셋!"

 # 커피 맛을 아는 나이   2007.5.28. 21:38

오늘은 큰 맘 먹고 스타벅스에 가봤습니다!

우리는 사실 그동안 커피를 즐겨 마시지는 않았어요. 학교 사랑방에는 자주 가지만, 메뉴는 주로 코코아? ㅎㅎㅎ

어쨌든 오늘 처음으로 스타벅스에 간 거예요!

셋이 다른 걸 시켜서 나눠 먹어보자고 했어요.

가장 저렴한 아메리카노랑 우유가 들었다는 카페라테, 그리고 오빠가 추천했던 카페모카, 이렇게 세 잔을 시켰어요. 계산은 무조건 엔빵!

오늘 날씨가 더워서 아이스로 시킬까 하다가 커피는 무조건 뜨거워야 한다는 엄마님의 이론에 따라 핫 아메리카노와 라테를 주문했습니다. 카페모카는 아이스로! 휘핑크림 듬뿍 올려서요~

우리는 돌아가면서 한 모금씩 마신 후 가장 맛있는 걸 하나씩 골라보기로 했어요.
결과는?

저랑 자유님은 아메리카노를, 그리미는 카페모카를 골랐답니다.

세 가지 다 맛있긴 했어요. 그렇지만 밥값보다 비싼 커피가 낭비처럼 느껴져서 자주 사 먹지는 못할 것 같아요. 제일 싼 아메리카노가 3,300원이라니….

어쨌든 오늘의 결론은? 저와 자유님이 커피 맛을 아는 나이가 되었다는 겁니다.

쓰디쓴 커피를 아무렇지 않게 넘길 수 있게 된 우리!

그리미님도 내년에는 우리처럼 커피 맛을 알게 될까요?

그리미 2007.5.28. 22:21

뭐라는 거야. ㅋㅋㅋ 나도 아메리카노 먹을 만했는데 카페모카가

제일 배부른 느낌이라 맛있다고 고른 건데

자유 2007.5.28. 22:33

이거 진짜 블로그에 올리다니 ㅋㅋ 커피 맛을 아는 나이가 된 게

그렇게 좋았던 거야? 응?

레오 2007.5.28. 23:15

로테님 말씀대로 아메리카노는 따뜻해야 제 맛이죠. 저도 아메리

카노 좋아해요. 저도 커피 맛을 아는 나이^^

오동동 2007.5.28. 23:43

이거 어느 정도 신빙성이 있는 걸까요? 전 아직 커피 맛을 잘 모

르겠어요. 그 쓴 것을 왜 벌컥벌컥 마시는지…

럭키 2007.5.29. 00:27

그래도 로테님은 아메리카노보다 코코아가 더 잘 어울려요.

아메리카노는 맛있지만 커피 맛을 아는 나이라니 슬픈 느낌이
에요. 저는 커피 맛을 알게 된 지 너무 오래됐어요~ 흑흑

  하루하루 바쁘게 지나가고 있었다. 영지는 시험 기간이
힘들기는 했지만 감사하기도 했다. 졸업하고 나면 이 시기
를 그리워하게 될 것 같은 느낌이 들었다. 이제 학생이라고
불릴 날도 얼마 남지 않았다. 처음으로 신분이 바뀌는 순간
이 다가오고 있다. 시험과 과제 제출의 시기만 좀 달라도 좋
으련만, 왜 항상 이렇게 학기 말에 다 몰려있는지. 매번 과제
를 미리 해야겠다고 다짐하지만 늘 똑같다. 키보드를 쉼 없
이 두드리면서도 무슨 말을 쓰고 있는지 알 수가 없었다. 이
른 저녁부터 하품만 나왔다.
  민주랑 해미는 오늘 도서관에서 철야를 한다고 했다. 공
부가 잘 안 될 때 문자를 보내라고 했는데 둘 다 연락이 한
통도 없었다. 영지는 졸린 눈을 비비고 두 손바닥으로 뺨을
가볍게 때렸다. 오늘은 한 페이지만 더 쓰자고 생각하며 두
팔을 머리 위로 쭉 뻗어 깍지를 끼고 스트레칭을 했다. 그 순

간 블로그에 새로운 안부 글이 등록되었다는 알림이 모니터 하단에 올라왔다. 이런 방해가 이렇게도 반가울 수가! 딴짓을 할 이유를 만들어준 것 같았다. 언제 하품을 했냐는 듯이 리포트를 쓰던 창을 내려놓고 블로그 화면을 켰다.

부산에 살고 있는 한 살 많은 수의대생이라. 영지는 볼펜의 뒤꼭지를 컴퓨터 책상 위에 탁탁 누르면서 모니터 옆의 흰 벽을 바라봤다. 그러더니 이내 마우스 위에 오른손을 올려놓고 레오의 이름 두 글자를 클릭했다. 레오의 블로그에는 어김없이 감미로운 배경음악이 울려 퍼지고 있었다. 블로그에 방문할 때마다 동물 관련 글이 있어서 동물을 좋아하는 사람일 거라는 예상은 했었다. 그런데 아픈 동물을 치료해주는 사람이라, 아직은 아니지만 그런 공부를 하고 있는 사람이라니 영지는 어쩌면 레오가 정말 마음이 따뜻한 사람일지도 모르겠다는 생각이 들었다. 레오의 블로그 여기저기를 의미 없이 눌러보다가 배경음악이 벌써 끝나버렸다. 음악이 끊기자 정신을 차린 듯이 모니터 오른쪽 상단의 엑스 표를 재빨리 눌렀다.

리포트 마지막 페이지를 화면에 띄워놓았지만 좀처럼 집중이 되지 않았다. 괜히 마우스만 계속 클릭했다. 지금 하고 있는 생각이 스스로도 웃기게 느껴졌다. 그러면 수의사들이 다 천사라는 거야, 뭐야. 이영지, 뭘 이렇게 단순하게 생각하는 거야? 왜 자꾸만 이 사람을 멋있게만 생각하려는 거야? 아직 열 시도 채 되지 않았지만 정신을 가다듬을 필요가 있었다. 이 상태에서 깨어있으면 생각만 더 나아갈 것 같았다. 영지는 지금 자야만 하는 분명한 이유를 찾았다는 듯이 망설이지 않고 컴퓨터 전원 버튼을 눌렀다. 허리가 펴지니 생각도 정리되는 느낌이었다. 이럴 때는 무조건 그냥 자는 거라고 스스로에게 동의를 구하며 불을 끄고 두 눈을 감았다. 마음 깊은 곳에서 떠오르는 생각을 애써 지워버리려고 노력하면서 더 세게 눈을 감았다.

한숨 푹 자고 일어나니 온몸 여기저기 모기의 흔적이 남아있었다. 영지는 손가락에 팔목에 허벅지에 종아리에 물파스를 바르면서 후후 불었다. 주목 받기를 싫어하는 성격 탓에 어디에 가나 조용히 있는 편인데 왜 이렇게 모기들에게는 사랑을 독차지하는 건지 모르겠다. 몸에서 나는 냄새 때

문인가 싶어 손목을 들어 킁킁 냄새를 맡아봤다. 팔을 높이
들어 슬쩍 겨드랑이 냄새도 맡아봤다.

 # 모기의 사랑, 샤를로테   2007.6.17. 12:10

저는 냄새에 민감한 편이라고 생각합니다.

좋아하는 냄새가 많아요!
고기 굽는 냄새
참기름의 고소한 냄새
생각만 해도 행복해지네요.

그리고 빵집 냄새!
주로 음식 냄새가 좋은 것 같은데 다른 종류 중에는…
복사기에서 갓 나온 뜨거운 복사용지에서 나는 냄새요!

분위기 있게 로즈 뚜왈렛(?)을 좋아한다고 해볼까 하다가 진솔모
드로 갑니다. 아직 향수의 매력을 잘 모르겠어요. 어릴 땐 20대

가 되면 즐겨 쓰는 향수가 생길 줄 알았는데 막상 성인이 되고는 그냥 잘 씻고만 다니자는 생각으로 바뀌었어요. 화장품 냄새에는 별로 예민하지 않기 때문에 다 잘 맡아요. 킁킁~

이제 모기님이 등장하는 계절이 왔네요. 매일 저만 물려요. 모기가 저를 너무 좋아해서 매년 여름 정말 괴롭답니다. 제 냄새의 매력은 무엇일까요? ㅜㅜㅜ

자유 2007.6.17. 13:13
앗 나도 모기 정말 잘 물리는데 로테도 그래? 우리 둘이 같이 한번 자볼까~ 누가 더 많이 물리나? 나 지금 일어났다 ㅋㅋㅋ

럭키 2007.6.17. 15:02
모기에게 인기가 많은 로테님! 에프킬라를 준비하세요~ 토닥토닥 고기 구워서 기름장에 찍어먹는 상상을 했어요. ㅜㅜㅜ

레오 2007.6.17. 21:42
저는 강아지랑 고양이 발냄새가 그렇게 귀엽고 좋더라고요. 너무 변태 같은가?
분위기 바꿔서, 저는 녹차 냄새를 좋아해서 화장품 살 때 향을 골라요. 이렇게 말하면 있어 보이려나, 그린티 향!

오동동 2007.6.17. 21:50

고기 굽는 냄새 저도 정말 좋아해요. 참기름의 고소한 냄새까지⋯ 눈물나네요.

향수는 원래 냄새나는 사람들이 쓰려고 만들기 시작했대요. 저도 잘 씻고만 다녀야겠어요.

그리미 2007.6.17. 22:02

시험 끝나고 맛있는 거 먹으러 가자. 해미언니랑 나랑 주말 내내 정신 못 차림.

사랑방에서 보자

컴컴

오후 시험이 끝나고 영지는 민주와 해미에게 같은 문자를 전송했다. 두 과목의 시험이 끝났다는 후련함도 있었지만 그보다 더 큰 기쁨을 마주하게 되었기 때문이다. 영지는 경영관 지하에 있는 사랑방 구석 자리를 맡고 테이블 위에는 만 원짜리 지폐를 한 장 올려놓았다. 휴대폰 폴더를 열었다

닳았다하는 영지의 얼굴에 미소가 가득했다.

도서관에 있었다던 민주가 먼저 도착했다. 오늘 시험을 세 과목이나 봤다고 하는 민주의 모습이 평소와 많이 달랐다. 머리를 질끈 묶고 회색 운동복을 입은 민주의 얼굴에 다크서클이 진하게 보였다.

"너 많이 피곤해 보인다."

"어, 오늘 그냥 집에 갈까 생각하고 있었어."

"주말에 계속 밤샌 거야?"

민주는 뒤로 묶은 머리를 왼손으로 쓸어내리며 또박또박 대답했다.

"대학시절 버킷리스트 하나를 완수했거든."

"철야 힘들지? 진짜 밤새웠어?"

민주는 입 안에서 혀를 왔다 갔다 하며 장난스럽게 웃었다. 영문을 모르는 영지의 두 눈이 빨간 뿔테 안경 속에서 더욱 커졌다.

"어, 커피라도 한잔 마셔야겠다. 계속 정신이 안 드네."

"아, 해미 것도 먼저 시켜놓을까? 내가 살게! 이거, 시험 끝나고 나오는데 현관 앞에서 주웠다. 배춧잎이야!"

만 원권을 양손에 들고 윗니가 다 드러날 만큼 환하게 웃는 영지를 보며 민주도 따라 웃었다.

"오 대박! 만 원을 줍다니, 오늘 운수대통인가 봐!"

그때 해미가 들어왔다. 질끈 묶은 머리에 회색 운동복을 입은 해미의 얼굴 역시 피곤함으로 가득했다. 다가오는 해미를 바라보는 영지와 민주는 동시에 웃음이 터졌다. 영지가 먼저 입을 열었다.

"둘이 쌍둥이야 뭐야?"

해미도 민주의 옷차림을 보고 웃음을 터뜨렸다.

"둘이 사진이라도 한 장 남겨야 할 것 같은데?"

영지는 휴대폰 폴더를 열어 바로 카메라 버튼을 눌렀다. 민주는 양손으로 브이를 그려 얼굴을 가렸고 해미는 두 손을 포개 얼굴을 가렸다. 그러더니 이내 민주가 테이블 위에 있던 만 원짜리를 날렵하게 가로채며 자리에서 일어났다.

"다 아메리카노 마실 거지?"

해미가 얼굴을 가린 채로 고개를 끄덕였다.

"이거 영지 언니가 오늘 주운 돈이래. 돈 주웠다고 우리 커피 사준다고 불렀대. 완전 감동이지 않아?"

민주가 카운터 앞에 도착했을 때, 영지는 갑자기 무언가 생각난 듯 급하게 민주를 불렀다.

"나는 녹차 마실게!"

민주는 알겠다는 표정을 지어보이며 능숙하게 주문을 이어갔다. 영지는 해미 쪽으로 시선을 돌려 물어봤다.

"근데 너네 왜 이렇게 피곤해?"

"버킷리스트 하나를 멋지게 완수했지."

한 마디씩 말을 이어갈 때마다 해미의 얼굴에서 피곤함도 차차 사라졌다. 자리에 돌아온 민주가 대답을 거들었다.

"우리 금요일에 공부하다가, 밤새워서 영화 보기 해보자고 종로에 갔었어."

뜻밖의 대답에 영지는 입을 벌리고 쌍둥이 같은 차림의 두 친구를 한눈에 담았다.

"저녁 먹다가 얘기가 나와서 바로 실행해버렸어. 재미있었어. 시험 망쳤어도 후회 없어."

해미도 웃음기 가득한 표정으로 동의했다.

"맞아. 진짜 재미있었지?"

"무슨 영화 봤는데?"

"슈렉3 그리고 황진이?"

영화 제목이 잘 기억나지 않는지 해미는 민주를 향해 질문을 던졌다.

"응응, 황진이."

"진짜 대단하다!"

음료가 준비되는 것을 보고는 피곤한 두 친구를 대신해 영지가 일어났다. 하고 싶은 질문이 많은 듯 돌아오자마자 다시 질문을 이어갔다.

"그래서 두 편 본 거야? 재미있었어?"

해미가 머리카락의 끝부분을 손으로 만지작거리며 대답했다.

"원래 계획은 세 편이었는데, 두 편만 봤어."

"언니 황진이 시작할 때부터 잠들어서 끝나고 깨워도 안 일어났어. 정말 난감했다니까?"

영지는 테이블 위를 가볍게 한 번 치며 해미를 보고 웃음을 터뜨렸다.

"아니 근데 다 봤어. 송혜교는 왜 나이 먹을수록 더 예뻐지는 거야?"

"언니 계속 눈 감고 있던데."

비슷한 옷차림을 하고 티격태격하는 친구들의 모습을 보며 영지는 소리 내어 웃었다. 어쩌면 조금은 부러운 마음이 드는 것도 같았다. 평생 잊지 못할 추억을 더했으니까.

아메리카노를 처음 마셔본 지 얼마나 지났다고 민주와 해미가 잔을 잡는 모습이 제법 익숙했다. 민주는 따뜻한 아메리카노를 호호 불며 왼손으로 잔돈을 영지 쪽으로 밀었다.

"언니, 남은 돈으로는 로또 한번 사 봐."

"영지 로또 1등 되면 뭐할 거야?"

따뜻한 녹차가 담긴 잔을 바라보던 영지가 두 눈을 들어 친구들을 힐끗 바라봤다. 로또 1등 당첨이라니 생각만 해도 행복했다. 하지만 구체적으로 어떤 계획을 가지고 있는 건 아니었다. 해미가 눈을 또렷하게 뜨며 주위를 두리번거리더니 다시 입을 열었다.

"근데 진짜 아메리카노 마시면 잠이 안 오는 것 같아."

민주는 팔꿈치로 해미를 살짝 밀며 말했다.

"거짓말 하지 마. 언니, 황진이 보기 전에도 아메리카노 마셨잖아."

녹차를 한 모금 마신 영지는 그 투명한 액체를 뚫어져라 바라봤다. 그러더니 두 손바닥으로 조심스럽게 잔을 감싸 코앞에 가져왔다. 따뜻한 김이 모락모락 나는 녹차를 앞에 놓고 숨을 한껏 들이마셨다. 안경 아랫부분에 살짝 김이 서렸다가 없어졌다가 반복됐다. 민주와 한참 대화를 나누다가 영지의 모습을 발견한 해미는 또 웃음이 터졌다.

"영지 뭐하는 거야? 왜 갑자기 그렇게 분위기 잡고 녹차 냄새를 맡아?"

민주마저 이해할 수 없다는 말을 덧붙이며 웃었다. 안경에 서린 김이 사라지고 시야에 다시 친구들이 보이자 영지는 미소를 띠며 말했다.

"그냥. 녹차 향 맡아보고 싶어서. 좋네, 그린티 향."

영지는 어딘가에서 녹차를 주문해서 마신 게 처음이라는 사실을 깨달았다. 또 녹차를 굳이 그린티라고 부른 것도 처음이라는 사실 역시 이내 깨달았다. 평소에 별로 녹차를 좋아하지 않았는데, 오늘은 왠지 따뜻한 녹차가 몸 전체를 향긋하게 만들어주는 느낌이었다. 어떤 마음인지 콕 집어서 표현하기는 어렵지만 나쁘지 않았다, 이 기분. 어쩌면 조금

은 행복한 것 같기도 했다. 두 친구 덕분일까, 아니면 그린티
향 덕분일까. 이유가 무엇이든 상관없지 않을까.

#4

달콤한 여름 아침

\#

레오 2007.6.29. 15:57

로테님, 뭐 하세요?

샤를로테 2007.6.29. 15:58

그냥요…

레오 2007.6.29. 16:01

로테님, 요즘 몇 시쯤 일어나세요?

샤를로테 2007.6.29. 16:02

오늘은 11시에 일어났어요 ㅠㅠ 다음 주부터는 일찍 일어나려고요.

레오 2007.6.29. 16:04

저랑 비슷하시네요. 방학하니까 저도 일어나는 시간이 너무 늦어져서 걱정인데, 저랑 모닝콜 하실래요?

레오 2007.6.29. 16:05

전화하자는 말이 아니고요. 그냥 일어나서 안부 글로 기상 시간 체크하는 정도?

샤를로테 2007.6.29. 16:08

아, 순간 긴장했어요. 안부 글로 기상 시간 체크라, 괜찮을 것 같아요. 저도 다음 주부터는 일찍 일어날 거거든요. 레오님은 몇 시에 일어나실 건데요?

레오 2007.6.29. 16:09

저는 아침 8시 30분 목표요.

샤를로테 2007.6.29. 16:11

저도 그럼 8시 30분에 일어나는 걸 목표로 할게요. 그런데 벌칙도 있어요?

레오 2007.6.29. 16:13

벌칙은 차차 생각해보기로 하죠. 이제 경쟁이에요. ㅋㅋ

샤를로테 2007.6.29. 16:16

네, 그러면 먼저 일어나는 사람이 안부 글 남기기! 재미있겠네요.

레오 2007.6.29. 16:19

그러면 로테님 내일 아침에 다시 이야기해요. ^^

샤를로테 2007.6.29. 16:20

잠깐만요, 레오님. 내일 아니고 다음 주 월요일부터요~ 주말까지 마지막으로 늦잠을. ㅋㅋ

레오 2007.6.29. 16:22

주말에 다른 일정은 없으세요?

레오 2007.6.29. 16:23

네, 월요일부터 해요. ^^

레오 2007.7.2. 08:21

굿모닝! 로테님, 일어나셨어요? 오늘은 제가 이겼네요!

샤를로테 2007.7.2. 08:26

저도 일어났어요. 제가 더 일찍 일어났을 것 같은데요?

레오 2007.7.2. 08:31

뭐예요. 증거가 없으니 무효 ㅋㅋ

샤를로테 2007.7.2. 08:33

증거 서울에 있는데요!

레오 2007.7.2. 08:35

알겠어요. ^^ 좋은 하루 보내요!

레오 2007.7.13. 08:18

굿모닝 로테님, 오늘은 선물이 있어요. ^^

샤를로테 2007.7.13. 08:20

굿모닝! 무슨 선물일까요? 기대돼요!

레오 2007.7.13. 08:21

금요일이요. 방학이라 별로 의미 없을까요?

샤를로테 2007.7.13. 08:23

푸하핫. 금요일 레오님이 주시는 거예요? 감사히 받겠습니다. 주말 일정은 없지만…

레오 2007.7.13. 08:25

저도 그렇긴 하지만 주말은 좋아요. 가까운 데 계시면 커피라도 한 잔 할 텐데요.

샤를로테 2007.7.13. 08:28

하핫~ 레오님 오늘도 열심히 하시고 주말도 즐겁게 보내세요. ^^

샤를로테 2007.7.17. 08:14

오늘의 뜨거운 태양을 레오님께 드립니다. 굿모닝~ 일어나셨죠?

레오 2007.7.17. 08:17

하하. 로테님 오늘 빨간날이라 안 들어오실 줄 알았어요.

샤를로테 2007.7.17. 08:19

헉 오늘 빨간날이었네요? 저 이제 완전히 아침형 인간이 되었나 봐요.

레오 2007.7.17. 08:21

저도 그래요. 로테님 덕분에 아침형 인간으로 다시 태어났어요.

샤를로테 2007.7.17. 08:23

저 덕분이죠? 휴우, 오늘도 많이 덥네요.

레오 2007.7.17. 08:26

부산도 많이 더워요. 로테님이 주신 뜨거운 태양 때문이에요.

샤를로테 2007.7.17. 08:29

하핫. 그것도 저 덕분이죠? 따끈따끈한 하루 보내세요!

레오 2007.7.17. 08:32

그럴게요. 땀이 날 때마다 로테님이 떠오를 것 같군요. 시원한 하루 보내요. ^^

레오 2007.7.24. 08:11

굿모닝~ 얼마 전에 읽은 소설 제목이 '7월 24일 거리'여서인지 오늘이 뭔가 낭만적으로 느껴지네요.

샤를로테 2007.7.24. 08:14

레오님도 그 소설을 읽으셨어요? 원래 소설을 즐겨 읽으세요?

레오 2007.7.24. 08:16

로테님도 보셨군요. 전 별로 많이 읽진 않아요.

샤를로테 2007.7.24. 08:18

사랑에 실패하는 여자들의 특징이 나온대서 몇 가지나 일치하나 찾아봤어요. 레오님도 공감할 만한 부분이 있으셨어요?

레오 2007.7.24. 08:19

로테님은 몇 가지나 일치하셨어요?

샤를로테 2007.7.24. 08:20

그건 비밀이에요. ^^ 레오님 좋은 하루 보내세요!

레오 2007.7.24. 08:22

하하. 그래요. 소설처럼 낭만적인 하루 보내요. ^^

샤를로테 2007.7.30. 08:04

굿모닝! 벌써 7월 말이네요. 레오님도 커피프린스 아세요?

레오 2007.7.30. 08:06

로테님 굿모닝! 일찍 일어나셨네요. 그런데 커피프린스가 뭐예요?

샤를로테 2007.7.30. 08:07

역시 레오님도 모르실 것 같았어요. 요즘 유행하는 드라마가 커피프린스 1호점인데요. 제가 오늘 친구들이랑 직접 가보려고요.

레오 2007.7.30. 08:12

아, 공유랑 윤은혜가 나오는 드라마네요. 서울에 촬영장소 카페가 있다네요!

샤를로테 2007.7.30. 08:14

네! 서울에 사니까 좋겠죠? 레오님은 멀어서 못 오시니까 제가 가보고 알려드릴게요.

레오 2007.7.30. 08:16

하하. 그래요. 친구들이랑 좋은 시간 보내고 다녀와서 저한테 후기 꼭 들려줘요.

오늘도 좋은 하루 보내요. ^^

샤를로테 2007.7.31. 08:23

레오님 오늘 벌써 7월의 마지막 날이네요. 저 어제 커피프린스에 못 갔어요. 친구들 말이 지금은 사람도 너무 많을 것 같고 대중교통을 이용해야 하는 우리가 지하철 타고 버스 타고 가기에는 힘들 것 같다더라고요. 너무 아쉬워요. 언제쯤 커피프린스에 갈 수 있을까요?

레오 2007.7.31. 08:26

그랬군요. 로테님 후기 기다리고 있었는데 저도 아쉽네요. 로테님 친구분들이랑 노신다는 이야기 듣고 어제 저도 집중이 너무나 안 되더라고요. 그래서 혼자 해운대에 놀러갔었는데 엄청난 인파에 기죽어 돌아왔어요. 커피프린스는 다음에 가요. ^^

샤를로테 2007.7.31. 08:30

해운대는 지금 최절정이죠? 뉴스에서 많이 봤어요. 저는 부산에는 언제 가볼까요.

레오 2007.7.31. 08:32

다음에 남자 친구 생기면 같이 구경 오세요~ 혼자 오시면 외로울 거예요. 로테님 한 달 동안 정말 고마웠어요! 7월의 마지막 하루도 잘 보내요. ^^

방학 시작과 동시에 비가 쏟아져 내렸다. 때 이른 6월 장마로 온종일 우중충한 느낌이었다. 그래도 당분간 시험 볼 일이 없고 학교에 가지 않아도 된다는 생각에 영지의 마음

만은 매우 맑음이었다. 방학 첫날, 영지는 일본어 학원에 등록부터 했다. 혹시라도 마음이 바뀌고 방황할까 봐 서둘러 결제했다. 학원에서 역으로 향하는 직선로는 오늘도 어김없이 붐볐다. 알록달록한 하트 무늬가 그려져 있는 우산 위로 시끄럽게 비가 쏟아져 내렸다.

오늘 만남의 장소는 신림이었다. 영지는 강남에서, 민주와 해미는 노량진에서 출발하니 가운데가 신림이었다. 서로의 방학을 응원하고 격려하자는 뜻깊은 만남이었다. 3번 출구로 나가자 민주와 해미가 먼저 와서 기다리고 있었다. 영지는 친구들이 먼저 와있을 걸 예상하지 못했다는 듯 깜짝 놀랐다. 영지의 놀란 표정을 보고 해미가 웃으며 말했다.

"우리가 먼저 와서 영지 기다리는 거 처음인 것 같아."

평일 오후에도 사람이 많은 거리를 볼 때마다 영지는 궁금증이 생겼다. 직업이 무엇이기에 평일 낮에 이런 시간을 보낼 수 있는 걸까. 점점 더 강해지는 빗줄기에, 앞서 걷는 민주와 해미의 목소리가 들리지 않았다. 영지는 두리번거리며 묵묵히 친구들의 뒤를 따랐다. 영지도 예전에 지은과 서울대학교를 구경하고 백순대를 먹어본 적이 있었다. 순대타운 건물로 들어서니 수많은 순대볶음집들이 이어졌다. 별다른 경계는 없었지만 천장에 간판이 모두 다른 가게들이었다. 가게 이름은 대부분 지명이었다. 중간쯤 걸어가다가 적당한 곳에서 자리를 잡았다.

"이모, 여기 원조백순대 3인분이요."

두 번째 방문이라던 해미의 태도가 무척이나 익숙해보였다. 민주는 손을 들어 소주 한 병을 주문했다. 이내 테이블 가운데 네모난 프라이팬이 올려졌다. 시원한 에어컨 바람 속에 가스불이 켜지며 따뜻해지는 기운이 상쾌하게 느껴졌다. 영지가 먼저 입을 열었다.

"노량진은 어땠어?"

"언니, 우리 진짜 충격 받았잖아. 서울 한복판인데 어떻게 분위기가 그렇게 달라? 거기 사람들 다 추리닝 입었어!"

"그래도 다 젊잖아. 완전히 젊음의 거리야. 나는 먹을 게 많고 물가가 저렴한 게 마음에 들던데?"

민주가 시원한 물을 한 모금 들이켜더니 말했다.

"그건 그래. 길거리에 포장마차가 쫙 깔려있는데 가격이 진짜 싸더라. 다 천 원이야!"

영지는 입술을 동그랗게 내밀며 놀라움을 표시했다. 민주는 순식간에 물 한 잔을 비우더니 이어서 말했다.

"근데 아직 배수시설이 안 좋은지 횡단보도에 물 엄청 고여 있고, 사람들 다 추리닝 입고 배낭 메고 다니는데 대학가보다 커플이 더 많은 것 같은?"

"뭐야, 노량진도 커플 천국이란 말이야?"

영지는 나무젓가락을 힘줘서 가르며 물었다. 해미는 채워진 잔을 들고 친구들에게 손짓했다.

"뭘 위해 건배할까?"

"음, 영지 언니는 아직 고시생은 아니니까. 우리의 여름방학을 위해?"

"좋아. 얼마나 기다리고 기다리던 여름방학이었는데! 우리의 여름방학을 위해!"

지글지글 익어가는 백순대 위로 셋은 잔을 부딪쳤다. 영지는 아직도 술 맛을 잘 모르겠다고 생각하며 식도를 타고 넘어가는 소주의 찌릿함에 몸을 살짝 흔들었다. 한 모금을 마신 민주는 배추김치를 한 조각 집어 먹으며 영지에게 질문했다.

"언니도 등록 잘 하고 왔어?"

"응, 이번 방학 일본어 올인이야. 나는 학원에 매일 가."

"와, 고시생보다 더 빡센 스케줄인데? 언니는 늘 열심히 하니까."

민주는 이제 다 익었으니 먹어도 된다는 듯 젓가락을 철판 쪽으로 두어 번 가리켰다. 영지가 혼자 다짐하듯 작은 목소리로 말했다.

"열심히 해야지."

"영지도 다음 방학에는 노량진 오는 거야?"

"글쎄, 잘 모르겠어. 일단 이것부터 한번 해보려고."

고개를 끄덕이더니 민주가 먼저 잔을 비우며 걱정스러운 표정으로 말했다.

"내후년에 우리는 무얼 하고 있을까?"

영지는 주위를 두리번거리면서 대답했다.

"다들 막막하지 않을까? 우리도 그렇지만 주위에 걱정 없어 보이는 사람들도 다."

어느 새 식당 안은 백순대에 술잔을 기울이는 사람들로

가득해진 모습이었다. 민주도 영지의 시선을 따라가 보더니 탄식하듯 말했다.

"아, 우리도 이제 좋은 시절 끝난 것 같아."

해미는 팔꿈치로 민주를 가볍게 치며 위로했다.

"민주야, 너답지 않게 왜 그래."

"야, 너는 그래도 데이트 메이트라도 있잖아!"

영지의 말에 민주는 비로소 고개를 들었다. 영지는 장난스럽게 웃으면서 체념한 듯 말을 이어갔다.

"나는 이렇게 아무것도 없이 대학 시절이 끝나게 생겼는데…… 괜찮아. 나는 뭐, 익숙해졌다고 할까? 그리고 지금 시기에는 연애를 시작하면 더 혼란스러울 것만 같아."

잠자코 듣던 해미가 입속에 순대를 씹으며 말했다.

"더 힘이 될 수도 있지."

힘이 되는 연애를 한다는 건 다른 세상 이야기라고 생각하며 영지는 민주에게로 시선을 옮겼다.

"데이트 메이트랑은 잘 지내고 있는 거 맞지?"

"응, 이번 방학부터는 2주에 한 번만 만나기로 했어. 오빠도 취업 준비해야 하고, 나도 이제 공부해야 되니까."

"더 좋아지고 하지는 않아?"

"좋아. 나쁘지 않아. 그런데 신기하게 막 보고 싶고 그렇지는 않아."

"만나면 손잡고 다니지? 그 이상은?"

"아 언니, 그 이상은 없어. 우리가 사귀는 건 아니니까."

"나는 잘 모르니까 궁금하잖아."

머쓱한 듯 말하며 영지는 소주를 한 모금 들이켰다. 조심스럽게 친구들의 반응을 살피며 해미가 입을 열었다.

"오늘 늦게까지 있지는 않을 거지?"

"은성 오빠 연락 왔어?"

"응, 이따 잠깐 보자고."

영지는 고개를 끄덕이며 해미를 향해 대답했다.

"그래, 우리는 이것만 먹고 바로 일어나자."

"언니 그래도 은성 오빠랑 잘 이어나간다. 난 솔직히 다시 만나서 얼마 못 갈 줄 알았거든."

민주의 말에 해미는 웃는 얼굴로 대답했다.

"나도 덩달아 많이 변한 것 같아. 사실 요즘에 하루 종일 연락을 한 번도 하지 않는 날도 있어. 예전 같으면 견디지 못

했을 것 같은데, 이제 그러려니 생각하게 됐어."

"연애하는데 하루 종일 연락을 한 번 안 한다고? 난 사귀는 게 아니어도 이 오빠랑 매일 한 번 이상은 꼭 통화해."

"솔직히 은성 오빠 믿는 것도 아니고 의심도 많이 되는데, 모르겠어. 그냥 이렇게 흘러가."

영지는 친구들의 연애 이야기를 들으며 마시는 소주의 맛이 평소보다 왠지 더 쓰게만 느껴졌다. 잠시 고개를 숙여 소주잔을 바라보던 영지에게 민주가 말을 꺼냈다.

"아, 언니, 얼마 전에 싸이월드 보니까 세준 오빠 8월에 제대한다고."

"벌써?"

"언니는 세준 오빠한테 정말 관심이 없구나."

"우리 밥도 하나만 볶아 먹을까?"

말을 이어가려던 민주가 영지의 반응에 입을 다물었다. 남은 양념 위에 잘게 썬 야채를 넣은 볶음밥이 하트 모양이 되었다.

눈을 떠보니 벌써 11시. 장마 뒤의 후텁지근한 공기에 푹 자고 일어난 자리가 땀에 흠뻑 젖어 있었다. 작심삼일은커녕 작심일일도 아니었다. 방학 첫날 겨우 부지런히 움직였을 뿐, 그 이후로는 계속 이렇게 무의미한 시간이 지나가고 있었다. 다음 주에 학원 수업이 시작되고 나면 좀 낫겠지? 영지는 어서 잠을 깨려는 듯 시원한 물을 얼굴에 연거푸 묻히고 화장실 거울에 비친 자신의 얼굴을 빤히 바라봤다. 이렇게 수시로 하염없이 늘어져버리는 모습을 볼 때마다 스스로는 반드시 어딘가에 매어있어야 무너지지 않을 것 같다는 생각이 들었다. 늦은 아침 식사를 하며 오늘은 산책이라도 다녀와야겠다고 생각했다. 오랜만에 컴퓨터를 켜봤다. 다들 바쁘게 지내는지 업데이트가 없었다. 민주도, 해미도, 그리고 레오님도.

방학 4일째 새로운 다짐 2007.6.29. 12:36

오늘 벌써 방학 4일째예요.

지난 주 금요일에는 세 과목이나 기말고사를 봤는데

이제 아주 먼 옛날 일처럼만 느껴져요.

방학하고 지금까지 뭘 하셨나요?

저는 오늘도 일어나니까 벌써 해가 중천에 떠있었어요.

흑흑. 어떡해요.

아직 7월이 아니기는 하지만 이렇게까지 늘어져있을 줄은.

이것저것 계획은 있는데 며칠 동안 하나도 시작한 게 없어요.

도대체 뭐 하면서 살고 있는 거지?

스스로가 너무 한심해요.

만약 방학이라는 님도 우리처럼 지나간다면요.

우리처럼 팔을 자연스럽게 흔들면서 걸어간다면,

저는 망설이지 않고 방학님을 잡을 거예요.

가지 말라고, 좀 천천히 가라고,

두 손으로 방학님 팔을 꽉 붙들고 최선을 다해 버틸 거예요.

방학님, 가지 마요~

이러고 있어도 느긋한 방학이 정말 좋아요!

방학이 긴 것 같으면서도 짧단 말이에요.

더 이상 시간 낭비하지 말고 알차게 보내야겠어요.

공부도 열심히 하고

운동도 열심히 하고

책도 많이 읽고

이번 여름에는

겉은 가벼워지고 속은 무거워졌으면 좋겠어요! 파이팅!

레오 2007.6.29. 13:18

저도 비슷하게 지내고 있었어요. 로테님, 제가 감시해드릴게요.

그리미 2007.6.29. 13:22

나도 학원 개강 전까지 실컷 놀기~ 우리 이번 방학 파이팅!

오동동 2007.6.29. 15:02

알찬 방학 보내세요~

럭키 2007.6.29. 15:12

방학님이라니 하하. 로테님 늘 열심히 고민하며 사시는 것 같아요~ 토닥토닥

자유 2007.6.29. 15:30
우와 로테 일찍 일어났네? 나는 지금 일어남~ 오늘 하루 잘 보내자. ^^

양쪽에 선풍기를 틀어놓고 오랜만에 인터넷 서핑을 하니 시간 가는 게 안 느껴질 정도로 재미있었다. 영지는 어느새 자신보다 어린 연예인들이 많아진 게 신기했다. 언니, 오빠를 외치며 연예인을 좋아하던 시절이 엊그제 같은데 이제 대부분 동생들이라니. 이렇게 시간이 가는구나 싶었다. 그때 새로운 안부 글이 등록되었다는 알림이 떴다.

블로그 안부게시판에 모닝콜을 하자는 제안이 별로 부담스럽지는 않았다. 조금 귀찮을 것 같기는 했지만 이렇게라도 생활을 통제할 수 있다면 분명히 이득이었다. 아침마다 감미로운 노래를 한 번씩 듣는 것도 나쁘지 않을 것 같았다. 꼬리에 꼬리를 물며 생각이 이어지는 동안 영지의 손은 자기도 모르게 레오의 배경음악 음원을 찾고 있었다. MP3 정

리를 마친 영지는 방학 동안 이 음악들과 함께 알찬 생활을 하기로 다짐하며 방문에 걸린 야구 모자를 꺼내 썼다.

여름, 저녁, 호수, 놀이공원, 귀에 울려 퍼지는 크리스마스 음악, 그리고 이제 방학이다. 발걸음이 점점 더 가벼워졌다. 양팔을 신나게 흔들면서 호수를 세 바퀴나 돌고 나무 계단에 걸터앉은 영지는 주머니 속에서 MP3를 다시 꺼내봤다. 집에서 나올 때부터 지금까지 같은 노래만 반복해서 들었음을 뒤늦게 깨달았다. 이렇게 다정한 노래를 알게 해준 사람, 레오님은 어떤 사람일까. 레오님은 지금 부산의 어딘가에서 무엇을 하고 있을까. 영지는 고개를 들어 호숫가를 나란히 걸어가는 커플들의 모습을 보고는 다시 머리를 숙이며 가로 저었다.

벌칙도 없다지만 신경이 쓰여 실제로 영지는 8시도 전에 눈을 떴다. 8시부터 레오의 블로그에 들어가 정말 안부 글을 남겨야 될지 말지 고민하던 새에 레오가 먼저 글을 남겼다. 어쨌든 이렇게라도 부지런하게 방학을 보내게 된다면 더 바랄 게 없다고 생각했다.

한 나라의 언어를 공부하는 일은 역시나 무척 어려운 일이었다. 일본어는 우리말과 어순도 같고 비슷한 단어가 많으니 수월할 거라고 생각했던 게 오산이었다. 일본어는 웃으며 들어갔다가 울면서 나온다는 말처럼 공부할수록 더 어려운 느낌이었다. 하지만 영지는 어쩌면 계획했던 것보다 더 열심히 하고 있다고 생각했다. 레오와의 모닝콜을 마치면 간단히 아침을 챙겨 먹고 바로 학원으로 향했다. 취업 준비생으로 보이는 사람들이 가득한 자습실을 둘러보며 좋은 자극을 받았다.

어김없이 더운 7월 말, 오랜만에 만난 셋은 반가운 마음에 보자마자 서로의 손을 마주 잡았다. 그늘에 서 있는데도 이마에는 땀이 맺혔다.

"둘 다 피부가 하얘진 것 같아!"

영지의 말을 들은 해미는 웃으며 상점의 유리창에 비치는 자신의 얼굴을 가까이 들여다봤다. 상점 안의 사람들과 눈이 마주치자 옆에 서 있던 민주가 해미의 몸을 돌려 끌었다.

"언니 어떻게 커피프린스를 모를 수가 있어? 요즘 그거 모르는 사람도 있다니 충격이야."

"늦게라도 꼭 봐. 진짜 재밌어. 공유 진짜 멋있어."

영지는 커피프린스라는 드라마를 모르는 누군가를 떠올리며 자신 있게 대답했다.

"그래. 근데 모르는 사람 또 있을 걸?"

민주와 해미는 그럴 리가 없다고 입을 모아 말했다. 친구들과 대화를 나누는 영지의 머릿속에 커피프린스를 모르는 누군가에 대한 생각이 떠나지 않았다. 만약 그 사람이 지금 이 자리에 함께 있다면 편을 들어주지 않았을까 싶었다.

"커피프린스는 차를 타고 갈 수 있을 때 가야 될 것 같아. 언제가 되려나?"

두리번거리며 길을 찾던 민주가 영지를 바라보며 말했다. 영지의 눈에 민주의 숄더백이 아래로 무겁게 처져 있는 게 보였다. 늘 예쁜 옷에 어울리는 작은 가방을 메고 다니던 민주의 색다른 모습이었다. 어쩔 수 없이 민주도 고시생이 되어간다고 생각하니 안타까운 마음이 들었다. 민주는 차분한 태도로 오늘 커피프린스에 가지 못하는 이유를 다시 한번 설명했다.

"차 없이 가기엔 좀 힘들 것 같고, 또 지금은 한창 사람들이 많이 갈 때라. 드라마 끝나고 한 김 식은 다음에 가자."

커피프린스가 뭔지도 몰랐던 영지지만 막상 못 간다고 하니 많이 아쉬웠다. 레오에게 커피프린스에 가지 못한 이유를 뭐라고 해야 할지 자기도 모르게 머릿속으로 내용을 정리하고 있었다.

"대신 맛있는 거 먹자고 여기서 보자고 했어. 요즘 삼청동 최고 맛집이야. 아, 여기 이 골목!"

좁은 골목길 사이로 대여섯 명의 사람들이 줄 서 있었다. 손으로, 부채로, 뜨거운 햇빛을 가리고 떡볶이를 먹기 위해 기다리고 있는 사람들. 이 더운 날씨에 떡볶이를 먹기 위해 이렇게 기다려야만 하는지, 영지는 입 밖으로 생각을 표현하기 전에 친구들의 눈치를 봤다. 그런 영지의 마음을 눈치챈 것처럼 민주가 먼저 입을 열었다.

"여기 분식집이라 금방 빠질 거야. 길어봐야 20분? 그래도 오늘은 줄이 짧은 편이네. 월요일이라 그런가."

영지는 고개를 끄덕이며 말했다.

"그래. 그럼 기다려보자. 해미는 요즘 연애 잘 되어 가?"

"응. 이제 오빠도 일이 좀 익숙해져서 여유가 생겼다고 하고, 너무 놀아서 공부가 걱정이긴 한데, 그래도 좋아."

"민주는 데이트 잘하고 있고?"

"쏘쏘. 심심할 때 만나서 노는 거지 뭐. 방학하고 너무 자주 만난다는 게 문제지만. 참, 언니 나 물어볼 거 있었는데. 레오님이랑 친해졌어?"

영지는 순식간에 얼굴이 빨개졌다. 더워서 그런 것처럼 급하게 손을 올려 부채질을 하기 시작했다.

"친해지기는. 그냥 블로그 하다 보니까 몇 마디 나누는 거지. 왜?"

"요즘 댓글 보니까 갑자기 길이도 길어지고 서로 고맙다는 말도 있고 그렇던데?"

"원래 인터넷으로 말하다 보면 그럴 때 있지 않아? 실제로는 안 웃으면서 웃는 얼굴 이모티콘도 그리고?"

민주는 못 말리겠다며 웃는 얼굴로 영지의 팔을 가볍게 쳤다. 영지는 덩달아 웃으면서도 마음이 쿵 내려앉았다. 반사적으로 둘러댔다. 지금 이 마음은 친구들에게조차도 털어놓을 수 없는 걸까. 아니, 할 말이 없는 관계라는 말이 맞겠

150

다. 아침마다 고작 몇 마디 주고받는 것뿐이다. 하지만,

"아, 언니, 세준 오빠 곧 제대한대. 개강 전에 같이 한번 볼
까?"

빨개진 얼굴이 가라앉지 않아 영지는 연신 부채질을 하며
서둘러 대답했다.

"그래. 그, 그러자."

레오와 모닝콜을 주고받으며 7월이 순식간에 지나갔다.
7월의 마지막 날 모닝콜을 주고받고 영지는 더 하고 싶은
말이 남아 컴퓨터 앞을 떠날 수가 없었다. 레오님 덕분인지
요즘은 외롭다는 생각이 안 드는 것 같아요, 저 레오님과 대
화 나누는 아침 이 시간을 매일 기다린다는 거 알고 있나요,
아침에 눈 뜰 때마다 저도 모르게 가슴이 설레요, 앞으로 계
속 이렇게 모닝콜 할까요, 맥락 없이 마음속에서 흘러나오
는 말들을 모두 키보드로 옮기다가 깜짝 놀란 영지는 서둘
러 입력한 글자들을 지웠다. 레오님은 이제 나갔겠지, 안부
게시판을 닫자 배경음악이 다정하게 흘러나왔다. 동물도 기
침을 한다는 내용의 최근 포스팅. 기관 허탈, 울혈성 심부전

이라니, 프로그래밍 언어만큼이나 이해하기 어려운 말들이었다. 레오와는 어쩌면 서울과 부산이라는 물리적인 거리감보다 더 머나먼 세계에 있는 건지도 모르겠다는 생각이 들었다. 페이지를 아무리 넘겨봐도 레오의 사진은 없었다. 허탈했다. 한 살 많은 수의대생, 부산에 살고 있고, 강아지와 고양이 발 냄새를 좋아하는, 그린티 향 화장품을 골라서 사는, 골든 레트리버와 아메리카노를 좋아하는, 영지는 컴퓨터 앞에 놓여있던 볼펜을 거꾸로 들고 책상 위에 톡톡 두드리며 레오에 대해 알고 있는 게 또 뭐가 있는지 떠올려 봤지만 잘 생각이 나지 않았다. 분명한 사실이 한 가지 있다면 레오에 대해 잘 모른다는 게 아닐까.

"악!"

영지는 갑자기 생각이 난 듯 예전에 블로그에 올려놓은 자신의 사진들을 찾기 시작했다. 오른쪽 얼굴 합성, 왼쪽 얼굴 합성, 축구 선수와 함께 어깨동무하고 있는 합성 사진, 손으로 꽃받침을 하고 찍은 사진 등이 연달아 나왔다. 지금 삭제하더라도 늦었다. 레오님은 이미 봤을 거라고. 사진을 찾아 볼 만큼 관심이 있다면? 삭제 버튼을 연달아 클릭하면서

도 오로지 생각은 레오에게로 향했다. 레오님을 좋아하게
된 걸까? 이름도 모르고, 얼굴도 모르는 사람을 좋아할 수
가 있을까? 순간 자기도 모르게 눈물을 찔끔 흘려버린 영지
는 깜짝 놀랐다. 어쩐지 한 달 동안 지나치게 열심히 살았다.
그래서 그런 거라고 중얼거리며 세면대로 가서 차가운 물을
얼굴에 연방 적셨다.

#5

천국과 지옥 사이

\#

샤를로테 2007.8.1. 08 : 28

레오님, 8월도 힘차게 시작하세요~ 아직 안 일어나셨나요?

샤를로테 2007.8.2. 08 : 12

레오님 오늘은 일찍 일어나시겠죠? 어제는 무슨 일이 있으셨던

거예요?

샤를로테 2007.8.3. 08 : 32

레오님 무슨 일인지 모르겠지만 괜찮으시겠죠? 저는 레오님 덕분

에 요즘도 일찍 잘 일어나고 있습니다. 저도 이제 모닝콜을 그만

할게요. 좋은 하루 보내세요.

샤를로테 2007.8.27. 23 : 55

레오님 많이 바쁘신가요? 갑자기 이렇게 잠수를 타시면 어떡해

요…

157

8시 반이 넘었는데 레오의 대답이 없었다. 모닝콜을 주고받은 이후 처음이었다. 안부게시판을 반복해서 들어갔다 나왔다. 컴퓨터가 이상한가 해서 인터넷 창을 닫았다가 다시 열어보기도 했다. 세 차례 정도 다시 로그인해 보기도 했다. 그렇게 한 시간 가까이 컴퓨터 앞에서 기다렸지만 레오의 대답은 없었다. 7월에만 모닝콜을 하기로 했던 건가 싶어 그동안 레오와 나누었던 안부 글들을 다시 쭉 살펴보았다. 모처럼 늘어지게 늦잠을 자고 있는 걸까. 그러면 벌칙으로 뭘 요구해볼까. 혹시 몸이 안 좋은 건가.

영지는 11시가 넘어서야 무거운 마음으로 겨우 집을 나섰다. 이제 벌써 8월. 개강하면 일본어를 공부할 수 있는 시간은 많지 않을 것이다. 어떻게든 개강 전에 실력을 높여야 한다고 조바심 내며 집중되지 않는 마음을 다잡았다. 왼편에 교재를 펴놓고 연습장에 무작정 따라 썼다. 내년이면 졸업반이다. 어떻게든 길을 찾아야 한다. 이게 내 길인지 잘 모르겠지만 일단은 뭐라도 해야 한다. 다른 생각이 비집고 들어올세라 손을 더 빠르게 움직였다.

오늘도 레오의 대답은 없었다. 영지는 모니터 하단의 시간이 8시 30분, 31분, 33분, 35분, 37분, 40분으로 바뀔 때마다 안부게시판에 다시 들어가 봤다. 여전히 답은 없었다. 영지는 허탈함에 한숨을 크게 뱉었다.

자습실에 도착해서도 좀처럼 공부가 되지 않았다. 심기가 불편했다. 곰곰이 그 이유를 생각해봤다. 달라진 건 레오뿐이었다. 그렇다면 레오 때문인 걸까? 그동안 우리는 사귄 것도 아니고 애정을 주고받은 것도 아니다. 더군다나 서로 목소리도 모르는 상태에서 안부게시판에 체크하는 게 무슨. 그래도 이렇게 말도 없이 잠수를 타다니 몹시 기대 이하다. 이런 사람과 실제로 인연을 맺지 않은 게 얼마나 다행인지 모른다. 영지는 반복해서 한숨만 내쉬었다. 그런데 정말 무슨 일이 있는 건 아닐까.

어제, 엊그제 남긴 안부 글에는 여전히 답이 없었다. 8월이 되고 블로그 업데이트도 없었다. 영지는 여전히 다정하게 흘러나오는 배경음악을 들으며 안부게시판만 계속 열었다 닫았다. 이럴 때 사용해도 되는 말인지 모르겠지만 삼세 번이라는 말이 있으니까 딱 오늘까지만 메시지를 남겨보기로 했다.

다음 날에도 여전히 대답이 없는 안부게시판을 확인한 영지는 블로그 배경음악이 나오기도 전에 창을 닫아버리고 의자에서 일어났다. 아랫입술이 삐죽 튀어나왔다. 입술을 작게 움직이며 혼잣말을 내뱉었다.

"아니, 안 할 거면 안 한다고, 그러니까 너도 그만하라고 말을 해야지. 나 혼자 이게 뭐야."

답을 받지 못한 3일이 3달은 족히 넘은 것 같은 느낌이었다. 눈물이 나올 것 같은데 울 이유가 없다며 감정을 꾹꾹 눌러 담았다. 사귀다가 헤어진 것도 아니었고, 차인 것도 아니었다. 우리 사이에는 떠올릴 만한 추억도 없다. 게다가 이름도, 얼굴도 모르는 사람이지 않은가!

좀처럼 공부가 되지 않았다. 영지는 자습실 구석 자리에서 연습장에 의미 없는 글자들만 끄적이다 결국 펜을 내려놨다. 아침부터 컨디션이 좋지 않았다. 머리도 무겁고 속도 계속 울렁거렸다. 자습실의 텅 빈 천장을 올려보다가 눈을 감았다. 위에서부터 쏟아지는 에어컨 바람에 숨이 막히는 것 같았다. 안경을 벗고 잠시 엎드렸다. 결국 가방을 정리하고 학원에서 나왔다. 이번 방학에 학원 수업을 빠지는 건 처음이었다.

아무도 없는 집에 후텁지근한 공기만이 영지를 맞이했다. 옷을 갈아입은 영지는 그대로 누웠다. 엄마에게 메시지를 남기고 눈을 감았다. 몇 시간이나 지났을까. 6시가 넘었는데도 여전히 대낮처럼 환해서 시간을 알아차리기 어려웠다. 좋지 않았다. 얼마 전만 해도 여름이 되면 해가 길어져서 늦게까지 돌아다니기 좋다고 했으면서 며칠 만에 이렇게 생각이 바뀔 수도 있는 건가 싶었다. 계속 머리만 아팠다.

엄마 앞에서 영지는 더 아픈 느낌이 들어 아랫입술을 쭉 내밀고 금방이라도 울 것 같은 표정을 지었다. 왠지 눈물이 찔끔 나올 것도 같았다.

"엄마가 약 사올 테니까 일어나서 죽 먹고 있어."

마지못해 일어난 영지는 현관으로 향하는 엄마의 뒷모습을 바라보며 죽이 놓인 식탁에 앉았다. 뚜껑을 열자 후끈한 김이 피어났다. 딸이 아프다는 이야기를 듣고 퇴근길에 죽을 사서 발걸음을 재촉한 엄마 모습이 느껴지는 것 같아 눈시울이 붉어졌다. 마치 못 먹어서 아팠던 것처럼, 먹을수록 회복되는 느낌이었다. 이마에 땀이 맺히고 등이 젖어갔다. 어느새 다가온 엄마가 영지의 티셔츠 뒷부분을 잡아 흔들어 줬다. 그사이로 선풍기 바람이 시원하게 들어왔다. 역시 엄마밖에 없다.

약을 먹고 오랜만에 엄마와 나란히 앉아 텔레비전 채널을 여기저기 돌려 보다가 방에 들어와 자리에 누웠다. 낮잠을 너무 많이 자서 잠이 잘 오지 않았다. 그래도 눈을 감았다. 이런저런 걱정과 고민들이 순서 없이 떠올랐다. 누웠던 자리가 금방 뜨거워져 계속 자리를 바꿨다. 새벽까지 머릿속으로 떠올렸던 수많은 문장 중에 가장 마음에 들었던 말이 있다. 이 여름도 지나가리라.

오랜만에 해미에게 연락이 왔다. 개강을 앞두고 같이 머리를 하자는 제안에 영지는 수업이 끝나자마자 집으로 왔다. 영지는 거울 앞에 서서, 여름 내내 묶거나 말아 올리기만

162

하던 머리를 풀고 어떻게 하면 더 잘 어울릴지 고민했다. 파마 이름은 여러 가지였지만 결국 요약하면 두 가지였다. 쫙쫙 펼 것인가 아니면 꼬불꼬불 볶을 것인가. 길이에 따라, 웨이브 굵기와 방향에 따라 느낌이 달라 보일 뿐.

신천역 앞에 있는 미용실에서 만난 영지와 해미는 미용사가 건네준 잡지를 같이 넘겨봤다. 마음에 드는 스타일을 고르라는데 머리 스타일보다 모델의 얼굴만 눈에 들어왔다.

"역시 가장 중요한 건 얼굴인 것 같은데?"

해미는 크게 웃으며 동의했다. 언제까지고 고민만 할 수는 없었다. 영지는 일자 앞머리에 양옆으로 귀엽게 웨이브 머리를 한 사진을 골랐다. 어쩌면 이 머리를 한 여자의 눈이 동그랗고 귀여워서 마음에 들었던 게 진짜 이유일 수 있었다. 해미는 긴 머리를 굵게 웨이브 한 사진을 골랐다.

마지막으로 디자이너의 "수고하셨습니다."라는 말과 함께 영지는 거울 앞에 놓았던 안경을 쓰고 자신의 모습을 자세히 보았다. 귀 아래까지로 짧아진 머리는 가는 웨이브로 뽀글뽀글해져 있었다. 안경을 안 쓰고 멀리서 봤을 때는 잘 어울리나 보다 생각했는데 안경을 쓰니 눈부신 조명 덕에 모기 물려 빨갛게 부어오른 볼과 턱 밑에 있는 여드름까지 정확하게 보였다. 난감한 표정으로 옆에 해미를 돌아보니 역시 같은 표정이었다. 둘은 서로를 보며 난감해했다.

"나 진짜 안 어울리지?"

"아직 어색해서 그러지 않을까?"

"아, 이렇게 짧게 하는 게 아니었는데."

"나는 세 시간 동안 뭘 한 거지?"

"그래도 이전보다 좀 정돈된 느낌은 있어."

"사진은 이런 느낌이 아니었는데."

"얼굴이 달라서 그런가 봐."

영지의 말에 해미는 엉엉 우는 시늉을 했다. 영지는 맛있는 걸 먹고 기분을 전환하자며 주위 식당을 두리번거렸다.

"아, 너 여기 오면 가고 싶다고 했던 식당 있잖아. 그 곱창볶음 집, 거기 갈까?"

시장 입구의 곱창볶음 집에는 아직 사람이 별로 없었다. 매콤한 곱창볶음은 반찬으로도, 술안주로도 훌륭했다. 배가 채워지며 머리 모양에 대해서는 잊어가는 듯했다.

"다음 주가 개강이라니 안 믿긴다."

"그러게. 시간 너무 빨라. 그래도 영지는 알차게 보내지 않았어?"

"7월은 내가 생각해도 열심히 했던 것 같은데, 8월은 잘 모르겠어."

"8월에 왜? 무슨 일 있었어?"

영지는 레오와 있었던 일을 처음으로 털어놓을까 눈치를 보다가 시선을 다시 술잔으로 옮기며 얼버무렸다.

"아니 뭐. 그런 건 아닌데, 지쳐서 그랬나?"

"그럴 수도 있지. 나는 7월에 연애에만 몰두했더니 금방 연애에 지쳐버렸어."

"연애에도 지쳐?"

"많이 만나니까 또 싸우게 되더라고. 안 맞아서 그런가?"

"오래 만났는데도 여전히 싸우네."

"왜 친구들이랑은 오랫동안 잘 지내겠는데, 오빠랑은 그런 걸까?"

"사랑과 우정 사이?"

영지가 뱉은 말에 해미는 웃음이 터져 입을 가렸다. 해미가 소주를 한 모금 들이켜더니 말했다.

"옛날에 그 노래 좋았는데."

"좋았던 것 같은데 기억은 안 나. 시간이 지나면 다 그렇겠지?"

해미는 조용히 고개를 끄덕이며 소주를 한 모금 들이켰다. 테이블 위로 젓가락을 세우고 영지가 말을 이어갔다.

"연애가 참 힘든 건가 보다. 나는 안 해봐서 모르겠지만."

해미가 술잔을 오른손으로 만지작거리며 영지를 향해 걱정스럽게 물었다.

"쉽지 않아. 정말 잘 맞는 사람이 있기는 한 걸까?"

"잘 맞는 게 아니라 서로 열심히 맞춰나가는 거라는 말도 있잖아."

"영지야, 내가 계산을 해봤거든? 32살에 결혼을 한다고 치면 지금 9년 정도 남았잖아. 1~2년씩 누군가를 만나고 잠깐 쉬고 하면 대략 세 명 정도와 연애를 할 수 있을 것 같더라. 대략 평균적으로?"

"은성 오빠랑 결혼까지는 아닌 것 같아?"

"응, 지금은 과정일 뿐이야."

"와, 너 이렇게 단호한 거 처음 보는 것 같아."

"많이 지쳤나 봐. 이러다가 자연스럽게 정리가 되고 서로 다른 짝을 찾고 그 사람에게 충실하게 살아가면 되겠지."

영지는 어쩌면 연애를 하고 있는 해미가 자신보다도 더 외롭고 힘들 수도 있겠다고 생각했다. 오히려 신경 쓰고 스트레스 받을 상대가 없는 게 다행으로도 느껴졌다. 영지는 잔을 내려놓고 곱창을 하나 집어먹으며 다시 입을 열었다.

"2말 3초도 지나갔어."

"영지야, 너도 알다시피 나는 재수한 것에 대해서 열등감이 정말 컸거든? 대학교를 1년 늦게 들어와서 한참이나 뒤쳐진 느낌이 들었었거든. 그런데 벌써 이런 생각이 들어. 20년 중의 1년보다 21년 중의 1년은 더 작고, 22년 중의 1년은 더 작고, 이렇게 가다 보면 그 1년은 점점 더 별것 아닌 것처럼 생각할 수 있을 것 같아. 멀리 보면 조바심 낼 일은 아무것도 없지 않을까."

"와, 그 말이 명쾌하게 이해되는 걸 보니 내가 이과생이긴 한가 봐. 그런데 솔직히 요즘은, 내가 누군가와 함께할 수 있는 사람일까 싶은 걱정도 들어."

"그건 나도 그래."

"또, 사실 누구를 좋아한다는 감정에 대해서도 잘 모르겠어. 어떻게 보면 너무 많이 느껴본 것 같기도 하고, 또 어떻게 보면 아직 제대로 안 느껴본 것 같기도 하고."

"우리는 아직 어리니까 괜찮아."

해미의 말에 영지는 멋쩍은 듯 가렵지도 않은 목을 살짝 긁었다. 여름이 저물어가는 건지, 에어컨 바람이 순간 서늘하게 다가왔다.

영지는 오랜만에 컴퓨터 앞에 앉았다. 아직 소수의 누런거림이 가슴에 남아있었다. 한 사람이 사라졌을 뿐인데 그 이유로 블로그에 흥미를 잃어버렸다. 여전히 레오의 흔적은 없었다. 레오의 블로그에는 동물이 기침을 한다는 어려운 내용의 포스팅이 여전히 마지막으로 남아있었다.

눈물 날 만큼 안타깝고 슬퍼질 때   2007.8.27. 23:03

아주 가끔씩은

정말 눈물 날 만큼 안타깝고 슬퍼질 때가 있어요.

168

저는 고등학교 때까지만 해도 '영원한 사랑' 같은 것까지 다 믿었 단 말이에요.

친구들과도 계속 오랫동안 친하게 지낼 수 있을 거라고 생각했 어요.

세상에 변하지 않는 것은 없겠죠.

어릴 때 있었던 일들을 다시 보게 된다면 내가 겪은 일임에도 불 구하고 다른 사람이 나오는 소설이나 영화를 보는 기분이 들 것 같아요. 그만큼 나는 변해왔고 앞으로도 변해가겠죠.

우리가 살고 있는 날들은 제각기 색깔을 가지고 있잖아요.

기쁜 날도 있고 심심한 날도 있고 무척이나 우울한 날도 있고 그런데 시간이 지나면서 그 과거의 색깔들이 다 비슷비슷하게 흐 려지는 것만 같아요.

시간이 지나면 설렘도, 떨림도, 애틋함도, 부끄러움도 아무렇지 않게 떠올릴 수 있죠.

아주 힘들었던 일도 별거 아니었다고 미화시키기도 하죠.

상처가 아무는 걸까요. 생생함을 잃어버리는 걸까요.

결국 과거는 아무것도 아닌 게 되어버리는 것 같아요.

하지만 그렇기에 우리는 다시 웃으면서 오늘을 살아갈 수 있는 거겠죠?

한때 내게 큰 영향을 미치던 사람의 생사도 알지 못하고
가장 소중히 여기던 물건이 어디에 있는지도 알지 못하고

지금 이렇게 마주하고 있는 블로그도, 이웃 분들도
언젠가는 추억의 한 페이지로만 남겠죠.

어쩔 수 없다는 걸 알지만 가끔씩 이런 게 정말 눈물 날 정도로 슬퍼져요.

오동동 2007.8.27. 23:10
그러면서 우리는 나아가는 거겠죠. 어떤 노래 제목처럼 '슬프지만 진실'인 것 같아요.

럭키 2007.8.27. 23:16

로테님 가끔은 그냥 단순하게 생각하는 게 좋을 수도 있어요. 토닥토닥~

로테님은 감수성이 너무 풍부하셔서 그래요.

자유 2007.8.27. 23:33

역시 오랜만에 술을 마시니 너무 센티해졌어~ 그래도 오늘 재미있었어. ^^

둘러대고 있었지만 하고 싶은 이야기는 명확했다. 잠시나마 소통하던 레오님이 사라졌고 이제는 그것을 받아들여야 한다는 것. 그 사실이 눈물 날 만큼 안타깝고 슬프다는 것. 대놓고 말할 수는 없었지만 어떻게든 표현하고 싶었다.

망설이고 망설이다가 자정을 앞두고서야 레오의 안부게시판에 짧은 글을 남겼다. 답도 없이 혼자 남긴 글이 4개가 되었다. 술김에 욕이라도 더해 그동안 마음 졸였던 한을 풀고도 싶었지만 꾹 참았다. 짧은 글을 남기는 데 어떻게 이리도 긴 시간이 걸렸는지, 잠자리에 든 영지가 돌아누울 때마다 베개가 축축해졌다.

레오 2007.8.28. 03:49

로테님 미안해요. 정말 미안해요.

어떻게 말해야 이 오해를 풀 수 있을까요.

제가 사실은 미국에 있는 선배 병원 일을 도와주러 갔었어요. 노트북을 챙겨갔는데 도착해서 보니 고장이 나서 컴퓨터를 할 수 없더라고요. 말도 없이 잠수를 타게 돼서 마음이 계속 무거웠어요. 로테님은 더 속상했겠죠. 이제 와서 어떻게 말해도 다 변명처럼 들리겠지만 저 집에 오자마자 새벽에 이 글 남기고 있는 거예요. 이건 정말이에요. 저 출발 직선에노 공항에서 로테님이랑 대화하고 있었고요. 더 이른 시간 비행기 표가 더 싼데도 8시 반 이후에 출발하려고 비싼 비행기를 끊었다고 하면, 제 마음 믿어줄 수 있을까요? 구차하게 느껴지겠지만 사실이에요. 미안해요. 정말 미안해요.

영지가 남긴 4개의 글에는 하나 같이 '정말 미안해요'라는 댓글이 달려 있었다. 입술을 삐쭉거리면서 레오의 글을 읽은 영지는 뭐라고 답을 해야 할지 생각해 본다면서도 이미 마음은 스르르 다 녹아버린 것 같았다. 레오가 남긴 글을 반복해서 읽고 또 읽었다. 레오의 블로그 안부게시판을 열고 키보드 위에서 두 손을 가볍게 쥐었다. 무슨 말부터 해야 할지 망설여졌다.

샤를로테 2007.8.28. 17:06

레오님 미국에 가신다고 왜 말을 안 했어요? 저는 무슨 일인지 몰라서 레오님이 잠수 타셨다고만 생각했어요.

레오 2007.8.28. 17:12

미안해요. 저 혼자 미국에 간다고 이야기하기가 좀 미안했어요. 물론 저도 놀러 간 건 아니었지만요. 미국 가서도 로테님이랑 모닝콜 계속 하려고 했었거든요.

샤를로테 2007.8.28. 17:18

미국이랑 시간이 다른데 어떻게 모닝콜을 해요. 미국 어디 가셨었는데요?

레오 2007.8.28. 17:21

시간이 달라도 할 수 있어요. 선배가 시애틀에 있거든요. 저도 로테님 때문에 시애틀의 잠 못 이루는 밤이었어요. ㅋㅋ

샤를로테 2007.8.28. 17:23

저도 그 영화 알아요! 그래서 노트북은 수리하셨어요?

레오 2007.8.28. 17:24

내일 고치러 가려고요. 정말 미안해요. 고마워요.

샤를로테 2007.8.28. 17:27

말로만 미안한 게 어디 있어요. 후기 올려주세요~ 레오님 사진 넣어서요.

레오 2007.8.28. 17:31

정말 그거면 될까요? 정말 고마워요. 저 이제 다시는 말없이 사라지지 않을게요.

  친구들 말이 연애를 하게 되면 상대의 말 한 마디에 천국과 지옥을 오간다는데 레오의 등장으로 천국에 온 것 같다고 영지는 생각했다. 그동안 혼자 마음고생을 그렇게 해놓고 사진을 넣은 후기 한 편이면 용서가 된다니, 스스로가 이렇게 관대한 사람이라는 것도 처음 알았다. 이름도, 얼굴도 모르는 레오님을 어떻게 좋아할 수 있냐고 생각하다가도 그의 한 마디 한 마디가 너무 달콤해서 웃음만 나왔다. 어떤 브레이크를 걸어도 마음이 가는 속도를 잡을 수가 없었다.

모닝콜을 하려고 8시 반 이후에 떠나는 비싼 비행기 표를 끊었다고 하잖아. 말도 없이 사라져서 시애틀의 잠 못 이루는 밤이었다고 하잖아. 정말 미안하다고 이렇게 몇 번이나 말하잖아. 앞으로는 말없이 사라지지 않겠다고 하잖아. 어쩌면 이 사람도 나를 좋아하는 게 아닐까? 그렇다면 우리는 지금 서로 좋아하고 있는 걸까?

8시에 눈을 뜬 영지는 다시 이전처럼 컴퓨터를 켰다. 레오의 블로그에 들어갔다. 들어가자마자 '다녀간 블로거'에 남은 자신의 흔적부터 지웠다. 어쩌면 이마저도 레오가 다 알고 있을지 모른다고 생각하니 얼굴이 붉어졌다. 레오의 블로그에는 약속대로 미국 생활 후기가 올라와 있었다. 약한 달 동안 미국에 있는 동물병원에서 조수 역할을 했다는 그의 글에는 이번에도 어김없이 동물 사진만 가득했다. 미국 사람들은 확실히 우리나라보다 다양한 종류의 동물을 키우는 것 같았다.

아래에는 식당에서 있었던 에피소드가 이어졌다. 어느 주말, 선배와 오믈렛을 먹으러 인근 식당에 갔는데 누가 봐도 명백한 노숙자가 한 명 들어왔단다. 주인이 그 노숙자를 밀어내려고 했는데 카운터 앞에 있는 젊은 여자가 벌떡 일어나더니 주인을 쏘아붙였단다. 영어라서 완벽하게 이해하지는 못했지만, 왜 나가라고 하냐, 저 사람 인생에 어떤 일이 있었을지 어떻게 아냐는 내용인 것 같았다고. 그 상황을 본 다른 사람들도 연달아 일어나 노숙자에게 음식을 사먹으러 왔으면 당당하게 먹고 가라는 말을 했다고 한다. 글을 읽고 있는데 안부게시판에 새로운 글이 등록됐다는 알림이 떴다.

레오 2007.8.29. 08:30

로테님 굿모닝 ^^ 잘 잤어요?

샤를로테 2007.8.29. 08:34

레오님 시차 적응 완료되신 건가요? 저 레오님 블로그 봤는데 약속이랑 다른데요?

레오 2007.8.29. 08:36

시차 적응은 그럭저럭 괜찮아요. 무슨 약속이요?

샤를로테 2007.8.29. 08:38

레오님 사진 넣어서 후기 남겨주시기로 했는데요?

레오 2007.8.29.08:41

괜찮겠어요? 알겠어요. 5분 뒤에 다시 확인해줘요. ^^

영지는 레오의 한 마디 한 마디가 너무나도 다정하게만 느껴졌다. 영지에게 레오는 한 달 가까이 미국까지 가서도 동물 공부에만 몰두했을 것 같은 사람, 미국 어느 곳의 어디가 좋았다가 아니라 노숙자를 대하는 태도를 보고 미국인들에게 배울 만한 점을 생각해보는 사람이었다. 단언하건대 주위에 이런 느낌의 사람은 없었다. 레오는 약속대로 후기의 마지막 부분에 사진을 넣어 포스팅을 수정했다. 영지는 레오가 올린 사진을 보고 그저 웃었다. 아무 글씨도 없는 흰색 가운을 입고 브이를 그리고 있는 사진인데 목 부분에서 잘려 있었다. 얼굴만 빼고 자신의 모습을 보여준 것이다. 그는 키도 꽤 커보였고 그리 하얗지도 검지도 않은 보통의 색깔을 가진 사람이었다. 몸은 약간 마른 편이었다. 영지는 터져 나오는 웃음을 참으며 레오의 얼굴 없는 사진을 뚫어져라 바라봤다. 그러다가 왼손으로 브이를 하고 모니터 속 레오의 브이에 가져다 대어봤다. 스피커에서는 여전히 다정한 배경음악이 흘러나오고 있었다.

샤를로테 2007.8.29. 08:54
레오님 얼굴 없는 사진은 반칙이에요.

레오 2007.8.29. 08:56
얼굴 없는 사진은 반칙 ㅎㅎㅎ

영지의 발개진 귀에 휴대폰 진동이 울렸다. 민주였다.

언니 오늘 저녁에
세준 오빠 만나기
로 했는데 나올
수 있어?

거절의 메시지를 쓰는 영지의 입가에 자꾸만 미소가 떠올랐다. 영지는 지금 이 순간 다른 어떤 것에도 방해받고 싶지 않다고 생각하며 미련 없이 휴대폰 폴더를 닫았다. 여름아, 이렇게 지금처럼만 지나가라.

#6

세
번
째
소
원

\#

레오 2007.9.11. 22:25

저 이제 수업 끝나고 집에 왔어요. 그런데 로테님, 갑자기 당황스러우실 수 있겠지만요. ^^ 이름이 뭐예요?

샤를로테 2007.9.11. 22:28

이름이요? 아 제 본명이요. 이영지예요. 그러고 보니 아직 서로 이름도 모르고 있었네요. 저는 제 이름을 별로 안 좋아해서 숨기고 싶은 마음도 있었는데. 놀림 많이 받았겠죠?

레오 2007.9.11. 22:38

예쁜데요? 부르기도 편하고 ^^ 하필 개그맨이랑 비슷한 이름이라 놀림 좀 받으셨겠지만 뭐 어때요. 저는 이영자가 다시 원래 모습 그대로 자신 있게 나왔으면 좋겠어요. 자신만의 매력을 가지는 게 중요하지 시대가 선호하는 대로 마르고 얼굴 작고 그런 것만 따라다니는 건 매력 없어요. 제 이름은 너무 평범해서 어린 시절에도 별명 하나 없었는데, 오히려 부러운 걸요. ^^

샤를로테 2007.9.11. 22:42

레오님 본명은 뭔데요?

레오 2007.9.11. 22:45

김주원입니다…

샤를로테 2007.9.11. 22:47

이름도 멋있는데요! 저는 그렇게 세련된 이름을 가진 친구들이
어릴 때부터 부러웠어요.

레오 2007.9.11. 22:48

아니에요. 로테님 이름도 예뻐요. 기억하기도 쉽고~ 자신감을
가지세요.

샤를로테 2007.9.11. 22:51

네! 레오님이 그러라면 그래야죠. 감사합니다.

레오 2007.9.11. 22:55

저 집에 와서 아직 씻지도 않았는데 열한 시가 다 되어가네요. 로
테님 저 이만 나가볼게요. 그리고 로테님 이름 잘 기억할게요. ^^

레오 2007.9.14. 21:14

로테님 오늘 하루도 잘 보냈어요? 저 로테님 첫사랑 얘기 궁금
해요.

샤를로테 2007.9.14. 21:19

저 첫사랑 얘기 못 할 것 같아요. ㅜㅜㅜ 그때는 그게 첫사랑이라고 믿었는데 지금 생각해보니 아무것도 아닌 것 같아요. 첫사랑은 어떤 사랑일까요?

레오 2007.9.14. 21:22

지금은 그렇게 떠올리더라도 그 당시 그게 첫사랑이라고 생각하셨다면 맞을 거예요. 자꾸 남들 눈을 의식하면 진심이 아무것도 아닌 게 되어버리는 것 같아요. 누구의 사랑 이야기나 마찬가지 아닐까요? 자신감을 가져요. 로테님이 그때 그게 첫사랑이라고 생각한다면 첫사랑 맞아요. ^^

샤를로테 2007.9.14. 21:26

사랑이라는 게 뭔지도 모르겠고 여전히 너무 어려워요. 레오님은 첫사랑이 언제예요?

레오 2007.9.14. 21:32

저는 모든 사랑이 첫사랑이라는 믿음을 가지기로 했어요. 그러니까 첫사랑은 아직? 로테님. 사랑을 너무 어렵게만 생각하지 마요.

샤를로테 2007.9.14. 21:36

그럼 레오님의 다음 여자 친구는 레오님의 첫사랑인 거네요? 아

왠지 부럽다…

레오 2007.9.14. 21:42

하하 잘 봐줘서 고마워요 로테님. ^^ 이번 주말엔 뭐하세요? 저는
내일 오전에 스터디가 있어서 이제 준비해야 될 것 같아요. 편안
한 밤 보내요~

샤를로테 2007.9.14. 21:44

저도 국어 공부에 박차를 가해봐야죠. 레오님도 주말 잘 보내세요.

샤를로테 2007.9.24. 19:33

레오님, 명절 즐겁게 보내고 계세요? 저는 명절이라 해도 별로 다
를 건 없네요. 어디 안 가시나요?

레오 2007.9.24. 23:42

로테님, 답이 너무 늦었어요. 저는 친척들도 다 부산에 살아서 쭉
부산에 있어요. 오늘 작은집 식구들이 왔어요. 작은집 형이랑 동
생이랑 피시방에 갔다 왔어요. 아, 저는 외동이라 형제가 없어요.
로테님은 명절에도 서울에 계시는 거예요? 내일 이 시간에는 하
늘에 두둥실 동그란 보름달이 떠있겠네요. 저는 보름달 보고 소
원 비는 일을 해본 적이 없는데 로테님 말 듣고 나니 내일은 한번

해볼까 싶어요. 로테님은 소원 다 정리하셨나요? 누군가의 소원에 등장하는 일은 정말 로맨틱할 것 같아요. 말이 길어졌네요. 좋은 꿈꾸세요. ^^

"영자!"

개찰구에 교통카드를 찍고 들어오는데 이어폰에 흘러나오는 음악 사이로 잊고 있었던 익숙한 목소리가 들렸다. 세준이다. 세준이 이렇게 동네까지 와서 기다리고 있을지 몰랐던 영지는 깜짝 놀라 멈춰 섰다.

"입 다물어라. 이 오빠가 그렇게 반갑냐?"

세준은 영지의 표정을 따라 하며 활짝 웃었다. 몇 년 만에 만난 세준은 짧은 머리가 조금 딱딱해 보이기는 했지만 여전히 장난꾸러기 같았다. 20대 중반에도 이름을 가지고 놀리는 친구가 어디에 또 있을까. 그래도 미운 정이라도 든 건지 오랜만에 세준을 만나니 반가운 마음이 앞섰다. 나란히 계단을 내려가며 세준이 먼저 입을 열었다.

"잘 지냈어? 뭐가 그렇게 바빠? 지난주엔 왜 안 나왔어? 너 나오는 줄 알고 민주랑 만나기로 했던 건데. 영자 너 연애

하냐? 아니지, 그럴 리가 없지?"

"야, 한 마디씩 해!"

이럴 때마다 영지는 세준이 철 없는 동생 같다고 생각했다. 반대로 세준은 영지가 동생처럼 느껴지는지 영지에게 자신을 지칭할 때 수시로 '오빠'라는 표현을 사용했다. 세준은 한 발 앞서가더니 뒤돌아서 영지의 얼굴을 가까이서 빤히 봤다. 기분이 오묘해진 영지는 세준의 왼 어깨를 주먹으로 가볍게 밀었다.

"영자, 이제 여드름 안 나냐? 야, 오빠가 꼭 너 때문에 여기까지 와야겠냐?"

말이 끝난 세준은 손가락으로 눈을 가리고 우는 시늉을 했다.

"정세균, 오버만 더 늘었다. 그러게, 학교 가서 보면 되지. 뭐 하러 여기까지 왔어?"

"난 1학년이라 너랑 같은 수업이 하나도 없어. 이제 07학번이랑 놀아야 돼."

난감한 표정을 짓는 세준을 보며 영지는 피식 웃어버렸다. 출근 시간이 지난 2호선 열차 안은 한산했다. 둘은 문 옆에 나란히 앉았다. 조용한 지하철 안에서 말하는 게 조심스러워 영지는 작은 목소리로 세준에게 말을 이어갔다.

"군대는 어땠어?"

웃음이 터진 세준은 왼손으로 영지의 머리를 부드럽게 비볐다.

"그걸 질문이라고 하냐. 그런데 파격변신을 했네?"

가는 웨이브가 요동치는 자신의 머리를 양손으로 쓸어내린 영지는 이 스타일에 관해서는 포기했다는 듯 웃어 보였다. 세준은 영지의 옆머리를 한 손으로 쥐며 말했다.

"강아지 귀 같아. 귀엽네."

"오, 그런 말도 할 줄 아냐?"

"그런데 영자 너는 그냥 긴 머리가 더 잘 어울려. 애기냐? 이런 머리를 하게."

영지의 때리는 시늉에 세준은 몸을 가리며 맞기도 전에 아픈 척했다. 그러는 사이 금방 혜화역에 도착했다. 세준은 셔틀버스 정류장까지 영지를 데려다주고 약속이 있다며 그곳에 남았다. 버스 창가에 앉은 영지는 고개를 돌려 세준을 바라봤다. 세준은 환하게 웃으면서 영지를 향해 손을 흔들

187

었다. 누가 보면 지방에라도 내려가는 줄 알겠다고 생각하며 영지는 어색하게 웃음이 나오는 입을 한 손으로 살짝 가렸다.

세준은 항상 그랬다. 늘 환하게 웃는 얼굴이었다. 영지는 그런 세준을 볼 때마다 걱정이 없어 좋겠다고 생각했다. 둥글둥글한 성격의 세준은 어디서나 잘 지내는 것 같았고 즐거워 보였다. 다른 세상 사람처럼 느껴지긴 했지만 여러 모로 고마운 점이 많은 친구라고 생각했다.

해미가 눈을 동그랗게 뜨고 물어봤다.

"일본어 새벽반?"

"7시 50분 수업인데 뭘."

12월 시험을 앞두고 독학에는 자신이 없었던 영지가 선택한 방법은 새벽반 수업을 수강하는 것이었다. 일주일에 세 번은 7시 20분에 집에서 출발해야 했는데 생각보다 다닐 만했다. 아직 아침 공기가 차갑지 않았고 해도 길었다. 직장인처럼 보이는 사람들이 새벽반 수업을 수강하고 있는 것도 좋은 자극이었다.

"취업을 하고도 그렇게 산다니 슬프다."

졸업반을 앞두고 막막한 심정은 하나인 듯 둘 다 민주의 말에 공감했다.

"지하철 문 열리기 전에 앞에 서 있다가 바로 내리거든? 그런데 알고 보니 같은 수업 듣는 사람들 몇 명이 똑같이 그러더라고. 지하철 같은 칸에서 봤는데 수업 듣다 보니 또 같은 교실에 앉아있더라."

"다 같이 뛰어가는 거야? 그중에 괜찮은 남자 없어?"

영지는 고개를 가로저었다. 그리고 언제부턴가 주위 사람들을 유심히 바라보지 않고 있다는 걸 깨달았다. 개강 이후 매일은 아니지만 2, 3일에 한 번씩 레오와 안부게시판을 통해 대화를 주고받고 있었다. 대화 내용이라고 해봐야 있었던 일을 이야기하고 서로의 내일을 응원해주는 게 전부였다. 하지만 그 별것 아닌 대화가 얼마나 큰 힘이 되는지. 일찍 일어나 비몽사몽하며 학원에 향하면서도, 수업을 마치고 혼자 분식집에 앉아 아침을 먹으면서도, 오늘은 레오에게 무슨 말을 하면 좋을지 생각하고 있었다. 레오의 대답을 예측하다가 허공을 보고 웃음을 터뜨리기도 했다. 요즘은 조금도 외롭지 않았다. 오히려 자꾸 웃음이 나와서 참아야만 했다.

　레오의 본명을 알게 된 영지는 검색 창에 '김주원'이라는
세 글자를 입력했다. 마우스를 잡고 스크롤을 계속 내렸다.
기업 회장, 축구선수, 무용가 등 수많은 김주원들이 쏟아져
나왔다. 중성적인 이름이라 남자, 여자가 다 나오니 두 배로
인원이 많은 듯했다. 조금 더 구체적으로 '부산 김주원'을
검색해봤다. 부산에 있다는 '김주원 미용실'이 나왔다. 영지
는 조용히 웃음을 터뜨렸다. 혹시 레오님도 지금 자기 이름
을 검색하고 있지는 않을까 하는 기대감을 가지고 검색 창
에 '이영지'를 입력했다. 화가, 연극배우들이 검색됐다. 다행
히 이영자에 대한 오타로 인식되지는 않았다.

　불을 끄고 누운 영지는 휴대폰을 만지작거렸다. 연락처에
들어가 '김주원'이라는 세 글자를 검색해봤다. 번호를 알지
도 못하고 이름을 저장한 적도 없으니 있을 리가 없었다. 눈
을 감고 입술을 조그맣게 움직여 아주 작은 소리로 '김주원'
이라는 세 글자를 발음했다. '김주원', '주원 오빠' 왠지 여러
번 불러봤던 것처럼 편한 느낌이 들었다. '김주원'이라는 세

글자 뒤에 재빨리 '이영지'를 붙여서 발음했다. 영지는 '김주원, 이영지'가 신랑, 신부 이름처럼 잘 어울린다고 생각하며 씽긋이 웃었다.

"영자!"

벤치에 앉아 음악을 듣고 있던 영지는 깜짝 놀라 뒤를 돌아봤다. 세준이다. 영지가 귀를 막고 있어 더 크게 불렀다는 세준은 평소처럼 장난기 가득한 얼굴로 웃어보였다. 영지가 이어폰을 빼고 선을 정리하려는데 세준이 MP3를 빼앗았다.

"매일 뭘 그렇게 듣는 거야?"

세준의 손에 들어간 하얀색 아이팟을 영지는 다시 가로채 직접 재생 목록을 보여줬다. 영지는 화면을 세준 쪽으로 돌려 보여주며 물었다.

"이 노래 알아? 아휴 됐다. 정세준. 내가 너랑 무슨 얘길 하겠냐."

"정세준? 영자 너 잘못 발음한 거야?"

"정세준을 정세준이라고 하지, 그러면 뭐라고 부르나?"

이름을 제대로 부른 게 처음이라며 세준은 작은 눈을 동그렇게 뜨고 영지를 수상하게 쳐다봤다. 영지는 고개를 꼿꼿이 들고 세준을 향해 뽐내듯이 말을 이어갔다.

"정세준. 나를 이영자라고 부르고 싶다면 그렇게 불러. 나는 이영자도 좋아. 나는 이영자가 다시 자신만의 매력을 당당하게 보여줬으면 좋겠어. 남들이 좋아한다고 다이어트만 하고 개성 없이 따라가는 거는 별로야."

또박또박 말을 이어가는 영지를 바라보는 세준의 아랫입술이 점점 삐죽 튀어나왔다. 그러고 있는 둘의 옆으로 민주와 해미가 다가왔다.

"야 너네 둘, 저 멀리서 보니까 커플룩 맞춰 입은 것 같다."

해미가 건넨 말에 깜짝 놀란 영지는 그때서야 자신과 세준의 차림을 번갈아 훑어봤다. 회색 티셔츠에 짙은 청바지, 하얀 운동화에 검정색 배낭까지 똑같았다.

"어머!"

놀라는 영지의 반응에 세준 또한 질세라 거부감을 드러냈다. 해미의 옆에 서 있는 민주는 눈부신 햇살에 눈을 다 뜨지 못하고 찌푸리고 있었다.

점심을 같이 먹자고 먼저 연락을 한 건 세준이었다. 민주,

해미와 같이 점심을 먹기로 했다는 영지의 말에 모처럼 넷이 한 자리에 모이게 됐다. 학교에서 가장 고급스러운 학생 식당에 자리 잡은 넷은 밝은 표정으로 수저를 들었다.

"오빠는 카레에 안 비벼 먹어?"

셋과는 다르게 세준은 밥과 카레를 따로 받아왔다. 민주의 말에 영지는 갑자기 생각이 난 듯 놀라며 말했다.

"야, 너 카레 알레르기 있잖아!"

세준은 손을 가로저으며 괜찮다는 말만 반복했다.

"알레르기 이제 없어. 군대 가니까 알레르기도 다 없어지더라. 이제 카레 잘 먹어."

증명해보이려는 듯 세준은 카레를 한 숟가락 듬뿍 떠먹었다. 민주가 그런 세준을 바라보며 말했다.

"오빠는 군대 갔다 왔는데도 별로 아저씨 같지 않아. 우리 오빠는 군대 다녀와서 갑자기 살도 엄청 찌고 아저씨 돼서 돌아왔던데."

"나는 젊게 사니까?"

입가에 묻은 소스를 휴지로 닦으면서 세준이 말했다. 옆에 있던 영지가 피식 웃더니 한마디 거들었다.

"유치하게 사니까 그런 거 아니냐?"

"야, 오빠가 유치하기는 무슨. 그냥 젊은 거라고 하자."

영지는 세준의 말에 놀리듯이 크게 웃었다. 민주가 다시 세준에게로 시선을 옮기며 물었다.

"오빠는 복수 전공 뭐 할 거야?"

"나는 아마도 경영? 취업으로 가려면 아무래도 경영이 낫겠지. 그런데 일단 영어 공부를 좀 해야 될 것 같은데 고민이네. 요즘은 전공이 뭐든지 영어는 필수로 해야 취업이 된다니까."

"맞아. 나는 영어가 전공인데도 잘 못해서 걱정이야. 그런데 은성 오빠 말이 영어 점수는 높게 요구하면서도 막상 회사에서 영어를 쓰는 업무는 별로 없대. 그래도 취업하려면 어학연수를 다녀와야 될 것 같기도 하고."

"그러니까. 나도 빨리 한 번 갔다 와야 되나 싶네. 아, 너네 내년 1학기에 교생 나가는 거잖아?"

민주가 먼저 대답했다.

"응, 우리 다 모교로 신청했어. 나는 4월에 쭉 순천에 내려가 있으려고."

"너네 4월 되면 정장 입고 나가서 선생님 소리 듣겠다! 신기해. 그러면 이제 내년에 임용 보는 거지? 딱 1년 남은 거네?"

해미는 한숨을 내쉬며 대답했다.

"아, 너무 슬프다. 그런데 세준아. 영지 너 없는 동안 공부 정말 열심히 했어."

영지는 갑자기 해미 입에서 자신의 이름이 나오자 깜짝 놀라 고개를 들었다.

"공부는 열심히 했는데 연애는?"

세준은 민주와 해미를 보며 영지의 연애사를 알려 달라고 했지만 민주와 해미 둘 다 말없이 웃을 뿐이었다.

"하하, 역시."

휴지로 입가를 닦은 영지는 세준을 보며 담담한 척 또박또박한 말투로 말했다.

"나도 남친 있거든!"

없다는 걸 누구나 다 알고 있다는 것처럼 셋은 그저 웃었다. 영지는 잠시 입술을 삐쭉 내밀더니 의자 뒤에 걸어놓은 가방을 정리하며 말했다.

"나 조모임 있어서 바로 가봐야 될 것 같아. 잘 먹었다, 정세준."

"아직 시간 남았는데, 좀 더 있다가 가지 왜."

세준이 영지의 가방끈을 잡고 말했다. 영지는 세준에게서 가방끈을 뺏어 자리에서 일어났다. 영지는 가방을 메고 식판을 들면서 세준을 향해 입술을 '이' 모양으로 벌려 보여줬다. 그런 영지의 모습을 바라보는 세준은 말없이 웃을 뿐이었다.

교생실습, 두근두근 첫사랑? 2007.9.14. 19:36

오늘 제가 졸업한 중학교에 가서 교생실습 신청서를 제출하고 왔습니다!
졸업식 이후로 학교 건물에 처음으로 들어갔어요. 두근두근!

누군가 저에게 가장 돌아가고 싶은 시절이 언제냐고 물어본다면 저는 중학생 때라고 대답할 거예요! 기억할 만한 추억들이 정말 많아요~

친구들과 운동장, 화장실, 복도를 닥치는 대로 뛰어놀았던 기억,

조그마한 매점에서 600원짜리 햄버거와 250원짜리 사과 맛 스콜을 먹으며 행복해했던 기억,

여자는 여자끼리, 남자는 남자끼리 제비뽑기해서 자리를 앉는데 혼자만 남자 짝꿍이랑 앉게 돼서 웃겼던 기억,

도시락 먹을 때마다 교실 전체가 시끄러워졌던 기억,

교복 치마 안에 체육복 입고 돌아다닐 때마다 남자애들이 놀려대던 기억,

그리고 가슴 뭉클한 첫사랑의 기억까지!

오늘 학교에 다녀오고 나니 마음이 붕 떠서 아무것도 할 수가 없어요.

꼬꼬마 중학교 시절에 한 번쯤은, 나중에 이 교실에 선생님으로 들어올 거라는 상상을 한 적이 있었어요. 출석부 보면서 한 명 한 명 아이들의 이름을 부르고 첫사랑 이야기를 해달라고 하면 바로 이 교실에서 있었던 이야기를 해줘야지 생각도 했었어요. 그런데 막상 때가 다가오니 무슨 말을 해야 할지 하나도 모르겠어요.

아니, 첫사랑 얘기하러 가는 게 아니니까 이제 공부를 해야 하는데 가슴이 계속 두근두근합니다.

자유 2007.9.14. 20:11
로테 선생님에 별로 뜻이 없었던 게 아닌 것 같은데? 우리 교생실습 전까지 꼭 똑똑해지기로 하자~ 첫사랑 얘기를 하나 지어놔야겠어.

하늘라기 2007.9.14. 20:38
정말 신기해요. 제 나이 또래가 벌써 선생님이 되었다는 게 안 믿어져요.

오동동 2007.9.14. 20:42
재미있겠어요. ^^ 선생님이 되어서 후배들을 만나고 선생님을 만난다는 게 신기해요. 그런데 한편으로는 세월의 강이 고스란히 느껴질 것 같아요~

레오 2007.9.14. 21:02
다녔던 중학교로 교생실습을 나간다니 정말 낭만적이에요. 로테님 첫사랑 얘기해주세요.

첫사랑을 뭐라고 정의 내려야 할까. 제대로 된 연애를 한 번도 해본 적이 없으니 첫사랑은 아직인 걸까. 그럼에도 중학교 시절의 영지는 당돌하게도 그때의 그 마음이 첫사랑이라고 믿었다. 그 시절엔 일기장 몇 권을 가뿐하게 채울 만큼 그 아이에 관한 에피소드가 많았는데 지금 와서 생각해보니 이렇다 할 사건은 하나도 없었다. 어쩌다 좋아하게 된 그 아이의 근처에만 가면 얼굴이 빨개져서 고개도 들 수 없었다. 그렇게 2년을 몰래 짝사랑하다가 3학년 때 같은 반이 되었다. 몇 마디 나누어보니 그 아이가 더 좋아졌는데 갑자기 이민을 갔다. 결국 처음부터 끝까지 이렇다 할 진전은 하나도 없었으면서 영지는 밤마다 그 아이에게 텔레파시를 보냈고 그 아이도 자신을 좋아한다고 믿었다. 이게 다였다. 어릴 때는 이렇게 흥미진진하고 가슴 설레는 첫사랑도 없을 거라 생각했는데 지금 떠올려 보니 아무것도 아닌 것 같았다.

그 아이가 이민 간다는 얘기를 듣고 집에 와서 숨죽여 울었던 기억이 났다. 오랫동안 그렇게도 좋아했던 남학생에게 진지한 말 한 마디 건네지 못한 게 너무 후회가 된다고 일기장에 썼으면서도 다음 날 우연히 길에서 마주쳤을 땐 또 먼저 피할 수밖에 없었다. 첫사랑 기억을 떠올리자 목에 커다란 인절미가 걸린 것처럼 답답해졌다.

교생을 나가면 정장을 입고 가야 될 텐데 정장이 한 벌도 없으니 옷도 장만을 해야 한다. 화장을 안 하면 너무 어려 보일 것 같은데 아직 화장을 해본 적이 없으니 화장도 연습해야 한다. 일단 화장품을 사야 될 것 같다. 하지만 뭐니 뭐니 해도 가장 큰 문제는 수업을 어떻게 하느냐에 관한 것이었다. 지금 누구를 가르칠 만한 실력이 아닌데 이 상태로 아이들 앞에 설 수 있을까. 볼펜을 톡톡 두드리는 소리가 점점 빨라졌다. 걱정과 고민이 꼬리에 꼬리를 물었다. 마냥 낭만적인 일이 아니라는 생각이 들었다.

중학교 시절엔 좋아하는 남학생에게 진지한 말 한 마디 건네지 못했던 스스로가 호감이 있는 남자와 이렇게 인터넷으로나마 대화를 나누고 있다는 게 바로 성장의 증거라고 생각했다. 그런데 만약 컴퓨터 없이 레오님과 얼굴을 마주 보고 대화를 나누는 상황이라면? 만약 그렇다면 중학교 때처럼 얼굴만 빨개져서 아무 말 못 할지도? 어쩌면 중학생 시절의 모습에서 조금도 성장하지 못한 건지도 모른다.

레오님은 모든 사랑이 첫사랑이라고 말했다. 매 순간 모든 사랑을 첫사랑처럼 소중하게 여기겠다, 뭐 그런 뜻으로 생각하면 될까. 어떻게 이렇게 멋있는 말을 하지? 레오님의 얼굴에 중학교 때 좋아했던 아이의 얼굴을 대입해봤다. 아니, 아니었으면 좋겠다. 좋아한다는 말 한 마디 전하지 못하고 끝나버린 그 아이와는 레오님이 다른 얼굴이었으면 좋겠다. 교실에 비어 있는 그 아이의 자리를 바라보며 속이 무너져 내리는 심정을 경험해본 영지는 그런 감정을 다시는 겪고 싶지 않았다. 절대로, 절대로, 레오님과 그 아이는 달랐으면 좋겠다.

보름달 보며 소원 빌기   2007.9.24. 10:01

내일은 추석!

추석에는 보름달을 보면서 소원을 비는 게 풍습이에요.(저만의 풍습)

저는 여태까지 세 번 정도 창가에서 보름달을 보면서 소원을 빌었던 기억이 있어요.

간절한 마음으로 소원을 빌었던 것 같은데 무슨 소원을 빌었었는지 기억이 안 나요.

빌었다는 사실만 남아있을 뿐,

내용에 대한 기억은 어디로 갔을까요?

그래서 결론은!

조금 더 계획적으로

조금 더 체계적으로

조금 더 구체적으로

후회하지 않게 소원을 빌어야 한다는 거예요.

이루어지든 안 이루어지든

저는 원하는 일들을 다 메모해놨다가 몽땅 빌어보려고 해요.

달님, 부담스러우셔도 제 소원 꼭 들어주셔야 돼요. ^^

솔레미오 2007.9.24. 10:22

그런 풍습이 있었나? 원하는 바 모두 이루어지길~

자유 2007.9.24. 10:34

귀여워 ㅋㅋㅋ 내일 저녁에 달님 앞에서 두 손 모으고 소원 비는 거야? 나도 빌어봐야지.

그리미 2007.9.24. 11:12

언니 되게 순수하다! 나도 빌어볼래~

럭키 2007.9.24. 15:43

로테님 명절 잘 보내고 계세요? 토닥토닥~ 달님이 로테님이 비는 소원들 다 이루어주실 거예요. 맛난 거 많이 드시고 즐거운 시간 보내세요~

오동동 2007.9.24. 16:58

로테님, 저는 공부한다고 집에 혼자 남았어요. 쓸쓸해지던 참에 로테님 포스팅을 보니 반가워요. 저도 내일 달님을 만나봐야겠어요. 풍성한 한가위 보내세요~

레오 2007.9.24. 23:35

친척들이 와서 북적북적했던지라 이제야 들어와 보네요. 소원 정리가 다 되셨나요? 즐거운 추석 보내요. ^^

포스팅을 마친 영지는 모니터 앞에서 오른손에 턱을 괴고 멍하니 벽을 바라보았다. 자신 있게 소원을 빌겠다고 했지만 막상 무슨 소원을 빌어야 할지 분명하게 떠오르는 게 없었다. 머릿속의 바람들을 순서 없이 곱씹어봤다.

돈이 많았으면 좋겠다. 부잣집에서 태어나는 건 애초에 틀어졌으니 많이 버는 수밖에 없을 텐데 뭘 해서 돈을 많이 벌지? 많이 벌기는커녕 밥벌이만 해도 소원이 없겠다. 그래, 그러면 첫 번째로는 밥벌이를 할 수 있게 해달라는 소원을 하나 빌어야겠다. 그리고 두 번째는, 뭐니 뭐니 해도 건강이 최고니까. 우리 가족 모두 건강하게 해달라고. 세 번째로는 남자 친구가 생기게 해달라고 빌어야 할까? 요즘은 외롭다는 생각을 별로 해본 적이 없는 것 같은데. 레오님과 대화를 이어가면서 더 많이 웃게 됐고 이젠 외롭지도 않은데. 그러면 이번 소원에는 레오님을 넣어야 할까? 레오님이랑 어떻게? 레오님이랑 실제로 사귀게 된다면? 그게 가능한 일일까? 모르겠다. 세 번째 소원은? 아아, 모르겠다.

#7

엇갈린 빼빼로의 행방

\#

레오 2007.11.9. 20:53

■■■■■■■■■■=====

초코맛빼빼로~★

□□□□□□□□□□=====

화이트빼빼로~☆

로테님 저 원래 이런 거 되게 못 하는데, 로테님을 위해 얼굴에 철판을 깔아봤어요. 내일모레 빼빼로데이잖아요. 빼빼로 받으셨어요? 못 받으셨다고 속상해하지 마시고 빼빼로 보시고 기분 푸세요~

샤를로테 2007.11.9. 21:01

레오님 이렇게 큰 빼빼로를 주시다니요. ㅜㅜㅜ 감사합니다! 저야 당연히 빼빼로 받았죠. 그래도 레오님한테 받은 빼빼로가 최고예요!

레오 2007.11.9. 21:04

반응을 걱정했는데 이렇게 따뜻하게 받아주시니 제가 더 감사해

요. 로테님, 이번 주말도 즐겁게 보내요. 추워진 날씨에 감기 조심하고요~

가을에 접어들며 아침 공기가 서늘해졌다. 학원에 가기 위해 7시 20분이면 집에서 나가는 영지는 점점 아침 공기가 차갑고 어두워지고 있다는 걸 피부로 느낄 수 있었다. 그럴수록 일찍 일어나는 일이 더 힘들어지는 건 모두에게 마찬가지인가 보다. 지하철을 내릴 때부터 같이 서두르던 사람들이 눈에 띄게 줄었다. 영지의 빌걸음도 한결 여유로워졌다. 열차가 멈추면 그때서야 자리에서 일어났다. 늦어도 어쩔 수 없다는 식으로 마음도 바뀌었지만 항상 더 늦게 들어오는 사람이 있다는 이유도 한몫했다. 영지가 자리에 앉아 책을 펴면 그 사람이 들어왔다. 영지는 멋쩍은 듯 강사를 향해 목례를 하며 들어오는 지각생을 잠시 동안 바라봤다.

영지는 강사와 책에만 시선을 주며 수업에 집중했다. 어느새 시험이 두 달도 안 남았다. 반드시 결과를 내야 한다. 이 자격증으로 무얼 할 수 있을지 모르겠지만 일단 올해의 시간을 자격증 한 장으로라도 증명해내고 싶었다. 학원 수업이 끝나면 서둘러 학교 실습실에 가서 한 번이라도 더 프로그래밍을 연습해야 했다. 도대체 그 누가 대학생들이 한가하다고 했는가!

"왜 그래? 어디 안 좋아?"

얇은 겨울 코트를 입은 해미가 밥을 먹다 말고 영지를 보며 걱정스럽다는 듯이 질문을 던졌다. 무슨 일인지 영지가 숟가락만 들고 밥을 떴다가 덜었다가 하면서 먹기를 망설이고 있었다.

"내일모레, 빼빼로데이지?"

영지가 던진 뜻밖의 말에 민주가 고개를 들었다.

"나 오늘 아침에 고백 받은 것 같아."

예상하지 못했던 영지의 말에 민주와 해미 둘 다 수저를 내려놓고 표정이 환해지며 몸을 영지 쪽으로 기울였다. 약속이나 한 듯 민주와 해미가 입을 모아 동시에 물었다.

"누구한테?"

친구들의 반응을 보니 그렇게 심각하게 걱정할 일이 아닌 것 같아 순간적으로 영지의 마음도 스르르 풀렸다. 장난기가 발동해 둘이 이렇게 궁금해하니 조금 뜸을 들였다가 천천히 말해줄까 싶은 생각이 들었다. 민주는 빨리 말해달라고 졸랐고 해미는 발까지 구르기 시작했다. 영지는 둘의 얼굴을 한 번씩 보더니 숟가락을 내려놓고 말문을 열었다.

"저기… 왜, 나 학원에서….'

"같이 수업 듣는 사람한테 고백 받았구나?"

해미는 급한 마음에 영지의 말을 잘라버렸다. 민주는 해미의 오른 팔을 잡으며 제발 좀 참고 들어보자고 말했다. 친구들을 보며 영지는 그저 고개를 끄덕였다.

"이전에도 말해본 적이 있었어?"

"거기 같이 수업 듣는 인원이 몇 명 정도 되는데?"

"어떤 사람이야?"

"잘생겼어?"

"몇 살 정도 된 것 같아?"

"뭐하는 사람이래?"

민주와 해미는 생각나는 대로 번갈아 한 가지씩 질문했다. 영지가 대답할 틈도 주지 않았다. 그저 웃고만 있는 영지를 보고 둘은 눈이 동그래져서 이제 대답하라는 식으로 침묵했다.

"이전에 말해본 적 없었어. 나 그냥 혼자 수업만 듣고 바로 나오거든."

"그런 영지의 모습을 계속 지켜보고 있었나 보다!"

해미가 설렘 가득한 표정으로 그 남자의 상황을 추측했다. 민주도 해미의 말에 동의하며 고개를 끄덕였다.

"같이 수업 듣는 사람은 몇 명 정도 되려나? 날마다 다른데. 보통 10명? 그런데 어떤 날에는 거의 20명이 와 있기도 하고 그래. 그다음 질문이 뭐였지?"

"그러면 언니, 그 남자를 언니도 이전에 본 기억이 있어?"

"사실 지하철에서 계속 봤어. 그 사람도 잠실 쪽에 사는 것 같아. 내가 신천에서 타면 그 칸에 그 사람이 있었던 것 같아. 나는 뭐 신경 쓸 바가 아니라고 생각했지. 날씨 추워지고 거의 매일 지각했는데 그 남자도 늦게 왔어. 그런데 우리 둘 다 결석은 안 했어."

"영지 보고 싶어서 기를 쓰고 나온 거 아니야?"

해미의 말에 민주도 설렘 가득한 표정으로 고개를 끄덕였다. 영지도 어쩌면 정말 그럴 수도 있겠다는 생각을 했다.

211

"언니, 중요한 건, 키는 커?"

"나 남자들 키에 대한 감이 없어서, 옆에 서본 적이 없으니까. 작지는 않아 보였는데."

"세준 오빠랑 비교해보면 되잖아. 세준 오빠보다 커?"

"비슷한 것 같은데."

"그러면 큰 편이지. 괜찮네."

민주는 허락이라도 하는 듯이 고개를 끄덕이며 질문을 이어갔다.

"그러면 키도 크고, 얼굴은 어때?"

"인상이 나쁘지는 않아."

해미가 테이블 위에 놓인 영지의 왼손을 잡으며 말했다.

"영지야, 그러면 됐어. 인상이 나쁘지만 않으면 괜찮아."

웃음이 터진 영지는 주위를 돌아보고 물을 한 모금 마셨다. 점심시간 학생식당에는 오늘도 사람이 많았다. 삼삼오오 모여서 웃음꽃을 피우고 있는 사람들도 많았고 구석에서 이어폰을 꽂고 혼자 밥을 먹는 사람도 많았다. 평소엔 영지도 주로 혼자였다. 친구들이 있다는 게 좋다는 생각이 들 때쯤 해미와 민주는 번갈아가며 다시 질문과 추측을 쏟아냈다.

"직장인일까, 학생일까?"

"그러게. 새벽반에 다니는 사람이면 몇 살 정도 됐을까?"

"키도 크고 인상도 나쁘지 않으면 일단 중간은 되는데."

"아니야, 언니! 그래도 몇 번 만나봐야지. 다시 보면 외모도 다른 느낌일 수 있어."

민주가 다시 영지를 바라보며 날카로운 질문을 던졌다.

"그런데 고백은 어떻게 받았어?"

당연히 받게 될 질문이라는 걸 알고 있었지만 이에 대해 친구들에게 털어놓는 게 썩 내키지 않았다. 한 번도 대화를 나눠본 적도 없는 이성에게 빼빼로를 주었다는 건 관심의 표명임이 분명했지만 그때 그 남자가 한 말과 받은 빼빼로를 생각하면 살짝 떠본 것에 지나지 않는다는 느낌이 강했기 때문이다. 표정이 진지해진 영지는 친구들의 얼굴을 번갈아보며 대답을 망설였다. 참지 못하고 해미가 먼저 입을 열었다.

"내일모레가 빼빼로데이니까 빼빼로를 줬겠네! 어떤 빼빼로? 요즘 예쁘게 포장해서 많이 팔잖아."

"언니, 빨리 말해 봐."

"수업 끝나고 엘리베이터 쪽으로 나가고 있었거든. 그 남자가 내 앞에 있었어. 가다가 갑자기 뒤로 돌더니 '이거 드세요.'라고 하더니 빼빼로를 줬어."

입을 동그랗게 벌린 해미가 두 손을 입 앞에서 작게 치더니 감탄하며 말했다.

"어머, 그럼 공개 고백이네? 주위에 다른 사람들도 있었을 거 아냐?"

"삼산반 언니, 그 남자 말이 단지 '이거 드세요'였어?"

영지가 평소 상상했던 고백의 장면도 이건 아니었다. 민주와 해미는 '이거 드세요'를 서로 반복하며 크게 웃었다. 영지는 솔직히 말하고 앞으로의 일에 대한 도움을 요청하는 게 나을 것 같다는 생각에 '이거 드세요'보다 더 충격적이었던 빼빼로의 실체에 대해 입을 열었다.

"단지 '이거 드세요'였어. 그리고 건네준 검정색 비닐 봉지를 열어보니까 아몬드 빼빼로가 한 상자 들었더라."

영지의 말이 끝나자마자 민주와 해미는 소리 내어 웃음을 터뜨렸다. 민주는 너무 웃어서 나온 눈물을 휴지로 닦더니 영지 쪽으로 내민 손을 테이블 위로 탁탁 치며 말했다.

"언니, 그 남자도 되게 순수한 것 같아."

손으로 부채질을 해대며 해미도 옆에서 거들었다.

"그래, 영지야. 선수처럼 고백한 것보다 어떻게 보면 더 멋있어."

민주는 눈물을 닦은 휴지로 가볍게 코를 훔쳤다.

"그런데 포장이라도 해야지, 검정색 비닐봉지에 빼빼로는 뭐야?"

해미는 민주의 팔을 가볍게 툭 치면서 말했다.

"생각해 봐. 천 원도 안 하는 빼빼로를 한 상자 사서 그걸 포장하고 꾸미는 게 더 초등학생 같지 않아?"

"그런가? 어쨌든 언니, 나는 그 사람 괜찮은 것 같아."

영지는 친구들의 말을 들으며 오늘 아침에 있었던 일을 머릿속으로 다시 정리해봤다. 일면식도 없는 누군가에게 이런 식으로 고백을 받은 건 처음이었다. 이게 진짜 고백이라면. 영지는 다시 표정이 어두워지며 윗입술 안쪽으로 공기를 한껏 불어넣었다가 서서히 빼고는 무겁게 입을 열었다.

"월요일에 가면 또 마주칠 텐데, 이제 어떻게 해야 하는 거지?"

"일단 대화를 나눠봐야지. 진짜 괜찮은 사람일 수도 있잖아? 새벽반 다니는 것만 봐도 성실한 것 같고, 언니처럼."

"그래, 칼 같이 잘라버리지 말고 어떤 사람인지 조금 알아봐. 그 사람 입장에서는 며칠을 고민하다가 용기 낸 걸 수도 있잖아."

영지는 역시 연애를 하는 여자들의 반응은 다르구나 싶은 생각이 들었다. 친구들의 말을 듣기 전에는 학원 시간을 저녁으로 옮겨야 하나 심각하게 고민하고 있었기 때문이다. 일단 피하지 말고 대화를 나눠봐야 한다. 이 과정이 있어야 뭐라도 할 수 있을 테니까. 그렇다면 그 대화의 기회를 어떻게 만드느냐가 문제였다. 영지는 친구들의 눈치를 보다가 솔직하게 물었다.

"그런데 대화를 어떻게 해?"

"그 남자도 참, 영지를 어렵게 만들긴 했다. 영지가 반응이 없으면 그 남자는 아무 말도 없이 끝나려나?"

"언니, 뭘 그렇게 고민해. 그냥 음료수 두 개 뽑아서 그 남자한테 하나를 건네주는 거야. 잠깐 시간되시냐고. 그러면 당연히 된다고 하겠지? 이후엔 그 남자한테 맡겨."

역시 많은 남자를 만나본 민주의 조언이 그럴듯했다. 그런 식으로 자리를 마련하면 되는구나 생각하며 영지는 컵에 남아있는 물을 한 모금 들이켰다. 그러고는 걱정하고 있던 말들을 조금씩 털어놓기 시작했다.

"그렇게 이야기하다가 서로 마음에 들면 사귀는 거고, 아니면 다시는 안 보는 거지?"

"그렇겠지? 마음에도 안 드는데 굳이 연락을 이어갈 필요 없잖아."

해미의 대답이 부족하다는 듯이 민주가 해미의 어깨를 툭툭 치며 제지했다.

"언니, 그건 그때 가서 생각하면 돼. 왜 미리 걱정을 해? 기회 왔을 때 한 걸음씩 가 봐, 그냥. 마음이 가는 대로 행동하면 돼. 도망치지 말고. 막상 해보면 별것 아니야."

민주의 말에서 '마음이 가는 대로'라는 일곱 글자가 영지의 마음에 콕 박혔다. 최근 자신이 느끼고 있는 감정에 대해 친구들에게 털어놓은 적이 한 번도 없다는 생각이 들었다. 레오와의 개인적인 대화는 언제나 서로의 안부게시판을 통해 이루어졌으므로 친구들이 알 리 없었다. 몇 달 동안 이렇게 연락을 주고받고 있고 그럴 때마다 얼마나 설레는지 솔직히 말하면 친구들은 어떤 반응을 보일까. 영지는 무표정한 얼굴로 민주와 해미를 곰곰이 바라보다가 다시 식판으로 시선을 옮겼다. 절반도 먹지 않은 볶음밥이 그대로 남아 차갑게 식어있었다.

영지는 오후 수업을 들으면서도, 집에 돌아와 엄마와 둘이 저녁 식사를 하면서도, 그 사람에게 어떻게 말을 걸어야 할지에 대한 고민만 가득했다. 저녁을 먹고 혼자 방에 들어와 가방 속 검은 봉지를 조용히 꺼냈다. 유난히도 꼬깃꼬깃한 검은 비닐봉지 속에는 아침에 확인한 대로 초록색 상자의 아몬드 빼빼로가 하나 들어있을 뿐이었다. 혹시 카드나 편지는 없는지 상자를 들어봤지만 아무것도 없었다. 짧게라도 메모가 있을지 기대했지만 역시 마찬가지였다.

영지는 봉지를 주먹으로 작게 뭉치며 허탈한 웃음을 뱉었다. 빼빼로를 컴퓨터 앞에 놓고 전원 버튼을 눌렀다. 만약 월요일이 되기 전에 레오에게 고백을 받는다면 그 사람에 대해서는 조금도 고민할 필요가 없었다. 그 사람이 한 말은 '이거 드세요'밖에 없었으니 어쩌면 정말, 먹고 말면 되는 걸 수도 있다. 영지는 혼자 또 헛된 상상을 한다고 생각하며 입 속에 공기를 한껏 불어넣었다.

　레오의 블로그에는 어젯밤 업데이트된 글이 있었다. '말 못 하는 동물의 상태를 어떻게 알아차릴 수 있을까요?'라는 제목의 글에는 이해하기 어려운 여러 검사명이 나열되어 있었다. 순간 영지는 자신과 동물의 차이점이 뭐가 있을지 떠올려봤다. 동물이야 언어를 사용할 수 없으니 어디가 아파도 표현하지 못하는 거라지만 자신은 언어를 사용할 줄 아는, 게다가 국어국문학을 전공하는 대학생이지 않은가! 하지만 그게 의미가 있을까. 거의 매일 모든 순간에 얼굴도 모르는 사람을 떠올리고 있지만 그런 마음을 조금도 표현하지 못하고 있으니 차라리 말을 하지 못하는 동물이 더 낫지 않은가 싶은 생각마저 들었다. 레오님은 부산이라는 저 먼 곳에 사는 상상 속 인물일 뿐이었다. 그렇다면 그 사람은, 영지는 고개를 돌려 책상 위에 놓인 아몬드 빼빼로를 바라봤다. 그때였다. 모니터 하단에 새로운 안부 글이 등록되었다는 알림이 떴다.

학교 사랑방 가운데 민주와 해미가 이미 자리를 잡고 앉아있었다. 언제부터 기다린 건지 친구들 앞에 놓인 아메리카노가 벌써 식어 있었다. 영지가 자리에 앉자마자 해미는 가방에서 빼빼로를 종류별로 꺼내서 건네줬다.

"나 집에 너무 많아서 나눠 먹고 있어."

"직장인이랑 연애를 하니 스케일이 달라졌어. 해미 언니, 좋겠다."

영지는 고맙다는 말을 하고 가방 지퍼를 열어 빼빼로를 넣었다. 해미는 영지를 향해 두 손을 뻗어 테이블 위로 손가락을 툭툭 두드리며 물었다.

"왜 이렇게 담담해? 오늘 어떻게 됐어?"

영지는 해미 앞에 있는 아메리카노를 가져와 한 모금 들이켰다. 숨어있던 온기가 희미하게 느껴졌다. 영지는 친구들을 바라보며 천천히 입을 열었다.

"얘기했어."

둘은 동시에 깜짝 놀라 눈이 동그래졌다. 민주는 아메리카노에 사례가 들려 켁켁 기침을 하다가 얼굴이 빨개진 채로 말했다. 그런 민주의 등을 해미가 톡톡 쳐줬다.

"우리 사실, 언니가 그 사람이랑 말 못 했을 거라고 생각했어. 그래서 언니가 우리한테 할 말이 없어서 연락이 없는 줄 알았지."

"영지가 또 은근히 용기 있는 면이 있다니깐?"

해미는 민주에게 동의를 구하듯이 말했다.

"그래서 중요한 건 무슨 얘기를 어떻게? 어떤 사람이야? 왜 빼빼로를 줬대?"

민주의 질문에 영지는 무덤덤하게 대답을 이어갔다.

"그 사람도 학생이래. 어디 대학교인지는 모르겠고 기계 전공이래."

해미가 입을 헤벌리고 영지를 향해 감탄했다.

"와아, 공대생이었구나."

"응, 그 남자 별로 말도 없어. 내가 말을 더 많이 했어."

"와아, 영지가 말을 더 많이 했어?"

"할 말이 없으니까 일본어 공부 왜 하는지 물어봤는데, 그 남자는 일본 취업을 준비한다고 했어."

"아, 일본 취업을 생각하니까 미리 일본어 공부를."

해미는 중간중간 인상 깊은 구절을 반복하며 추임새를 넣었고 민주는 잠자코 영지의 이야기에 귀 기울였다. 이런 내용의 대화를 나눈 건 사실이었지만 영지는 중심내용을 빼고 중요하지 않은 것들만 털어놓고 있는 셈이었다. 민주가 눈치를 채고 질문을 던졌다.

"언니, 그런 거 말고. 연락처 교환했어? 이후에 다시 만날 약속을 잡았다거나?"

해미노 역시 그 부분이 제일 궁금했다는 듯이 고개를 끄덕이며 영지를 바라봤다.

"음, 그 남자랑 다시 만날 일 없을 것 같아."

민주와 해미 둘 다 순간적으로 표정이 굳어 동시에 '왜?'라고 물었다.

"저기, 내가 '죄송하지만 남자 친구가 있어요'라고 말해버렸어."

해미는 주먹 쥔 두 손으로 테이블 위를 가볍게 내리쳤다. 민주도 어이가 없다는 표정으로 영지를 바라봤다. 흥분한 해미는 영지에게 캐물었다.

"왜? 왜 그랬어? 너 남자 친구도 없잖아. 졸업반이라 사람을 안 만나려는 거야? 그런데 이번 기회 너무 아까워. 연애하면서도 충분히 공부할 수 있어."

어색한 미소만 지으며 선뜻 대답하지 못하는 영지에게 민주가 진지하게 질문을 던졌다.

"언니 마음속에 누군가가 진짜 있어?"

영지는 친구들을 실망시킨 것 같아 미안한 마음이 들었다. 영지는 아랫입술에 살짝 침을 바르고는 허공을 응시했다. 얼굴이 점점 빨개지는 것 같기도 했다. 민주는 한숨을 쉬더니 다시 물었다.

"언니 요즘 보면 진짜 좋아하는 사람이 있는 것 같아."

민주의 말에 영지의 심장이 빨리 뛰기 시작했다. 민주와 해미가 레오에 대한 자신의 마음을 눈치 챘을지 모른다고 생각하니 가슴이 두근두근 뛰었다. 뜨거워지는 얼굴을 감출 수가 없었다. 그때 민주가 크게 숨을 한 번 내쉬더니 말을 이어갔다.

"언니 혹시, 세준 오빠 좋아해?"

영지는 시원하게 웃어버렸다. 그 반응에 안도한 듯이 민주도 웃기 시작했고 그런 둘의 모습에 해미도 덩달아 웃었다. 제일 먼저 웃음을 그친 해미가 영지를 위로했다.

"그래, 영지야. 그 사람에 대해 마음에 안 드는 부분이 있었겠지. 그럴 수 있어. 잘했어."

해미의 '잘했어'라는 한 마디가 그 사람에 대해 가지고 있던 영지의 미안한 마음을 어루만졌다. 영지는 그 사람에게 고맙다는 말을 하고 돌아서면서 그가 좋은 여자를 만나기를 진심으로 빌었다. 나쁜 사람 같지 않았다. 차분하고 진중한 사람처럼 느껴졌다. 4학년을 앞두고 새로운 만남을 시작하는 게 부담스러웠던 것도 사실이었다. 하지만 더 큰 이유는 마음속에 자리 잡고 있는 누군가 때문이라는 것을 아무에게도 말할 수 없었다. 민주도 다시 밝아진 얼굴로 영지를 위로했다.

"그래, 언니. 인연이 아닌 거야. 일단 마음이 가야 인연인 거야. 인연이 아닌 걸 굳이 이어가려고 하면 정말 힘들어. 잘했어."

좋아했던 과목과 싫어했던 과목   2007.11.17. 16:15

오늘은 학창시절에 많이 들어봤을 만한 질문에 대해 다시 대답을 생각해 봤어요.

저는 8살 때부터 19살 때까지 일관성 있게 가장 싫어했던 과목이 체육이에요.
체육 수업이 있는 날에는 학교에 가기 싫었을 정도예요.
아프다고 거짓말하고 빠진 적도 많았답니다.

체육은 다 싫었지만 그중에서도 제일 싫은 건 멀리 뛰기, 달리기 시합, 이어달리기…
운동회 때 대표로 계주 선수가 되는 게 10대였던 나의 가장 간절한 소원이었는데!
고등학교를 졸업하고 가장 좋은 점이 체육을 안 해도 된다는 거네요.

반대로 제일 좋아했던 과목은?
중학교 땐 영어, 사회라고 적혀 있을 거예요. 중학교 땐 이 두 과목을 제일 잘하고 열심히 했었답니다.

고등학교 때 제일 좋아했던 과목은 프랑스어였죠. 8번의 정기고사에서 7번을 100점 맞고 딱 한 번 한 문제 틀린 과목이 바로 프랑스어랍니다. 봉주르~ 싸바?

자유 2007.11.17. 16:21

그 정도로 체육을 싫어했구나~ 로테가 체육을 못 했을 것 같기는 한데 이렇게까지 싫어했을 줄은 몰랐네~

레오 2007.11.17. 16:27

저는 제일 좋아하는 과목이 늘 체육이었는데요. 득히 초등학생들은 거의 대부분 제일 좋아하는 과목이 체육이지 않나요? 대신 저는 노래를 못해서 음악 시간이 끔찍했어요.

럭키 2007.11.17. 16:55

못 해도 괜찮아요 로테님 토닥토닥~ 모든 과목을 다 잘할 수는 없으니까요. 프랑스어를 잘하셨군요! 그런데 싸바라고 하니까 웃겨요. ㅋㅋㅋ

  어려서부터 체육을 못 해서 체육을 잘하는 사람이 이상형이라고 말했었는데 레오가 체육을 좋아한다니, 역시 레오님이구나 싶은 생각이 들었다. 안 맞는 음으로 떠듬떠듬 노래를 하는 레오님의 모습을 상상하니 귀여워서 웃음이 나왔다. 얼굴도 모르는 사람을 귀여워하고 이상형으로 삼을 수 있다니. 2주 뒤 시험을 준비하며 청해 파일을 틀어놓고도 머릿속으로는 전혀 다른 생각이 끝없이 이어졌다. 5시밖에 안 됐는데 흐린 날씨에 벌써 밖이 어두워지고 있었다. 컴퓨터 옆에 있는 창문의 틈새로 찬바람이 새어 들어와 커튼을 쳤다. 다시 의자에 앉으려는데 휴대폰 진동음이 들렸다.

언니 집이지? 나
지금 신천갈게.
우리 오랜만에
술한잔하자.

민주였다. 민주의 데이트 메이트는 빼빼로데이를 맞이하여 진정한 여자 친구를 찾아 다른 여자에게 고백을 했다. 민주는 데이트 메이트일 뿐이었으니 상관없다고 말했지만 표정에는 불쾌함이 역력하게 드러났다. 아무리 데이트 메이트

였다고 해도 굉장히 자존심이 상하는 일일 것 같다고 영지
는 막연하게 생각했다.

패딩을 꺼내 입은 영지는 민주가 기다릴까 봐 발걸음을
재촉했다. 금방이라도 비가 쏟아질 것 같은 날씨였다. 얼굴
에 느껴지는 바람이 제법 차가워 영지는 패딩을 입길 잘했
다고 생각했다. 시장 초입에 도착하니 먼저 와서 기다리고
있는 민주가 보였다. 빨간색 반코트에 검정색 미니스커트를
입은 민주는 오늘따라 부쩍 더 어른스럽게 보였다. 영지는
민수의 왼팔에 자연스럽게 팔짱을 끼며 곱창볶음 집으로 향
했다. 문을 열자마자 고춧가루의 매운 향이 확 쏟아졌다. 그
냄새를 참지 못하고 기침을 하면서도 영지는 익숙한 태도로
주문을 하고는 시선을 민주에게로 옮겼다.

"여기까지 웬일이야? 날씨도 안 좋은데. 오늘 뭐 했어? 예
쁘다!"

영지는 교생실습을 가기 전에 민주한테 화장을 좀 배워야
겠다고 생각했다. 오늘도 다양한 연령대의 사람들이 각자의
테이블에서 저마다 삶의 애환을 붓고 마시고 있었다. 민주
는 대답이 없었다. 민주의 굳은 표정이 좀처럼 펴지지 않는

것을 눈치 챈 영지는 무슨 일인지 몰라 오른손으로 자신의 턱을 두어 번 문질렀다. 테이블 위에서 티슈를 뽑아 한 장씩 앞에 깔고 그 위에 수저를 놨다. 평소 같으면 자리에 앉자마자 민주가 했을 법한 행동이었다. 마침 소주가 나와 영지는 바로 두 잔을 따랐다. 민주는 말없이 잔을 들어 영지가 내미는 잔에 부딪쳤다. 영지는 한 모금만 살짝 마시고 재빨리 소주잔을 내려놓았다. 차가워진 날씨만큼 차가운 소주가 식도를 타고 내려갔다. 민주는 한 번에 잔을 깨끗이 비웠다. 영지는 일그러진 표정으로 잔을 내려놓는 민주의 모습을 걱정스럽게 바라봤다. 그때 하얀 쟁반에 김이 모락모락 나는 빨간 곱창볶음이 수북하게 나왔다.

민주는 다시 소주를 한가득 따르더니 바로 비워버렸다. 그러고 나서야 영지를 향해 겨우 입을 열었다.

"언니 요즘 좋아하는 사람 있지?"

영지는 깜짝 놀라 민주를 바라봤다.

"며칠 전에 내가 남자 친구 있다고 얘기한 그거?"

영지의 대답은 상관없다는 듯 민주가 다시 말을 이었다.

"나는 언니 진짜 이해 못 하겠어."

영지는 젓가락을 내려놓고 차가운 소주잔을 어루만지며 대답할 말을 떠올렸다.

"그거 그렇게 진지하게 생각할 필요 없어. 나도 내 대답이 재미있더라. 남자 친구도 없으면서 있다고 이야기하고."

"언니가 좋아하는 사람, 나도 알고 있는 사람이지? 그런데 왜 나한테 말 안 해줘?"

영지는 잔을 들다가 손이 떨려 다시 테이블 위에 내려놓았다. 그런 영지의 반응에 민주는 더 딱딱한 말투로 이야기를 이어갔다.

"맞구나. 그러면서 연애한다고 생각하고 있는 거구나. 내 예상이 맞았네. 언니도 진짜 바보다. 제대로 사귀는 것도 아니면서 혼자 연애한다고 생각하는 거야? 언니는 연애 못 해. 언니라면 사귀자고 쫓아와도 도망갈걸?"

영지는 허공만 응시했다. 민주의 말에서 틀린 부분은 하나도 없었다. 만약 레오가 찾아온다고 해도 도망가고 숨어버릴 자신이라는 걸 스스로도 잘 알고 있었다.

"언니 제발 정신 차려."

민주의 두 눈이 점점 붉어졌다. 결국 참지 못하고 눈물이 흘러나왔다. 민주는 티슈로 눈을 콕콕 찍으며 눈물을 닦았다.

"왜 그래 너?"

테이블 아래로 티슈를 든 두 손을 꽉 잡은 민주는 한 마디씩 힘겹게 입을 열었다.

"나, 오늘, 세준 오빠한테 고백했어."

깜짝 놀란 영지는 민주를 뚫어져라 바라봤다.

"언니는 내가 세준 오빠 좋아하는 것도 몰랐지? 어떻게 그렇게 자기 감정에는 예민하면서 주위 사람들한테는 관심도 없냐. 그런데 세준 오빠가 오늘 나한테 뭐라고 했는지 알아? 나랑은 못 사귄대. 언니를 좋아한대. 그런데 그 바보는 언니한테 좋아한다고 말도 못 해. 언니랑은 첫 단추를 잘못 끼워서 어떻게 관계를 바꿔나가야 될지 모르겠대. 그게 말이 돼? 둘 다 무슨 초등학생이야? 만나면 서로 유치하게 놀리기만 하면서 좋아한다고? 내가 미쳤지. 그렇게 바보 같은 사람한테 고백을 하다니."

영지는 아무리 생각해봐도 무슨 말을 해야 할지 떠오르지 않았다. 한참 동안 정적이 흘렀다.

"몇 년째 좋아하면서 고백도 못 하고 놀리기만 하는 세준 오빠나 얼굴도 모르는 사람 좋아하면서 어쩌다 그 사람 얘기만 나오면 얼굴 빨개지는 언니나 둘 다 똑같은 바보들. 그러니까 둘 다 연애도 못 하지."

민주가 두 손으로 얼굴을 가리고 엉엉 울기 시작했다. 옆 테이블의 아저씨들이 놀라 쳐다봤지만 이내 자신들의 이야기로 돌아갔다.

"나 진짜 자존심 상해."

민주의 손바닥 사이로 그녀의 속마음이 작게 이어졌다.

"내가 왜. 언니보다 내가 못한 게 뭐가 있어서."

영지는 말없이 테이블 위의 티슈를 민주 쪽으로 밀었다. 지금 이 자리에 앉아있는 게 꿈이었으면 좋겠다고 생각했다. 무슨 말을 어떻게 해야 할지, 이 자리를 어떻게 벗어나야 할지 아무런 방법도 떠오르지 않았다. 영지는 작게 한숨만 내쉬고는 멍하니 앉아있었다.

이윽고 가게 문을 열고 나가는 민주를 영지는 잡지 않고 바라보기만 했다. 잠시 혼자 앉아 있다가 밖으로 나왔더니 한 방울씩 비가 떨어지기 시작했다. 빗물이 제법 차가웠다. 이제 가을도 다 지나간 것 같았다. 영지의 얼굴 위에 차가운

빗물과 뜨거운 눈물이 섞여 흘렀다. 패딩에 모자가 달려있다는 걸 깨닫고는 모자를 썼다. 빗소리에 울음소리는 아무것도 아닌 것처럼 묻혔다. 영지는 점점 더 큰 소리로 울었다. 자꾸만 눈물이 나오는 스스로의 모습에 영지는 우는 이유를 생각해보려고 애썼다. 하지만 아무것도 떠오르지 않았다. 사실은 그동안 많이 울고 싶었다는 것. 그래서 눈물이 나온다는 것. 지금은 그렇다는 사실이 가장 중요했다. 운다고 해서 달라지는 건 아무것도 없겠지만.

#8

크리스마스의 고백

\#

레오 2007.12.2. 08:32

로테님 지금 확인 못 하시겠지만 시험 잘 보라고 말하고 싶어서
요. 시험 잘 보세요! 파이팅!

샤를로테 2007.12.2. 22:22

레오님, 시험 잘 보라는 메시지를 여러 번 남겨주신 걸 보고 감동
받았어요. 아, 정말 어쩌면 좋아요. 덕분에 합격한 것 같아요. ^^
제 진로와 관련은 없는 자격증이지만 올해의 노력이 수포로 돌아
가지는 않을 것 같아요. 이번 주말에는 뭐 하셨어요?

레오 2007.12.2. 22:34

로테님 블로그에 올리신 글이 뭔가 뭉클하네요. 시험 잘 보셨다
니 다행이에요. 축하해요~ 당장 진로와 관련은 없더라도 외국
어는 평생 자산이라고 하잖아요. 잘하셨어요. 저는 오늘 부모님
이랑 오랜만에 쇼핑하고 외식하고 왔네요. 로테님은 시험 끝나고
좋은 시간 보내셨어요? ^^

샤를로테 2007.12.2. 22:37

뭐 사셨어요? 부산에도 백화점이 있나요? 저는 어학연수 갔다가 며칠 전에 돌아온 친구랑 오랜만에 만났어요. 저도 백화점에 갔었는데, 우리 또 통했어요! 저 레오님을 평생 잊지 못할 거예요.

레오 2007.12.2. 22:44

푸하하. 부산에도 백화점 많이 있어요! 그런데 로테님, 어디 떠나시는 거 아니죠?

샤를로테 2007.12.2. 22:51

제가 어디를 가겠어요. 이제 또 시험 기간이에요. 저 아직 씻지도 않았는데 11시가 다가와요. 흑흑. 나음에 또 이야기 나눠요, 레오님.

레오 2007.12.2. 22:53

그래요. 저도 내일 발표 준비 마무리해야겠어요. 시험 보느라 긴장했을 텐데 편한 밤 보내요. ^^

레오 2007.12.24. 07:11

로테님 생일 축하해요! 오늘 생일 맞죠? 크리스마스이브에 태어나셨네요. 오늘 행복한 하루 보내요~ 부산에서는 생일날 팥밥이랑 미역국을 먹어요. 팥이 액운을 없앤다는 의미가 있대요. 서울은 다르겠죠? 저는 미역국에 꼭 밥을 말아먹는 습관이 있어요. 로테님은 어떻게 드시려나요? 맛있게 드세요~ 제가 선물은 못 드리지만 생일 정말 축하한다는 말 다시 한번 전하고 갑니다!

샤를로테 2007.12.25. 03:02

레오님, 지금 꿈속에 계시겠죠?

저 무슨 얘기를 어떻게 시작해야 될지 모르겠지만 오늘은 한번 해 보려고 해요.

저요. 제가요. 언제부턴가 잠들 때, 잠에서 깰 때, 밥 먹을 때, 길을 걸을 때, 책을 볼 때, 거의 모든 순간에 레오님을 떠올려요. 얼굴도 모르고 한 번도 만난 적도 없는 레오님을요.

레오님은 어떤 사람일까 상상하며 혼자 웃다가 가끔은 눈물이 찔끔 나오기도 해요.

저는 솔직히 말하면 좋아하는 게 어떤 건지, 사랑이라는 게 뭔지도 잘 몰라요. 그런데 레오님을 떠올릴 때면 자꾸 그런 단어들이 저를 따라와요. 제가 사실은 그렇다고요. 그래서 저 감히 이렇게 말해도 될 것 같아요. 레오님, 제가 좋아해요.

"영지야, 진짜 오랜만이야!"

시험을 보고 나온 영지는 잠실역 시계탑 앞에 서 있었다. 지난겨울에 뉴욕으로 어학연수를 떠났던 고등학교 시절 단짝 친구 지은이 드디어 돌아왔다. 둘은 환하게 웃으면서 서로의 손을 맞잡았다.

일 년 전과 다름없이 청바지에 두꺼운 패딩을 입고 배낭을 멘 영지 옆에 선 지은은 더 세련되게 변한 모습이었다. 회색 롱코트를 입은 지은은 손에 끼고 있던 가죽 장갑을 벗으며 백화점 안으로 들어가자고 했다. 지은은 뉴욕에 있는 동안 여기서 파는 돈가스가 그렇게도 먹고 싶었단다. 식당에 들어가 마주 보고 앉자마자 지은은 쇼핑백에서 포근한 검정색 장갑을 꺼냈다. 메뉴판을 보고 있는 영지의 두 손에 장갑을 껴주며 말했다.

"이거 뉴욕에서 산 장갑이야! 따뜻하게 하고 다녀."

영지의 눈시울이 붉어지려고 했다. 그동안 의지하고 지내던 민주, 해미와 최근 들어 약간의 거리를 두기 시작하면서, 그리고 이제 정말 졸업반이 된다는 사실에, 마음이 많이 약해졌다고 생각했다. 딱 이런 시기에 돌아와 준 지은이 얼마나 고마운지 몰랐다. 로스가스 정식을 2개 주문하고 영지는 먼저 지은 쪽으로 화제를 돌렸다.

"영어는 많이 늘었어?"

"솔직히 별로. 한국 친구들이랑만 계속 있어서 생각만큼 영어를 많이 못 썼어. 부모님 아시면 나 엄청 혼날 거야."

혀를 살짝 내밀면서 웃어 보이는 지은의 모습에 영지도 덩달아 웃었다.

"뉴욕은 어때?"

"나는 솔직히 뉴욕에 가보니까 우리나라가 얼마나 좋은 지 알겠던데? 뉴욕 지하철 정말 깜놀! 정말 더럽고 쥐도 막 돌아다녀서 경악했잖아."

"지하철에 쥐가 있어?"

"어, 상상이 안 되지? 화려하긴 엄청 화려한데 동시에 어둡고 무서운 모습도 많이 가지고 있는 도시 같더라. 지나다 니는 사람들이 다 인종도 다르고 한 게 신기했어. 왜 우리 영어 배울 때 기초 과정에서 'Where are you from?'이라는 문장 배우잖아. 그런데 우리는 별로 쓸 일이 없잖아. 그런데 그게 미국에서는 많이 쓸 법한 문장이더라고."

영지는 지은의 말을 통해 뉴욕이란 도시를 상상하며 고개를 끄덕였다.

"같이 간 친구들이랑 많이 친해졌겠다."

"그렇지. 거의 1년을 붙어살았으니까."

"거기 남자는 없었어?"

영지의 질문에 지은은 조금 크게 웃으며 오른손을 들어 허공을 살짝 저었다.

"남자 있었지. 그런데 그런 건 없었어. 이번 어학연수 동안은 연애를 하지 말자는 게 내 신조였잖아."

"그럼 그거 지킨 거야?"

지은은 웃으면서 영지를 향해 고개를 끄덕였다. 두툼하게 썰어져 나온 일식 돈가스. 지은은 이 맛이 그렇게도 그리웠다며 소스를 듬뿍 찍어 한 조각을 입에 넣었다. 하얀 쌀밥 위로 따뜻한 김이 모락모락 피어났다. 그립던 친구의 웃는 모습에 영지도 오랜만에 입맛이 도는 느낌이었다.

카페로 자리를 옮겨 따뜻한 아메리카노를 두 잔 주문했다.

"너도 이제 커피에 입문한 거야?"

영지와 함께 커피를 마시는 게 처음이라며 지은은 웃는

얼굴로 물었다.

"응, 나도 아메리카노 좋아해."

"우리 앞으로 자주 마시자. 올해 넌 어떻게 지냈어?"

영지는 지은에게 어디서부터 말을 꺼내야 할지 잠시 고민했다. 그런 영지의 마음을 알겠다는 듯이 지은은 따뜻하게 웃으며 말했다.

"나 어학연수 갔다가 오면 남자 친구랑 같이 나오라고 했었는데."

우스갯말이었지만 영지 또한 잊었을 리 없었다. 영지는 오늘 지은에게 레오님에 관한 이야기를 처음으로 털어놓으려고 마음먹었다. 지은이라면 이런 마음을 이해해줄 수도 있을 거라고 생각했다. 영지는 두 손에 잡고 있던 커피 잔을 테이블 위에 올려놓고 오랫동안 준비했다는 듯이 무겁게 입을 열었다.

"나, 좋아하는 사람이 있는 것 같아."

지은은 두 눈이 동그래지며 호기심 가득한 표정을 지었다. 영지는 천천히 말을 이어갔다.

"그런데 나 그 사람을 한 번도 만난 적이 없고, 얼굴도 몰라."

지은은 고개를 갸우뚱하면서 영지를 향해 웃으며 말했다.

"어디서 어떻게 알게 된 사람인데?"

"블로그 이웃이야."

지은은 두 손을 테이블 위에 깍지 끼워 내려놓고는 영지를 향해 몸을 더 기울였다. 영지는 몇 달 동안 자신이 느꼈던 감정을 오늘에서야 처음으로 언어로 표현하고 있었다.

"처음엔 다른 이웃들처럼 그냥 댓글 달고 하면서 알게 됐어. 언제부터였을까. 내가 그 사람을 좋아하는 것 같다는 생각을 하게 된 게. 잘 모르겠어. 어쩌면 여름방학 이전부터 그런 마음이 있었던 건지도 모르겠는데, 여름방학 이후로 더 많이 좋아하게 된 것 같아. 방학에 매일 아침 8시 반에 일어나서 서로의 안부게시판에 글을 남겼어. 그거 하면서 매일 대화를 나누게 됐거든? 그런데 나도 모르게 그 시간이 기다려지고 내일은 무슨 말을 할까 계속 생각하고 있더라고. 2학기가 되고도 여전히 일주일에 두세 번씩은 서로의 안부를 물어. 난 계속 그 사람 연락을 기다리고 있는 것 같아."

영지가 말하는 모습을 묵묵히 바라보며 듣던 지은은 아메리카노를 한 모금 들이켜고는 조심스럽게 물어봤다.

"어디에 사는 누군지 전혀 몰라?"

"부산에 살고, 한 살 많고, 수의대에 다니는 학생이야."

지은은 피식 웃으면서 주위를 둘러보고 한 마디 던졌다.

"이런, 서울에도 남자가 이렇게나 많은데 하필 부산에 사는 남자라니."

영지도 한결 편해진 표정으로 주위를 둘러봤다. 다들 무슨 할 말들이 그리도 많은지 카페에는 빈자리 없이 빼곡하게 앉은 사람들이 저마다의 이야기꽃을 피우고 있었다. 수많은 목소리들 사이로 은은하게 커피향이 퍼지고 있었다. 아무리 오래된 친구라고 해도 얼굴도 모르는 누군가를 좋아한다고 하면 이해해줄까 걱정되는 마음으로 영지는 다시 지은을 바라보며 물었다.

"말이 안 되는 것 같지?"

"왜 말이 안 돼?"

"만난 적도 없고, 얼굴도 모르면서 좋아한다는 게."

"아니, 나는 이해가 되는데?"

놀란 영지는 조용히 지은을 바라봤다.

"우리가 누군가를 좋아하는 이유는 다 다르잖아. 누구는 어떤 내면을 가진 사람인지도 모르고 얼굴만 보고 좋아하는 경우도 있고. 그래도 너는 그 사람이랑 대화를 많이 나눠본 거 아니야? 여름부터 이야기를 주고받았다고 해도 벌써 거의 반년인데? 반년 동안 그 사람이랑 소통했다는 거잖아. 어떻게 보면 진솔한 대화 한번 나눠보지 못하고 외모에 반해서 좋아하는 것보다 얼굴은 모르지만 깊은 대화 나눠보면서 좋아하는 편이 더 자연스러운 것 같기도 해. 어떻게 보면 얼굴을 아는 것보다 그 사람의 생각이나 속마음을 아는 게 그 누군가를 더 잘 아는 것 같다고 할 수 있다는 거지. 그리고 마음이라는 거 원래 별로 그렇게 논리적인 것 같지 않더라."

영지는 감정을 지지받은 느낌이 들어 기분이 좋아졌다. 지난 일 년 동안 지은이 옆에 있었다면 혼자 그렇게 고민하고 힘들어하지 않았을 텐데 하는 생각에 아쉬운 마음도 들었다. 얼굴도 모르는 레오를 좋아하는 게 이상한 일이 아니라고 생각하자 저절로 미소가 지어졌다. 그런 영지 마음을 알기라도 하듯 지은 역시 따뜻하게 웃으며 말했다.

"부산 그렇게 멀지 않아. 요즘 KTX 타면 2시간밖에 안

걸려."

"너는 부산 가봤지?"

"응, 별로 안 멀어. 그리고 둘이 정말 마음이 있으면 중간
에 대전 같은 데서 만나도 되잖아?"

"나는 서울을 벗어나 본 적이 없어서."

그렇게 말하면서도 영지는 당장이라도 부산에 가거나 가운
데 대전에서 레오와 만날 수 있을 것만 같은 생각이 들었다.

"어학연수 때 보니까 서울, 뉴욕 장거리 연애를 2년째 하
고 있는 애도 있던데 뭘. 서울, 부산, 멀기는 하지만 그건 장
애물이 되지 않는다!"

지은의 단호한 말에 영지는 그저 웃어보였다. 지은은 따
뜻한 시선으로 영지를 바라보며 물었다.

"그런데 무슨 대화를 그렇게 나누는 거야?"

"음, 그냥, 특별한 건 없어. 좋은 하루 보내라고? 오늘 무
슨 일이 있었다고?"

"좋은 하루 보내라는 말만으로 그렇게 몇 달 동안 대화 나
눌 수는 없을 것 같은데. 그 사람도 아무런 마음도 없이 그러
지는 않을 것 같은데? 내가 상담 공부하잖아. 다른 사람 말

듣는 거 정말 힘든 일인데 그 들어주기가 상담의 기본이자 가장 중요한 부분이야. 정말 에너지가 많이 들어간다니까. 그런데 몇 달 동안 어쨌든 서로 그 어려운 걸 하고 있다는 거잖아."

어쩌면 가장 듣고 싶은 말이었다. 레오 역시 아무 마음도 없지는 않을 것 같다는 말.

"나도 그 사람 궁금하다. 그런데 이게 선입견이자 고정관념일 수 있는데 수의사라니 왠지 마음이 따뜻한 사람일 것 같은데? 동물 좋아하는 사람 중에 나쁜 사람은 없다고 하잖아. 그런데 누군가는 시동을 걸어줘야 더 발전이 있겠네."

"시동?"

"누군가는 만나자는 말을 하거나 좋아한다고 말을 하거나 해야 관계가 더 진전되지 않겠어?"

영지는 앞에 놓인 따뜻한 커피 잔을 두 손으로 만지작거렸다. 레오와 직접 만나는 장면을 상상해보지 않은 건 아니었다. 생각하기도 어려웠지만 옆에 레오가 있어만 준다면 행복할 것 같다는 막연한 기대를 해보기도 했었다. 하지만 말 그대로 막연한 기대일 뿐이었다. 영지는 두어 번 입술을 씰룩거리다가 입을 열었다.

"나는 그냥 지금이 좋은 것 같아."

"그런데 언제까지고 이렇게 지낼 수는 없지 않겠어?"

지은은 난감한 표정을 지으면서 커피를 한 모금 들이켰
다. 영지는 일단 마음을 털어놓았고 이해 받았다는 것에 의미
를 부여하기로 했다. 뒤늦게 카페를 찾은 사람들은 자리가
없어서 두리번거리다가 다시 나가고 있었다. 주위를 둘러보
던 영지는 지은을 바라보며 화제를 돌렸다.

"내년에 복학하는 거야?"

"응. 복학 전에 토익 점수를 만들어놔야 될 것 같아서 좀
일찍 들어왔어. 사실 한국이 그립기도 했고."

"이제 토익 공부 해야겠네?"

깊은 한숨과 함께 고개를 끄덕이는 지은의 얼굴에도 졸업
반이라는 무게감이 고스란히 드러났다. 이번에는 지은이 영
지를 향해 물었다.

"너는? 일본어 시험은 이제 봤잖아. 방학엔 계획 있어?"

"어떻게 해야 될지 잘 모르겠어. 과 친구들은 이제 임용
공부를 다 시작했거든."

지은은 영지를 바라보며 조심스럽게 물어봤다.

"너는 교사 되고 싶은 생각 별로 없는 거 아니야?"

"되면 좋겠지. 어쩌면 나 이러는 게 경쟁률 보고 지레 겁먹은 것 같기도 해."

"다른 하고 싶은 일이 있는 거 아니었어?"

"그냥. 소설책 읽다가 이걸 일본어 원문으로 읽어보면 어떨까 싶어서 일본어 공부를 했는데, 연관 지어 생각해보니까 이걸 한글로 번역하는 일도 참 의미 있겠다 싶었어. 그러려면 일본어 실력을 우선 키워야 하니까. 그런데 이 정도 실력으로는 어림도 없어. 지금은 겨우 단어 좀 외운 정도밖에 안 돼."

지은은 별다른 말을 하지 않고 왼손으로 턱을 괴며 조용히 영지를 응시했다. 그 정도만으로도 영지는 충분히 위로받는 느낌이었다. 잠시 둘 사이에는 정적이 흘렀지만 조금도 어색하지 않았다. 영지는 오래된 친구 사이라는 게 이런 건가 보다고 생각했다. 대화가 끊기자 그때서야 카페에 흘러나오는 조용한 음악이 귀에 들어왔다. 별다른 초점 없이 카운터 쪽을 응시하는 영지의 모습을 보고 지은이 웃으며 말했다.

"우리 둘 다 잘 살 거야. 너무 걱정하지 말자."

영지도 환하게 웃으며 대답했다.

"그래, 우리 지금까지 잘 해왔잖아. 그치? 참, 수희는 언제 온대?"

"아, 수희 12월 안으로 온다고 했으니까 이제 곧 오지 않을까?"

수희까지 어학연수를 마치고 돌아온다고 하니 영지는 더 든든해진 느낌이었다.

영지는 컴퓨터를 켜자마자 레오의 안부 글부터 확인했다. 지은이 했던 말이 귀에서 맴돌았다. '그 사람도 아무런 마음 없이 그러지는 않을 것 같은데' 지은의 말대로 우리는 서로 얼굴은 모르지만 몇 달 동안 소통해왔다. 언제부턴가 레오는 영지가 올린 블로그 글을 하나도 빠짐없이 읽고 흔적을 남기고 있었다. 시험 기간에는 서로 응원해주었고, 친구들 사이에 있었던 소소한 일을 이야기하기도 했다. 어쩌면 정말, 지은의 말처럼 서로 얼굴을 알고 인사 정도 주고받는 사

이보다 이미 훨씬 더 가까운 관계 같기도 했다. 아니면 단지
그렇게 믿고 싶은 것일 수도.

젊은 샤를로테의 고백 2007.12.2. 22:07

옆에 있는 사람의 이야기에 마음을 열고 귀를 기울여
잘 들어주는 것이 관계의 시작이라고 하지만
사실 저는 익숙하지 않은 것 같아요.
다른 사람 얘기에 집중하기에는 저 스스로의 생각이 너무 많은 것
같다는 생각을 종종 해요.

어릴 때 썼던 일기를 다시 읽어보면요.
그때 어떤 마음으로 이런 일기를 썼는지,
이 사건이 당시의 제게 얼마나 거대했던지 기억이 나는데
제가 보기에도 재미가 없어서 집중해서 읽기가 어려운 거예요.
참 신기하죠?

그래서 더 감사해요.

특별할 것도 없는 제 이야기 지나치지 않고 읽어주셔서.

제 이야기에 귀 기울여주시는 이웃님들 생각하면 정말 든든한 느낌이에요.

제게 늘 귀 기울여주시는 우리 이웃님들,

언제까지고 잊지 않을게요. 약속합니다.

제 닉네임을 이용해서 제목을 지어봤어요. 멋있죠? ^^

자유 2007.12.2. 22:12

로테 오늘 시험 잘 봤어? 젊은 샤를로테의 고백이라니. 푸하하하 멋있어~

럭키 2007.12.2. 22:23

로테님. 토닥토닥~ 오늘 시험 보시느라 고생하셨어요. 저도 언제까지고 로테님 잊지 않을 거에요. 오랫동안 소통하며 지내요~ 젊은 샤를로테의 고백 잊지 않을게요. ^^

레오 2007.12.2. 22:31

귀 기울여 누군가의 이야기를 듣는다는 게 참 어려운 일인데 로테님도 해주시잖아요. 저도 많이 고마워요. 서로 잊지 않겠다고 약

속한 거예요. ^^

jieunyyy85 2007.12.2. 22:34

나 지은이야~ 구경하러 왔지~ 우리 이제 얼굴 자주 보고 더 많
이 소통하자 친구야~ ^^

　영지의 블로그 이웃은 스무 명이 넘었다. 이웃들은 빈도
의 차이는 있어도 대부분 방문해 흔적을 남겨주고는 했다.
학교에서 만나 한참 수다를 떨고도 또 블로그에 들어와 서
로의 속마음을 확인하는 민주와 해미, 성별은 여전히 알 수
없지만 끊임없이 다정한 댓글을 남겨주는 럭키, 수능이 끝
나고 뜸해지기는 했지만 가끔씩 등장해서는 생각을 깨우쳐
주는 오동동. 하지만 '젊은 샤를로테의 고백'이라는 글을 쓰
면서 영지의 머릿속에는 오로지 한 사람에 관한 생각밖에
없었다. 컴퓨터를 하고 있지 않을 때도 당신 생각이 많이 나
고, 당신에 대해 더 궁금하다고 말하고 싶었다. 하지만 관계
가 더 나아가는 것도, 멀어지는 것도 겁이 나는 영지는 이런
식으로 표현할 수밖에 없었다. 거짓으로 쓴 부분은 없었다.
이렇게 된 마당에 평생 레오님을 기억하리라는 건 당연한

사실이었다. 잊으려야 잊을 수가 있을까!

레오의 블로그에서는 여전히 감미로운 배경음악이 다정하게 흘러나오고 있었다. 영지는 입술을 살짝 다문 채로 익숙한 노래의 음을 따라 불렀다. 화창한 봄날에 이 노래를 처음 들었는데 벌써 12월이 되었다. 언제 들어도 부드럽고 달콤했다. 영지는 레오가 써주는 댓글과 안부 글을 이 목소리로 듣고 있었다. 그래서인지 더 빠른 속도로 마음이 앞서나갔다. 순간 레오 본인은 노래를 잘 못해서 음악 시간이 싫었다는 말이 기억난 영지는 작게 소리 내어 웃었다.

영지야 아직 집에

안 갔지!? 저녁

같이 먹자 ^^

도서관에서 과제를 하다가 해미의 메시지를 확인했다. 해미의 의도를 알면서도 망설여지는 건 어쩔 수 없었다. 영지는 문자를 확인하고 휴대폰 폴더를 열었다 닫았다 하면서 이리저리 머리를 굴렸다. 이미 지하철을 타버렸다고 할까,

문자를 확인하지 못해서 집에 와버렸다고 이따가 답장을 보내면 될까. 그런 영지의 마음이 들켰는지 해미에게서 전화가 왔다. 영지는 진동이 울리는 휴대폰을 들고 열람실 밖으로 나가면서도 이 전화를 받아야 할지 말지 결정하지 못했다. 어쩌지, 뭐라고 하지 고민하며 문을 여는 순간, 화장실에서 나오는 세준과 눈이 마주쳤다. 하필 이런 때. 환하게 웃는 얼굴로 오른손을 들어 인사를 건네는 세준의 모습에 영지는 자기도 모르게 폴더를 열어 전화를 받아버렸다. 세준을 피해 계단 쪽으로 방향을 틀었지만 세준은 장난기 가득한 얼굴로 뒤따라왔다.

세준은 영지의 휴대폰에 귀를 갖다 대고 듣는 시늉을 했다. 영지는 손으로 세준을 밀었지만 물러설 기세가 아니었다. 어디냐고 물어보는 해미의 목소리에 거짓말을 할 수가 없었다. 해미는 저녁을 사준다며 대명거리에서 6시에 만나자는 말을 했다. 영지는 옆에 있는 세준을 의식하며 고민할 새도 없이 그러자고 대답해버렸다. 그러고는 전화를 끊자마자 오른손을 들어 세준의 어깨를 가볍게 때렸다. 왜 남의 전화를 엿듣냐고 말하며 두어 대를 친 것은 민주 이야기를 들고 몇 날 며칠 밤을 뒤척이며 눈물 흘린 시간에 대한 응징이기도 했다. 변함없이 장난스러운 표정으로 아픈 척하는 세준의 입술이 부르터 있었다. 만나기만 하면 늘 이렇게 장난만 치는 세준이 자신을 좋아한다는 게 영지는 믿기지 않았다. 세준의 태도를 보니 민주에게 한 말이 전달되지 않았을 거라 생각하고 있는 것 같아 영지도 애써 이전처럼 대했다. 영지는 침을 한 번 꿀꺽 삼키고 입을 열었다.

"너 입은 왜 그래?"

"공부를 너무 열심히 했나 봐."

민주의 고백에 세준 역시 며칠 밤을 뒤척인 건 아닐까 하는 생각에 영지는 속상한 마음이 들었다.

"영자! 도서관에나 오니까 이렇게 마주치네."

"나, 나, 나는 자주 오지."

영지는 평소처럼 이야기를 하려고 하는데 괜히 말을 더듬게 됐다. 세준은 아랫입술을 내밀곤 조용히 웃어보였다.

"저녁에 해미랑 만나기로 한 거야?"

"어어."

"해미랑 민주랑?"

"어. 미, 민주도 나오지."

세준의 입에서 민주라는 이름이 나와 당황한 영지는 애써 아무렇지 않은 표정을 지었다. 세준이 눈치 채지 않게 평소처럼 행동해야 한다고 생각하며 다시 한 번 침을 삼키고 물었다.

"너, 너도 같이 갈래?"

"아니, 오빠가 오늘은 바쁘다."

영지는 세준의 눈을 똑바로 마주치기가 어려워서 시선을 여기저기로 피하며 화젯거리를 찾았지만 마땅한 내용이 떠오르지 않았다. 그런 영지의 모습을 세준은 그저 웃으며 바라봤다.

"영자, 넌 오빠한테 할 말이 그렇게 없냐?"

세준이 민주에게 한 말이 진심이라면 몇 년간 자신이 세준에게 상처를 주고 있음이 분명하다고 생각했다. 아니지, 세준은 한 번도 좋아한다고 말한 적도 없었고 그런 눈치를 준 적도 없었다. 그렇다면 세준의 잘못이 아닐까. 그렇다면 만약 세준이 고백을 했다면 상황이 달랐을까. 아니, 더 난감하지 않았을까. 빠른 속도로 영지의 머릿속에 이런저런 생각들이 지나갔다. 영지가 자판기 쪽을 가리키며 말했다.

"뭐, 뭐, 뭐라도 마실래?"

"너가 사주는 거야? 웬일?"

영지는 아무 말 없이 자판기로 향했다. 주머니를 뒤져봤지만 지갑은 가방에 있으니 돈이 있을 리가 없었다.

"나 지갑을 안 갖고 나왔다."

세준은 웃음을 터뜨렸다. 세준은 바지 뒷주머니에서 지갑을 꺼내 만 원짜리밖에 없다며 초록색 지폐의 끝부분을 살짝 꺼내보였다.

"나가서 뭐 마실래?"

이번엔 세준의 제안이었다. 곰곰이 떠올려 보니 세준이 이런 제안을 한 적이 여러 번 있었던 것도 같다. 장난스러운 분위기에 '영자'라는 말이 앞에 붙어 있어 영지는 늘 거절했었다. 하지만 오늘은 그러면 안 될 것 같았다. 영지는 작게 고개를 끄덕였다.

둘은 도서관 매점으로 향했다. 영지가 자리를 맡는 동안 세준은 물어보지도 않고 오렌지 주스를 두 병 들고 왔다. 영지 앞에 주스를 내려놓으며 세준이 자신 있게 말했다.

"영자는 커피 안 마시지?"

"어? 나 아메리카노 좋아하는데."

세준이 사온 것은 유리병에 든, 매점에서 가장 비싼 오렌지 주스였다. 세준의 자신 있는 말투에 영지는 둘이 알고 지낸 시간이 오래되었을 뿐 서로에 대해 여전히 조금도 알지 못한다는 생각이 들었다. 세준이 멋쩍은 듯 웃으며 말했다.

"커피 안 마셨잖아?"

"이제 마셔. 아메리카노 맛있더라고."

"아, 그래? 바꿔 올게."

영지는 주스 병을 들고 일어나려는 세준의 손을 엉겁결에 잡아버렸다.

"아, 아니, 이것도 좋아."

세준의 손은 따뜻했다. 세준이 자리에 앉으며 말했다.

"영자도 많이 컸구나. 재수학원 다닐 땐 졸릴 때마다 오렌지 주스 마셨었잖아."

"내, 내, 내가?"

놀라서 물어보는 영지의 말에 세준은 아무 말 없이 웃었다. 그러더니 주스 병을 열어 영지 쪽으로 건네줬다.

"고, 고, 고마워."

"치, 너 오늘 왜 자꾸 말 더듬냐?"

세준의 앞에서 긴장이 되는 건 처음이었다. 긴장이 된 탓인지 자꾸만 말을 더듬게 됐다. 민주한테 들은 이야기가 자꾸 떠오르면서 얼굴도 빨개지려고 했다. 차가운 손으로 양쪽 볼을 만져 열기를 가라앉히려고 했지만 자꾸만 얼굴은 달아오르기만 했다.

"덥냐?"

"아, 아, 아니."

영지는 예전처럼 세준에게 무슨 말이라도 해야 한다고 생각했다. 하지만 민주 얘기를 꺼낼 수는 없었다. 세준과 알고 지낸 지 벌써 4년째. 재수학원 같은 반 친구에 이어 같은 과 동기가 된 특별한 인연이었지만 세준에 대해 알고 있는 게 너무나도 없다는 생각이 들었다. 무슨 말을 할지 머리를 굴려볼수록 얼굴만 점점 달아오르는 느낌이었다.

"너, 너는 대통령 누구 뽑을 거야?"

주스를 마시던 세준은 영지의 예상치 못한 질문에 웃음이 터져 주스를 뿜을 뻔했다. 세준은 서너 번 정도 기침을 하며 입을 가리고 크게 웃었다. 침묵의 어색함을 견디지 못하고 내뱉은 말이 이런 거라니 쥐구멍이라도 있다면 사라져버리고 싶은 게 영지의 심정이었다. 어떻게든 이 상황을 만회해보고 싶은 영지는 억지로 웃어 보이며 오른손을 허공을 향해 흔들었다. 장난이라는 말을 덧붙였다. 기침을 겨우 그친 세준은 영지 쪽으로 몸을 더 기울이며 영지의 두 눈을 빤히 쳐다보고 말했다.

"영자, 그런 건 가족한테도 물어보는 거 아니야. 너 혹시 이 오빠를 가족처럼 생각하냐?"

"뭐, 뭐라는 거야. 장난이라니까."

어느새 얼굴에서 웃음기가 싹 사라진 세준은 영지를 빤히 바라보고 다시 입을 열었다.

"영자, 우리 같은 학교에서 이렇게라도 보는 거, 이번 학기가 마지막일 것 같다. 이 오빠는 이번 학기 마치고 1년 동안 어학연수 간다. 갔다 오면 영자는 졸업했겠지?"

세준이 떠난다는 얘기를 들으니 영지는 가슴이 쿵 내려앉는 듯한 기분이 들었다. 하지만 따지고 보면 이번 학기에도 세준과 밥을 먹은 것은 한두 번뿐이었고 이렇게 우연히 마주친 것도 한두 번뿐이었다. 재수학원에서 만난 이후로 지금까지, 속 이야기를 터놓고 나눠본 적도 없었다.

"어쨌든 영자, 잘 지내라. 빨리 선생님 돼서 오빠 만나면 밥도 좀 사고 그래."

"그, 그래."

영지의 대답에 세준은 놀라 눈을 동그랗게 뜨더니 다시 웃었다. 떠난다는 세준에게 무슨 말을 해야 할지, 민주에 관해 무슨 말을 해야만 하는 건지 머리를 굴려볼수록 영지는 얼굴만 더 빨개져서 아무 말 없이 주스만 한 모금씩 들이켰다. 세준 역시 그런 영지의 모습을 아무 말 없이 바라보기만 했다.

"가서 영어 공부 열심히 하고."

"건강하게 잘 하고 와."

중간에 침까지 삼켜가며 겨우 한 문장을 이어 말하는 영지의 모습에 세준은 말없이 웃을 뿐이었다.

횡단보도 건너에 서 있는 민주와 해미가 보였다. 민주는 평소보다 더 밝은 표정을 지으며 오른손을 번쩍 들어 흔들었다. 이어 해미까지 영지를 바라보며 두 손을 마구 흔들었다. 영지는 억지로 웃어보이다가 오른손을 작게 흔들어 대답했다. 횡단보도를 사이에 두고 기다리는 이 시간이 유난히도 길고 어색하게만 느껴졌다.

민주는 그 일이 있고 정확히 4일 후 영지에게 문자메시지로 사과했다. 너무 감정적으로 행동한 것 같다면서 잘못했다는 내용이었다. 데이트 메이트가 여자 친구를 찾아간 일이 생각보다 상처가 됐는지 마음이 많이 힘들었고, 세준에게 호감이 있는 건 사실이지만 사귀고 싶을 만큼 좋아하지는 않는다는 말을 덧붙였다.

그 이후로 이런저런 핑계를 대며 학교에서 마주치는 일을 피하다가 오늘에서야 만나게 된 것이다. 영지는 민주를 어떤 눈빛으로 바라봐야 할지, 무슨 말을 해야 될지 아직 정리하지 못했다. 대학에 입학하고 3년 동안 항상 어울려 다니며 서로 속마음도 털어놓는 가까운 사이라고 생각했는데 한순간에 이렇게 멀어지는 마음이 스스로도 놀라웠다. 해미와 통화를 할 때 세준이 옆에 없었다면 오늘도 어떻게든 이 자리를 피했을 텐데 싶은 생각이 들 때쯤 신호등이 초록색으로 바뀌었다. 영지는 조그맣게 한숨을 내쉬고는 길을 건너기 시작했다. 아무렇지 않게, 예전처럼 웃어야 한다는 생각들을 하나씩 주문처럼 외며 속마음이 드러나지 않도록 억지로 입술을 양옆으로 올려 웃는 표정을 지었다. 옹졸한 사람으로 보이는 게 싫었고, 친구를 잃고 싶지 않았다.

"영지야, 내가 용돈 받은 걸로 쏘는 거니까 마음껏 먹어."
찜닭 집 한가운데 자리에 앉아 해미는 패딩을 벗으며 말했다. 해미는 민주에게서 어디까지 이야기를 들었을까, 내가 어떻게 행동해야 한다고 생각하고 있을까 머리를 굴리며 영지는 예전처럼 억지로 웃어보였다. 이전처럼 민주는 컵 세 개를 나란히 놓고 물을 따르며 영지를 힐끗 쳐다보더니 입을 열었다.

"해미 언니 용돈 누구한테 받은 건지 알아?"
영지는 그날 이후로 민주를 처음으로 바라보며 고개를 양옆으로 작게 가로저었다. 민주의 모습은 예전과 달라진 게 없었다.

"은성 오빠한테 받은 거래. 대박이지 않아?"

영지는 머리에 떠오르는 생각들을 뒤로하고 대화에만 집중하려 했다. 하지만 자기도 모르게 떠오르는 생각들을 어쩔 수는 없었다. 누군가를 좋아한다는 건 정말 힘든 일이니까 터무니 없는 실수를 하기도 할 것이다. 영지는 해미에게 물었다.

"오빠가 이제 용돈도 줘?"

"장난으로 주는데 그냥 덥석 받아버렸어."

해미의 대답에 놀라 눈이 동그래진 순간 민주와 눈이 마주쳤다. 민주는 언제부터 세준을 좋아했던 걸까. 그동안 민주가 세준에 대해 이야기하던 여러 순간들이 주마등처럼 지나갔다. 어쩌면 생각보다 더 오래, 더 깊이 좋아했을 수도 있다. 충동적으로 고백을 한 것일 뿐 진심으로 좋아하지는 않는다는 민주의 메시지는 진심이 아니라고 생각했다. 민주는 그렇게 충동적이고 가벼운 친구가 아니었다.

"너무 깊이 생각하지 말고 그냥 먹어. 오빠가 사주는 거라고 생각하면 되잖아."

그렇다면 민주는 왜, 그 마음을 진작 얘기하지 않았을까. 우리가 속마음을 털어놓는 관계라고 생각했던 건 혼자만의 착각이었을까. 아, 이미 스스로도 속마음을 오랫동안 감추고 있었다는 사실이 번쩍 떠올랐다. 레오를 좋아하는 것 같다고 생각한 시간이 몇 달 지나는 동안 친구들에게 한 번도 털어놓은 적이 없었으니까. 친구들을 못 믿는 것도 아니었고 반드시 숨기고 싶었던 것도 아니었다. 그저 털어놓지 못한 채로 시간이 흘러버렸을 뿐이었다. 민주도 그냥 그랬던 걸까. 그렇다면 해미에게도 이런 비밀이 있을까. 우리는 그동안 고작 이런 관계였던 걸까.

"영지야, 나 이번 방학에 미국 가."

깜짝 놀란 영지는 고개를 들어 해미를 바라봤다. 민주는 이미 다 들은 이야기라며 아무렇지 않은 반응을 보였다.

"놀랐지? 크리스마스 지나고 갔다가 2월 말에 올 예정이야. 그래도 금방 오니까. 영지 친구들은 이제 돌아오겠다!"

"응, 한 명은 벌써 왔어."

"두 달밖에 안 되는데, 영어 실력이 많이 늘어서 돌아올 수 있을까?"

"그건 언니가 하기 나름이라니까."

민주는 해미의 걱정을 가볍게 받아쳤다. 처음으로 비행기

267

를 탄다는 해미는 걱정과 설렘이 공존하는 표정을 지어보였다. 해미는 민주를 보더니 눈길을 살짝 돌려 영지를 바라보고 윗입술을 살짝 깨문 뒤 조심스럽게 입을 열었다.

"저기 영지야, 세준이는 어학연수 1년 동안 간대."

영지는 모르는 척하면서 탄산이 톡 쏘는 사이다를 두어 모금 연달아 마셨다. 민주도 못 들은 척 아무 말이 없었다. 눈동자를 굴리며 영지와 민주를 번갈아 바라보던 해미는 재빨리 화제를 돌렸다.

"어쨌든. 어쩌면 이렇게 셋이 모이는 게 올해의 마지막일 수도 있어. 내년 3월이 지나야 만날 수 있겠지? 내가 미국 가서 선물 사올게. 나 없는 동안 둘이 싸우지 말고 사이좋게 잘 지내고 있어야 돼."

민주는 웃으며 영지 언니랑 자신이 싸울 일이 뭐가 있냐고 대답했다. 영지도 웃으며 동의했다. 영지는 민주와 신천에서 있었던 일을 잊어야 할 것 같다고 생각했다. 사이다가 따끔거리며 식도를 타고 내려가는 동안 사람은 누구나 그 정도의 실수를 할 수도 있는 거라는 너그러움이 생겨났다. 실제로 우리 사이에 달라진 건 아무것도 없었으니까. 이제 그날 둘 사이에 있었던 일은 그 어디서도 언급되지 않고 기억 속에 묻힐 것이다. 그 언젠가 비 내리는 11월 저녁을 다시 마주하면 떠오를까.

인터넷은 온통 '태안 기름 유출사고'에 관한 이야기로 도배되었다. 파란 바닷물을 시커멓게 물들여가는 기름을 바라보며 주저앉는 어민들의 모습이 보도되었다. 태안은 물론 전라도를 지나 제주도까지 심각한 해양 오염을 피할 수 없을 거라는 내용이 이어졌다. 어패류의 떼죽음 역시 당연한 일이었다.

모처럼 레오의 블로그에 새로운 글이 올라왔다. 이 사고에 관한 내용이었다. 영지는 레오의 글을 읽으며 새로운 시각을 접할 수 있었다. 레오는 일단 사고명에 주체가 드러나지 않는다는 게 문제라고 했다. 저런 명칭으로 언론에 보도되어 대다수의 사람들은 사고의 실상을 파악하기보다 그저 '태안에서 기름이 유출되었다'라고만 인식하게 된다고. 동물 관련 내용이 아니었지만 영지에게는 여전히 어렵게 느껴지는 포스팅이었다.

영지는 평소 사회 문제에 관심이 많은 사람이 좋다고 입버릇처럼 말하고는 했는데 그 이상형이 바로 레오님인 것 같았다. 영지는 보물찾기에 성공한 것처럼 기분이 좋아졌다. 영지는 레오가 쓴 글을 한 글자씩 작게 소리 내어 따라 읽었다. 컴퓨터 너머에 있을 이상형의 레오님을 떠올릴수록 입꼬리가 점점 올라갔다.

 # 굿바이! 동대문운동장 2007.12.18. 22:41

오늘 시험 문제 중에 하나가 〈최근에 인상 깊게 봤던 영화나 책 중에서 하나를 선택해 그에 관한 수용의 과정과 의미를 서술하고 자기분석을 해보라〉는 거였어요.

이 문제를 보고 열심히 머리를 굴려봤는데 최근에 인상 깊게 본 영화? 책?
세상에, 떠오르는 게 없더라고요. 그래서 몇 년 전에 읽은 책으로 겨우 칸을 채웠어요.

기억이 나지 않으면 아무것도 아닌데 말이죠. 그 기억의 시간이
무의미해져버리는 순간이었어요.

집에 와서 뉴스를 봤는데요.
80년의 역사를 갖고 있는 동대문운동장이 정말 허물어졌어요!
들어가 본 적은 없지만 매일 지나치는 곳인데 기분이 이상해요.
이제 역 이름도 '동대문운동장'이 아니라 '디자인 공원'처럼 바꾸
려나 봐요.
2013년에 이곳에 디자인 공원이 생긴다고 하네요.
저는 글쎄, 하나씩 새로워지고 세련되게 변화하는 것도 좋지만
역사를 지키는 것도 좋은 것 같은데요. 무언가 없어진다는 것은
항상 슬퍼요.
동대문운동장을 부수지 않고 다른 방법은 없었을까요?

오늘도 이렇게 역사는 쓰이고 있고
내일은 또 역사적인 날이 되겠지요? 대통령선거일!
저는 사실 아직 결정을 하지 못했답니다.
공약을 잘 살펴보고 뽑으라는데 솔직히 봐도 잘 모르겠어요.

어쨌든 그래도 태어나서 처음으로 해보는 투표니까 아침에 일찍 가서 한 표를 행사하겠습니다. 그리고 남은 시험도 파이팅!

오동동 2007.12.18. 22:45

저도 내일 생애 첫 투표예요. 투표한다는 사실만으로 선거일이 참 다르게 다가오네요. 그나저나 동대문운동장이 역사의 저편으로 사라졌다는 사실이 저도 참 슬프답니다.

럭키 2007.12.18. 22:59

로테님 토닥토닥~~ 시험 보느라 수고하셨어요. 내일 투표 잘하시고 남은 시험도 잘 보세요.

자유 2007.12.18. 23:11

나도 아직 누구 뽑을지 못 정했어~ 주위에서는 우리가 이제 수험생이고 교사가 될 거니까 교육 공약을 잘 보라고 하는데 어렵기만 하네.

레오 2007.12.18. 23:24

사라진다는 게 슬픈 일이기는 하지만 그런 과정 없이는 앞으로 나아갈 수 없다는 생각에 마음을 다잡은 적이 있어요. 저도 동대문운동장에 들어가 본 적이 없는데 사라져버렸네요.

영지는 지은이 준 장갑을 끼고 왔다며 지은을 향해 두 손을 들어 보였다. 지은은 그런 영지의 모습에 환하게 웃으며 말했다.

"잘 어울린다! 방학 축하해."

어제 수희가 돌아왔다는 말에 셋은 급하게 약속을 잡았다. 영지는 마침 오전에 시험이 끝난 터라 기분이 더 좋았다. 진로에 대한 고민은 잠시 접어둔 채 오늘은 일단 방학을 맞이한 기쁨을 누리고 싶었다. 그 기쁨을 지은과 수희와 함께 누린다니 더할 나위 없었다.

"수희는 아직 안 온 거지?"

지은은 휴대폰 폴더를 열어 버튼을 눌러보더니 영지에게 대답했다.

"어, 10분 정도 늦는다네."

매콤한 음식을 먹고 싶다는 수희의 의견에 따라 오늘 만남은 닭갈비집에서 이루어졌다. 아직 저녁 식사를 하기엔 이른 시간이라 그런지 넓은 가게에는 손님이 없었다. 영지의 시선이 다시 지은에게 향하자 기다렸다는 듯이 지은이 웃는 얼굴로 입을 열었다.

"영지야. 그 레오님 있잖아."

영지는 조용히 침을 꿀꺽 삼켰다.

"말투가 되게 다정하던데? 그리고 내가 몇 개의 댓글을 분석해본 결과, 그 사람 댓글에는 '저도'라는 공감의 표현이 많더라."

영지는 아무 대답 없이 웃었다. 마음속에서는 '안부 글로는 더 다정해.'라는 말이 자랑처럼 울려 퍼졌다.

"저기, 수희한테는 비밀로 해줘. 다음에 내가 천천히 이야기하려고."

지은은 웃는 얼굴로 고개를 끄덕였다. 물을 따르며 영지가 다시 입을 열었다.

"이번 주말에는 뭐 해?"

"내일 대학교 친구들 만나기로 했어. 이번에 졸업하는 애들도 있거든."

"아, 취업은 잘 됐어?"

"응. 대기업 간 친구도 있고 그런데. 속사정은 직접 들어봐야 알겠지? 너는?"

"나 내일 노량진에 등록하러 가기로 했어."

영지는 물을 한 모금 들이켜면서 심각한 표정을 지었다. 그때 뒤에서 수희의 목소리가 들렸다. 일 년 만에 듣는 반가운 목소리였다.

영지는 반사적으로 몸을 돌려 수희를 바라봤다. 수희는 전에 보지 못한 하얀색 코트를 입고 있었다. 아이라인을 그리고 립스틱을 바른 수희의 모습은 처음이었다. 영지와 지은은 오랜만에 등장한 수희에게 반가움을 표현했다. 수희도 활짝 웃으며 친구들의 얼굴을 더 가까이서 보기 위해 의자를 앞으로 당겼다.

수희는 자신이 이렇게 적극적이고 활발한 성격인지 이번 어학연수를 통해 처음 알게 되었다고 말했다. 영어를 배우고 다른 나라 사람들과 어울리는 일이 정말 재미있다며 이제야 적성을 찾은 것 같다고 했다. 지은이 감탄하며 말했다.

"이야. 수희가 그런 성격이었단 말이야? 그러면 진로도 그쪽으로 정해야겠네?"

"응. 안 그래도 한국 오기 전부터 부모님이랑 진로 이야기를 많이 했는데, 영어 쪽으로 생각해보려고."

영지는 수희를 보며 물었다.

"영어 관련 진로?"

"응. 나 영어교육과로 편입을 준비하려고 해."

"영어 선생님 준비하게?"

"선생님 준비까지는 아니고, 일단 영어교육과로. 그쪽이 내 적성에 맞는 것 같아서."

밝아진 표정의 지은이 말했다.

"와, 잘 됐다. 영지랑 같이 임용 공부하면 되겠네. 영지 내일 노량진에 등록하러 간대."

영지도 수희를 바라보며 고개를 끄덕였다. 수희와 함께라면 힘든 수험 생활에 서로 큰 힘이 될 수 있을 것 같았다. 수희는 영지를 보며 입을 살짝 벌리고 난감한 표정을 지었다.

"저기 그게 나는, 임용 준비를 할 생각은 없어. 부모님이랑 이야기를 많이 했어. 그런데 나는 일단 편입만 하는 걸로. 요즘 임용이 경쟁률도 높고 힘든데, 우리 엄마는 나 힘든 거 싫으니까. 굳이 그렇게 취업을 해야 되겠냐는 생각이셔."

생각지도 못했던 수희의 대답에 영지는 숟가락을 조용히 내려놨다. 지은이 자기도 모르게 콧방귀를 뀌며 수희의 말에 대답했다.

"그럼 어머니 말씀은 결국 좋은 학교 가서 취업은 안 하고 시집만 잘 가면 된다는 거야? 야, 요즘 어느 시대인데."

수희는 난감한 표정을 지으며 혀를 살짝 내밀어 입술을 적시고 말했다.

"왜 그래 갑자기. 예민하게."

영지는 시무룩한 표정으로 입을 열었다.

"자기 딸 힘든 거 좋아하는 엄마, 세상에 한 명도 없어."

영지의 눈시울이 천천히 붉어지는 걸 눈치 챈 지은은 목이 멘다며 탄산음료를 마시지 않겠냐고 화제를 돌렸다. 수희는 시간을 확인하고 눈치를 보며 조심스럽게 입을 열었다.

"저기 미안한데. 남자 친구가 오늘 꼭 같이 갈 데가 있다고 해서."

영지와 지은은 눈이 동그래져서 말없이 수희를 바라봤다.

"7시에 데리러 온다고 했거든? 오늘은 이것만 먹고 일어나봐야 될 것 같아. 곧 다시 만나자."

지은이 수희에게 물었다.

"남자 친구 미국에서 사귄 거야?"

"응. 어학연수 때 친해져서 사귀게 됐어. 어제 같이 한국

들어왔어. 다음에 소개해줄게."

영지는 지금 앞에 있는 이 사람이 정말 고등학교 때부터의 단짝 친구 수희가 맞는지 의문이 들었다. 수희의 달라진 점은 옷차림과 화장법뿐만이 아니었다. 말 한 마디 한 마디, 그 안에 들어있는 모습이 모두 1년 전 수희와는 다른 사람 같았다. 돌아보지도 않고 식당을 나가는 수희의 뒷모습을 보며 어쩌면 이제는 수희와 마주 보고 앉아 신나게 웃을 날이 없을지도 모르겠다는 생각이 들었다.

영지와 지은은 시장을 지나 석촌호수로 향했다. 동지 팥죽을 판다는 안내가 곳곳에 붙어 있었다. 팥죽의 달큼한 냄새가 여기저기서 퍼져 나왔다. 저녁 7시였지만 꽤 어두웠다. 영지는 지은이 선물해준 장갑을 꺼내 끼며 말했다.

"또 한 해가 저물어 가네. 우리 이제 스물네 살이 되는 거지?"

지은이 영지 쪽으로 시선을 돌리며 싱긋 웃었다.

"그러게. 시간 빠르다. 우리 처음 만난 게 열일곱 살 때였는데."

지은은 고등학교 복도를 걷던 때처럼 자연스럽게 영지 손을 잡았다. 영지는 거리의 네온사인을 바라보며 살짝 미소 지었다. 장갑 사이에 느껴지는 지은의 체온이 따뜻했다. 지은이 영지를 향해 물었다.

"다음 주에는 학원 안 가지? 1월부터 가지?"

지은은 매년 크리스마스마다 잠깐이라도 영지를 만나고 돌아가고는 했다. 재작년부터는 영지의 생일 케이크까지 준비해 와서 혼자 노래를 불러주기도 했다. 영지는 지은이 정말 신경 써서 매년 어렵게 시간을 내주고 있다는 걸 잘 알고 있었다. 고마움보다도 미안함이 앞설 때가 많았다.

"응. 학원은 1월부터 다니는데. 크리스마스에는 엄마랑 오랜만에 시간을 보내려고."

"엄마랑 뭐 하려고?"

"아니, 이제 앞으로 엄마랑 같이 있을 시간도 많이 없을 것 같아서. 시간 될 때 같이 영화도 보고 이야기도 많이 하고 그러게."

지은은 영지를 잡은 손에 잠깐 힘을 주더니 그러라고 대답했다. 영지는 사거리에 파는 붕어빵을 보고는 미소 지으며 말했다.

"아, 붕어빵 오랜만이다! 우리 학교 다닐 때 많이 사먹었잖아."

지은도 붕어빵 쪽으로 시선을 돌리며 미소 지었다. 언제부턴가 '슈크림 붕어빵'이라는 메뉴도 함께 팔고 있었다. 영지는 무언가 생각난 듯 웃으며 말했다.

"왜 우리 고등학교 때 붕어빵 심리테스트 했던 거 기억나? 붕어빵을 머리부터 먹는 사람, 꼬리부터 먹는 사람, 몸통부터 먹는 사람, 반 잘라서 먹는 사람, 그게 다 성격에 따라 다르다고."

지은은 기억이 난다면서 영지를 잡은 손을 흔들었다. 영지가 웃으며 말을 이어갔다.

"나는 꼬리 쪽에 팥이 안 들어서 덜 뜨거운 쪽부터 먹는다고 꼬리부터 먹었던 건데, 신중하고 망설임이 많다는 해석이 나왔어. 처음엔 맞는 것 같아서 와, 신기하다 생각하다가, 어쩔 땐 머리부터 먹을 수도 있고 어쩔 땐 꼬리부터 먹을 수도 있는 건데 별의별 쓸데없는 심리테스트가 다 있다는 생각도 들었거든? 그런데 입천장이 데일까 봐 꼬리부터 먹을 때가 많은 거니까 신중한 성격이 맞는 것 같기도 해."

"오, 맞네. 뜨거울까 봐 꼬리부터 먹으니 신중한 사람 맞네! 그리고 영지 너 성격 신중한 거 맞아."

영지는 같은 추억을 공유한다는 게 이렇게 든든한 일이구나 생각하며 웃는 얼굴로 다시 앞을 바라봤다. 지은도 영지와 대화를 나누며 계속 웃는 표정이었다. 지은은 호수로 가는 길목에 있는 카페 앞을 지나며 그 안을 뚫어져라 바라보더니 입을 열었다.

"여기 이 카페, 전 남자 친구랑 정말 많이 갔던 데야."

지은의 추억이 담긴 장소라고 생각하니 영지에게도 특별하게 다가왔다.

"저기 앉아서 둘이 장난도 많이 쳤었는데. 함께했던 장소는 그대론데, 그 애랑은 이제 남이 돼버렸단 사실이 믿기지 않을 때가 있어."

"아직 미련이 남아있는 거야?"

"아니, 조금도. 나는 내 감정에 충실했고 다 표현했다고 생각하니까 후회도 없어. 좋아서 사귄 거고 사소하게 반복된 싸움들에 지쳐서 싫증이 났던 거니까. 마지막엔 좋아하

는 감정보다 짜증난다는 마음이 더 컸어. 좋게 헤어진다는
게 얼마나 어려운 일인지 알겠더라."

영지는 지은이 느꼈을 감정을 상상해봤다. 경험해보지는
못했지만 어렴풋이 이해할 수 있을 것 같았다. 둘은 어느새
호수 앞 횡단보도에 도착했다. 신호등이 바뀌기를 기다리며
지은이 영지를 보고 말했다.

"그러니까 영지야."

지은이 영지를 잡은 손에 더 힘을 줬다.

"네가 느끼는 거, 용기 내서 표현해 보라고 말하고 싶어.
감정에 맞고 틀린 게 어디 있어. 네가 그렇게 느꼈다면 그런
거야. 어떻게 되든지 간에 네가 느끼는 감정을 혼자 안고 힘
들어하지 말고 그 사람한테 표현해 봐. 그러면 네가 하고 있
는 고민에 대해서 그 사람도 진지하게 생각해보지 않을까?
시작이 없으면 끝도 없을 텐데. 시작도 없고 끝도 없는 상태
에서 그 감정만 남으면 평생 후회가 되지 않을까."

북적이는 호수 공원 앞에서 영지는 지은과 단둘이만 서
있는 느낌이었다. 지은의 한 마디 한 마디가 영지의 가슴에
강하게 꽂혔다. 영지는 무슨 말을 해야 할지 몰라 그저 작게

웃어보였다.

"주제넘게 말했다면 미안해."

영지의 대답을 기다리던 지은이 사과했다. 영지는 활짝 웃으며 아니라고 대답했다. 오늘도 석촌호수에는 운동하는 사람들이 많았다. 해가 일찍 지고 날도 차가워졌지만 놀이공원의 화려함은 변함없었다. 오히려 더 빛나는 것도 같았다. 영지는 그 화려한 풍경을 수없이 많이 바라봤지만 막상 저 안으로 들어가 본 적은 몇 번 없었다. 이 편에 서 있는 게 아니라 저 안에 서 있다면 행복하다고 느낄까 싶은 상상을 여러 번 해왔다. 그럼에도 자신은 늘 놀이공원의 바깥에 있을 수밖에 없는 사람이라고 느꼈다. 양팔을 힘차게 저으며 걷는 사람들처럼 영지는 지은의 손을 놓고 가슴을 앞으로 힘껏 내밀었다. 어깨를 앞으로 두 번, 뒤로 두 번 돌리고 무겁게 다시 말문을 열었다.

"내가 좋아한다고 얘기를 못 하는 이유를 생각해봤는데. 내가 용기가 없어서 그런 것도 맞고. 또 좋아한다는 감정에 대한 확신이 없는 것도 사실이야."

"좋아한다는 감정에 대한 확신?"

"응. 좋아한다, 사랑한다는 건 도대체 어떤 걸까?"

"어렵지만 그냥 나는. 자꾸 생각나고 보고 싶다? 매일 잠 들 때, 잠에서 깰 때, 밥 먹을 때, 공부할 때, 책 읽을 때, 음악 들을 때, 시도 때도 없이 자꾸만 그 사람이 떠오를 때, 나도 모르게 그 사람이랑 같이 있었으면 좋겠다는 생각을 하고 있으면, 그게 좋아하는 거 아닐까?"

지은은 오늘 자기가 멋있는 말을 많이 하게 된다고 잠시 우쭐하더니 말을 이어갔다.

"그런데 영지야. 너무 스트레스 받지는 마. 만날 사람은 어떻게든 만나게 된대. 힘들게 노력하거나 찾아가지 않아도 운명적으로 만나게 된대. 나는 그 말이 좋아. 우리 운명의 상대는 지금 어디선가 천천히 다가오고 있을 거야."

지은의 어른스러운 말에 영지는 마음속으로 그렇게 천천히 다가오고 있는 운명의 상대가 레오님이기를 기도했다. 공원의 다리 밑을 지나며 지은이 영지에게 물었다.

"너 1월에 임용 공부 시작하면 바빠지려나?"

바뀐 화제에 영지는 숨이 턱 막히는 느낌이었다. 그래도 이제 더 이상 피할 수는 없었다. 다가오지 않기를 바라며 막연하게 상상했던 것이 현실로 다가오고 있었다. 졸업반, 임용고사, 수험생. 잠시나마 꿈꿔왔던 일본어 번역가라는 직업은 그 뒤로 사라져가고 있었다.

"그런데 나 솔직히 지금 이 마음으로 공부를 시작해도 별로 열심히 하지 못할 것 같은데."

마음이 가는 쪽을 골라보자면 학교 선생님보다 일본어 번역가가 맞았다. 하지만 그 길은 지금 상황에서 임용고사에 합격하는 것보다 훨씬 더 어려울 것 같았다. 지은이 영지를 바라보며 진지한 표정으로 말했다.

"네가 하고 싶은 일이 있으면 일단 해보는 게 좋지 않을까. 너희 부모님이 그렇게 꽉 막힌 분들도 아니고. 내일 노량진 가기 전에 잘 생각해 봐."

영지는 걸음 속도를 늦추면서 허탈하게 웃는 얼굴로 대답했다.

"그런데 있잖아. 사실은, 그렇게 남들과 다른 선택을 하고 나서 혼자 온전히 그 선택에 대한 책임을 질 자신이 없어. 이런 걱정을 하고 있다는 건 간절하지 않다는 말일 것 같기도 하고."

지은은 고개를 끄덕이며 공감했다.

"맞아. 나도 20대 되니까 그게 제일 어렵더라. 이제 어른이 되었으니 스스로 선택하고 책임지라고 하는 게."

"자신이 없어. 임용고사 같은 건 경쟁률이 명시적이니까 겁나고 두렵고. 그러면 일본어 번역가가 될 수 있는 경쟁률은 몇인데? 드러나지 않은 경쟁률은 더 어마어마할 수도 있어. 그래서 더 무서워. 짜증나는 건, 왜 나는 늘 이렇게 경쟁에만 찌들어서 사는지. 생각해보면 늘 그랬어. 나는 무슨 일을 하고 있는지, 앞으로 무슨 일을 하고 싶은지 내 마음을 들여다보는 게 아니라 주위를 먼저 보고 이번에는 또 어떤 경쟁자를 물리쳐야 하는지 습관처럼 생각하고 있는 거야."

금방이라도 울 것 같은 영지의 아슬아슬한 모습을 지은은 아무 말 없이 바라봤다. 영지는 여전히 화려하게 빛나고 있는 호수 위의 놀이공원을 멍하니 바라보다가 허탈하게 웃어 보였다. 지은은 영지의 등을 가볍게 한 번 치더니 말했다.

"인생의 한 치 앞을 모른다는 말. 나도 이렇게 실감하게 될지 몰랐어. 고등학교 땐 내가 어디 대학교에 가게 될지 그게 제일 막연했던 것 같은데, 나이가 드니까 확실히 다방면으로 고민이 많아져. 앞으로는 점점 더 그렇겠지?"

지은과 헤어지고 집으로 가기 위해 횡단보도 앞까지 갔던 영지는 갑자기 마음이 바뀌어 다시 석촌호수로 내려왔다. 혼자 생각을 정리하며 한 바퀴만 더 돌기로 했다. 혼자 남으니 느껴지는 밤공기가 쓰라릴 만큼 차가웠다. 영지는 패딩에 붙은 모자를 올려 썼다. 천천히 걷기 시작했다. 지은과 나눈 대화를 곱씹어봤다. 달라질 건 없었다. 레오님에게 고백하지 못할 것이고 예정대로 내일 노량진 학원에 등록할 것이다.

갑자기 마음속에서 '왜'라는 질문이 튀어나왔다. 영지는 이런저런 이유들을 떠올려 봤지만 그 어떤 것도 그럴듯하지 않았다. 뺨 위에 뜨거운 눈물이 한 줄기 흘러내렸다. 이내 온몸이 들썩일 정도로 눈물이 나오기 시작했다. 놀이공원의 화려한 불빛이 눈물에 번져 보였다. 항상 혼자만 힘든 것 같았다. 왜, 언제까지, 그래야만 하는 걸까. 그래도 알고 있었다. 몇 분 뒤, 언제 울었냐는 듯 눈물을 닦고 아무렇지 않은 척 집으로 향할 거라고. 그리고 언제까지고 절대로 스스로를 포기하지 않을 거라고. 내가 나를 포기하지 않으면 언제까지고 나는 괜찮을 거라고.

12월 24일은 제 생일입니다!

어제 일찍 자리에 누웠는데 갑자기 왠지 모를 외로움과 슬픔에 휩싸여 잠이 안 왔어요. 오빠가 사온 케이크로 일찌감치 노래도 부르고 파티도 했는데도 그런 느낌이 들었어요.

제 기억 속에서 가장 행복했던 생일은 고2 때였어요.

제 생일은 늘 방학식 이후였단 말이에요. 학기 중엔 돌아가면서 서로 생일 케이크도 해주고 축하해주다가도 방학을 하고 나면 정작 제 생일은 잊히기 쉬웠어요. 그런데 유일하게 고2 때는 방학이 늦어서 12월 24일에도 학교에 갔었거든요. 친구가 화장실에 가자고 해서 다녀왔는데 알고 보니 다른 친구들이 케이크에 촛불을 켜놓고 기다리고 있었던 거에요! 정말 잊을 수 없는 감동이었어요. 친구가 있다는 건 정말 행복한 일이에요.

저 솔직히 이제 나이 한 살 한 살 더 먹게 되는 생일이 별로 반갑지 않은데 그래도 즐겁게 받아들여야겠죠?

저는 이제 크리스마스가 지나갈 때까지 겨울잠을 자려고 합니다.

이웃님들 모두 굿나잇 메리크리스마스!

럭키 2007.12.25. 01:32

어멋, 로테님이 웬일로 이 시간에! 하루 늦었지만 생일 축하해요 ~ 토닥토닥~~ 푹 자고 일어나면 크리스마스도 지나 있겠죠?

메리 크리스마스! 메리 겨울잠~

자유 2007.12.25. 01:35

어멋, 로테야~ 웬일이야? 나는 4시에 집에서 출발해야 해서 그냥 밤을 새우기로 했어. 즐거운 생일 보냈어? 축하해~ 2월 말에나 돌아올 때까지 건강하게 잘 지내고 있어야 돼 ^^

생일도, 크리스마스도 아무것도 아니었다. 그렇게 생각하면서도 왜 매년 생일이 되면, 크리스마스가 다가오면 기분이 가라앉는 걸까. 캔 맥주 하나를 비운 영지의 얼굴이 빨개졌다. 거실에서 텔레비전을 보며 시간을 보내다가 방에 들어와 블로그에 접속했다. 아침에 레오가 남긴 안부 글을 먼저 확인했다. 영지의 빨개진 얼굴에 미소가 지어졌다.

"부산에서는 팥밥에 미역국을 먹는구나."

영지는 작게 혼잣말을 내뱉더니 미역국이 있으면 꼭 밥을 말아서 먹는다는 구절에 멈춰 그 부분을 반복해 읽었다. 평소 자신의 습관이었다. 영지의 얼굴에서 차차 웃음기가 사라졌다. 이 사람은 도대체 누구인데 이렇게 자꾸만 나타나 날 흔드는 걸까 싶은 생각이 들었다.

레오의 블로그로 향했다. 레오님은 지금 아마 잠들어 있겠지. 5월부터 듣던 배경음악을 드디어 크리스마스 당일에 듣고 있었다. 고요한 크리스마스 새벽, 영지의 방 안에는 레오의 블로그에서 흘러나오는 음악만이 가득했다. 영지는 살그머니 눈을 감고 음악을 들었다. 노래가 끝나자 다시 정적이었다. 아무 소리도 들리지 않았다. 영지는 안부게시판을 클릭하더니 뭔가 결심한 듯한 표정을 지었다. 두 손을 키보드에 올렸다.

컴퓨터 책상 위에 엎드려 그대로 잠들었다. 허리도 아프고 머리도 띵했다. 영지는 두 팔을 높이 뻗어 기지개를 쭉 폈다. 그때였다. 갑자기 무언가에 맞은 듯 정신이 번쩍 떠올랐다. 급해진 마음에 마우스를 잡고 좌우로 빠르게 흔들었다. 모니터가 켜졌다. 모니터 화면은 레오의 블로그 안부게시판에 머물러 있었다. 3시 2분에 등록한 글이 남아있었다. 지금 시간은 6시 50분, 아직 레오님이 못 봤겠지 싶은 생각에 가슴을 쓸어내리며 다시 읽어보지도 않고 삭제 버튼을 눌렀다. 제대로 삭제가 되었는지 두 번이나 다시 들어가서 확인했다. 두 손으로 머리의 양옆을 쥐고 있다가 마구 비볐다. 도대체 무슨 짓을 한 건지 스스로가 원망스러웠다. 레오님이 이 글을 확인했다면 어떻게 됐을지 상상하니 오싹해져 몸서리가 쳐졌다. 컴퓨터를 끄고 자리에 누웠다.

어깨 아래까지 자란 파마머리가 이리저리 헝클어져 얼굴을 간지럽게 했다. 영지는 그 감촉마저 원망스러워 머리를 더 비볐다. 새벽에 쓴 글을 떠올려 보니 견딜 수 없이 미칠 것 같아 양발을 버둥거렸다. 이리저리 몸부림을 치다가 베개에 얼굴을 파묻고 소리 없는 아우성을 질렀다. 잠들어야만 이 순간을 견뎌낼 수 있을 것 같은데 이런 상황에 잠이 올 리 없었다. 한숨만 나왔다.

왼손으로 배를 쓸어봤다. 배가 고팠다. 이런 상황에서도 배가 고프다니 허탈한 웃음이 나왔다. 레오님은 그 글을 못 봤을 테니까, 아무 일도 없었다는 듯이 행동해도 된다는 생각이 들었다. 크리스마스에 혼자 간직해야 하는 비밀이 생긴 것뿐이었다. 그 이상도 이하도 아니었다. 가족들이 깨지 않게 조용히 부엌으로 가 미역국이 놓인 가스레인지에 불을 켰다. 커다란 면기에 어제 남은 찬밥을 담고 뜨거운 미역국을 부었다. 숟가락으로 국물 속에 차갑게 굳어 있는 밥을 누르며 섞었다. 영지는 생일마다 흰쌀밥을 먹었다. 평소에도 거의 흰쌀밥을 먹으니 특별할 건 없었지만. 배추김치 세 조각을 그릇에 넣으며 레오님도 이렇게 미역국에 밥을 말아 먹는다고 생각하니 또 웃음이 나왔다.

#9

마음이 가는 대로

#

레오 2008.1.1. 19:46

로테님 잘 지내시죠? 요즘 바쁘신가 봐요. 새해 복 많이 받으세요.

샤를로테 2008.1.1. 19:55

네, 레오님도 잘 지내시죠? 저는 이제 수험생활을 시작하려고 하
거든요. 새해 복 많이 받으세요.

레오 2008.1.1. 20:00

네, 로테님 잘할 수 있을 거예요~ 언제나 응원할게요…

레오 2008.1.14. 08:20

로테님 요즘 바쁘셔서 블로그를 못 하시나 봐요. 저는 여름에 습
관이 잘 들어서인지 이번 방학에도 늦잠은 안 자고 있어요. 로테
님 덕분이에요.

저 지난 주말에 친구랑 서울에 다녀왔어요. 로테님 동네 석촌호
수에도 갔었는데요. 말씀대로 멋진 공원이더라고요. 석촌호수를
돌면서 저도 모르게 계속 주위를 두리번거리게 됐어요. 혹시 로

테님도 지금 여기에 계시지 않을까 해서요. 어쨌든 잘 둘러보고 왔습니다. 로테님 공부 열심히 하세요~

샤를로테 2008.1.24. 21:32

레오님 서울에 오셨던 거예요? 저는 요즘 석촌호수에 못 간 지 꽤 됐어요. 서울에 또 어디 구경하셨어요?

레오 2008.1.24. 21:35

오랜만이에요. 반가워요 로테님! 이태원, 동대문, 잠실, 강남 이렇게 훑어보고 내려왔어요. 다음 코스에는 노량진을 넣어봐야겠어요. ^^

샤를로테 2008.1.24. 21:37

와, 저는 아직 이태원에도 못 가봤어요. 외국 분위기가 난다던데 정말 그런가요?

레오 2008.1.24. 21:40

하하. 외국인이 운영하는 이색 레스토랑이 많던데요? 이태원도 재미있었어요.

샤를로테 2008.1.24. 21:43

우와 그렇군요. 저도 이태원 가보고 싶네요. 부산에 사시는 레오님께 서울 안내를 받고 있다니요. 다음에 또 오실 때 말씀해 주세요.

레오 2008.1.24. 21:45

그래요. 다음에 또 서울 안내해 줄게요. ^^

샤를로테 2008.2.14. 21:21

빵빵~ ▦(^-^)/~

┏┳□ ■ ▣ ■ ▦

┗┛ □ ┗▤ ■ ▥ ■

┗⊙──⊙♡┛ =3

쪼꼬렛배달왔어요

=☆= . + ."+

∧(*")♣", + "

. ⁄ ⁄." ┏▶◀┓

내♡담긴 ┣┼┼┨

초콜릿 ┗┻┻┛

.sSss ┏━━┓

s(')s │◆▣│

⊂♡⊃ |◈⊙|

.∪∪ └──┘

발렌타인 선물 ^^*

레오님 지난번 빼빼로데이 선물에 대한 보답으로 통 크게 준비해

봤어요. 감동이죠? 방학 어떻게 보내고 계세요?

레오 2008.2.14. 21:24

하하. 정말 감동이네요. 고마워요 로테님.

저는 방학이긴 한데 학교 갈 일이 너무 많네요. 로테님도 바쁘시

죠?

샤를로테 2008.2.14. 21:33

저도 노량진 다니느라 그래요.

저, 레오님 저 사실 며칠 전에 부산에 다녀왔어요.

레오 2008.2.14. 21:35

정말요? 부산 어디요?

레오 2008.2.14. 21:37

저한테 말씀해주시지 그러셨어요. 그러면 제가 안내해드렸을 텐

데. 혼자 오셨던 거예요?

샤를로테 2008.2.14. 21:43

남포동, 용두산 공원, 보수동, 해운대 다녀왔어요. 친구랑 둘이
다녀왔어요. ^^

레오 2008.2.14. 21:46

부산에 맛있는 것도 많이 드셨어요? 제가 미리 알려드릴 걸 그랬
어요.

샤를로테 2008.2.14. 21:51

시간이 짧아서 많이 먹지는 못했어요. 그래도 백화점도 직접 확
인하고 부산 스타벅스도 가봤고요. 재미있었어요.

레오 2008.2.14. 21:55

그러셨군요. 다음에 여유롭게 여행 오세요. 아, 그 전에, 오시기
전에, 저한테 말씀해주세요.

레오 2008.2.14. 22:22

저 로테님 혹시 내일모레 시간되시나요? 제가 사실 내일 세미나
가 있어서 서울에 가는데 내일모레까지 일정이라. 선배한테 물어
보니 내일모레 점심엔 자유롭게 움직여도 될 것 같다고 해서요.
아메리카노 한 잔이라도 잠깐 같이 할 수 있을까요? 제가 살게요.

샤를로테 2008.2.14. 22:52

토요일 점심이요? 서울 어디에 오시는데요?

레오 2008.2.14. 22:55

삼성역이요. 토요일 점심 맞아요. 삼성역에서 만날 수 있을까요?

샤를로테 2008.2.14. 22:58

헉, 삼성역, 저 가까운 곳이네요.

레오 2008.2.14. 23:00

잘됐네요. 그러면 12시. 시간 괜찮으신 거죠? 삼성역 1번 출구?

이렇게 장소를 정하면 될까요?

샤를로테 2008.2.14. 23:02

아뇨. 삼성역 만남의 장소는 코엑스 마르쉐 앞이에요.

레오 2008.2.14. 23:04

그러면 코엑스 마르쉐 앞으로 제가 찾아갈게요. 토요일 12시.

샤를로테 2008.2.14. 23:07

제가 레오님을 찾을 수 있을까요?

레오 2008.2.14. 23:10

제가 로테님 알아볼 수 있어요. 로테님이 저를 찾으실 수 있게 빨

간 장미꽃 한 송이를 준비할게요. 촌스럽기는 하지만. ^^

레오 2008.2.14. 23:12

로테님, 저 이만 나가볼게요. 그러면 토요일 12시 코엑스 마르쉐 앞에서 빨간 장미꽃 한 송이 들고 있는 사람을 찾아주세요. 토요일에 봐요. ^^

새해가 밝았습니다 2008.1.1. 18:10

오늘은 다섯 시에 일어나서 부모님이랑 하늘공원에 일출을 보러 갔었어요.
어제부터 갑자기 날씨가 추워져서 오늘 아침에는 정말 추웠어요.
엄청 많이 껴입고 털모자에 털목도리에 털장갑에 털양말까지 무장했지만
집에 오는 길에는 온몸이 얼어붙어서 걷는 게 걷는 것처럼 느껴지지 않았어요.

앞으로는 밤에 종 치는 걸 보지 말고 이렇게 일출을 보러 다녀야겠어요. 여태까지 매년 새해 인사를 했으면서 새 해가 뜨는 걸 직접 본 적이 없었다니요~ 사실 해는 매일 뜨고, 그 해가 그 해인데

도 사람들은 언제나 처음과 끝에 의미를 두고 마음을 다잡게 되니까 이렇게나마 해를 구분하는 것도 괜찮은 것 같아요.

2008년이 되었고 저는 스물네 살이 되었습니다!

어릴 적에는 스무 살만 넘으면 진짜 어른이 될 줄 알았는데
이렇게 스물네 살이나 되었지만 아직도 별로 어른이 된 것 같지 않아요.
몇 살이 되어야 진짜 어른이 될 수 있을까요?

매 해가 중요했지만 올 한 해는 더 많이 중요한 한 해가 될 것 같아요.
선택을 돌이킬 수 없을 거라는 걸 잘 알고 있어요. 그렇지만 뒤늦게 저는 선택해버렸어요.
다른 친구들보다 시작이 많이 늦은 게 사실이고 이게 진짜 내 길이 맞을까 고민이 끝난 것도 아닌데, 선택했습니다. 선택한 이상은 끝까지 가봐야겠습니다! 아직 제가 많이 부족한 인간이라는 것은 사실이지만 그렇다고 해서 혼자만 그렇게 뒤떨어진다고 생

각하지도 않기로 했어요. 이젠 저도 잘할 수 있을 거예요!

모두 새해 복 많이 받으세요!

그리미 2008.1.1. 19:12
우와 오늘 일출 보러 다녀왔구나~ 부지런한데? 노량진에서 볼
수 있음 보아~ 언니도 새해 복 많이 받고!

럭키 2008.1.1. 19:17
로테님 토닥토닥~~ 이제 노량진 생활을 시작하시나 보네요. 로
테님은 잘하실 거예요. 힘내세요. 새해 복 많이 받으세요~

레오 2008.1.1. 19:31
로테님 잘할 수 있을 거예요. 저도 응원하고 있습니다. 새해 복 많
이 받아요.

영지는 크리스마스 이후로 한동안 블로그에 들어갈 수 없
었다. 혼자만의 에피소드라 할지라도 컴퓨터 앞에만 앉으면
그날의 일이 떠올라 견딜 수 없었다. 그런데 한편으로는 술
김에 실수였다고 할지라도 글로나마 고백을 해보니 이상하

게도 마음이 가벼워졌다. 또, 레오와는 어차피 안 될 사이라는 생각이 들었다. 할 수만 있다면 이제 그만 멈추고 싶었다. 그러면서도 일상의 구석구석에서 불현듯 레오를 떠올리고 있다는 사실을 깨달을 때면 가슴이 쓰라렸다.

이제 노량진 입성이다. 11월이 오면 수능보다 인생에 더 큰 영향을 미칠 임용고사를 보게 될 것이다. 올해 붙는 걸 목표로 하기는 하겠지만 몇 년이 더 걸릴지도, 어쩌면 실패만 거듭하다가 방향을 바꾸게 될지도 모른다는 생각을 하니 아찔했다. 영지는 하늘공원에 가서 일출 장면을 보며 두 손을 꼭 쥐고 눈을 감았다. 추석 때처럼 소원을 나열할 여유도 없었다. 열심히 공부해서 좋은 결과를 얻을 수 있게 해달라는 말만 반복했다. 시험에 대한 생각을 할 때면 레오에 관한 고민도 사치처럼 느껴졌다.

영지의 책상 위에는 600페이지가 넘는 교육학 교재 두 권, 1000페이지가 넘는 전공 국어 교재 한 권이 놓여 있었다. 아침에 갔다가 저녁에 수업이 끝나는 일정이 반복되었다. 밀리지 않게 복습을 하자는 다짐은 순식간에 무너져 내렸다. 기초가 전혀 없는 상태에서 하루에 60쪽씩 나가는 진도를 제때 소화하는 일은 무리였다. 수업에 빠지지 말고 필기만이라도 열심히 해두기로 목표가 바뀌었지만 사실 그것만으로도 벅찬 느낌이었다.

철저히 혼자만의 시간이었다. 수업도 혼자 들었고 점심도 혼자 먹었다. 집에서 나올 때도, 집으로 돌아올 때도 늘 혼자였다. 그런데 점심을 먹을 때, 늦은 밤 노량진에서 텅 빈 지하철에 올라탔을 때, 잠시 머리를 식히러 사육신 공원에 올라갈 때, 자꾸만 레오가 생각났다. 크리스마스 새벽에 올린 글을 지우지 않고 놔뒀더라면 어떻게 되었을까 생각해보기도 했다.

오랜만에 들어간 블로그 안부게시판에는 레오가 열흘 전에 남겨 놓은 글이 있었다. 서울에 왔었다는 레오의 말에 영지는 뭐라고 대답을 써야 할지 고민하면서도 자꾸만 미소가 지어졌다. 늘 저 멀리 다른 세계에만 있다고 생각했던 레오가 가까운 곳에 있었다는 사실이 믿기지 않았다.

순식간이었다. 20여 일 동안 블로그에 들어오지 않고 꾹 참고 있었던 게 무색할 정도로 영지는 다시 이전처럼 설레는 마음으로 레오와 대화를 나누고 있었다. 이렇게 환하게 웃어본 건 올해 처음이었다. 레오와의 대화가 끝나자마자 영지는 패딩을 입고 밖으로 나왔다. 휴대폰 폴더를 열어 시간을 확인했다. 석촌호수까지 가기에는 늦었다고 판단했다. 아쉬운 대로 그 자리에서 고개를 들어 까만 밤하늘을 바라봤다. 완전한 동그라미 형태를 살짝 잃어버린 달만이 휘둥그레 떠있었다. 영지는 눈을 감고 밤공기를 힘껏 마셨다. 이곳에 다녀갔다는 레오의 숨결을 느끼고 싶었다. 숨을 마시고 내뱉는 영지의 얼굴에 미소가 떠올랐다.

 # 표상기제심리학   2008.2.6. 21:11

오늘은 교육학 교재에서 멋있는 개념을 발견했어요. 바로 표상기제심리학!

그래서 저는 또 이런저런 딴생각을~

모든 것을 기억할 수 없다는 걸 알기 때문에 소중한 것을 잊지 않

기 위해 애쓰고

어떤 기억이 자꾸 떠오르는 게 힘들어서 잊어버리려고 애쓰고

이런저런 과정을 거쳐 어쨌든 대부분의 것은 저 깊은 곳으로 가라
앉아 잘 떠오르지 않게 되는데 내가 이렇게 누군가를, 무엇을, 어
떤 기억을 잊어가는 동안 나 자신 또한 누군가의 기억 속에서 잊
히고 있다는 사실은 잘 생각하지 못하는 것 같아요.

나는 기억하고 있는데 상대방은 나를 까맣게 잊었다는 사실을 깨
달았을 땐, 슬프겠죠.

약한 표상은 의식 밑에 있으나 다른 표상과의 관계에 의해 힘을
얻게 되면 다시 의식에 나타나게 되는데, 그때 그 역할을 하는 게
바로 기억매개체!
석촌호수, 놀이공원 캐릭터, 스타벅스 아메리카노, 저를 기억해
주세요!

럭키 2008.2.6. 21:13

저는 이미 잠실 지날 때마다 로테님을 생각한답니다. 토닥토닥
~~ 저는 어떤 기억매개체로 기억될까요? 토닥토닥?

그리미 2008.2.6. 22:01

교육학에 저런 개념이 나온단 말이야? 왜 나는 처음 보는 것 같
지?

레오 2008.2.6. 22:12

멋져요. 저도 기회가 되면 심리학을 제대로 공부해보고 싶어요.
로테님의 기억매개체, 잘 저장해두겠습니다. ^^

　조용히 흘러가던 설 연휴의 마지막 날, 모든 방송국은 숭
례문이 화재로 무너져 내리는 장면을 보도했다. 서울 한복
판에 있는 숭례문에 어떻게 저런 화재가 발생할 수 있는지
의문이 들었다. 영지는 서울에 살면서도 아직 숭례문 가까
이 가본 적은 없었지만 국보 1호 숭례문이 불에 타는 모습
을 방송으로 보며 마음이 쿵 내려앉았다. 이렇게 예상치도
못한 방향으로 순식간에 모든 것이 바뀔 수 있다니 그저 허
탈할 뿐이었다.

　연휴가 끝난 첫 번째 아침, 어딘가로 향하는 사람들의 표

정이 하나 같이 어두웠다. 모든 지하철 신문의 1면은 국보 1호가 불타는 장면으로 도배되어 있었다. 영지는 세뱃돈을 넣어온 지갑이 걱정돼 가방을 꼭 껴안고 앉았다. 같은 칸에 타고 있는 사람들을 계속해서 훑어봤다. 모든 사람들은 저마다 무거운 짐을 짊어진 채 살고 있을 것이다. 출근길 지하철의 공기에서 사람들이 짊어지고 있는 인생의 무게가 어렴풋이 느껴졌다. 왠지 모를 뜨거운 동질감이 느껴졌다.

시청 역에서 내려 노량진으로 가는 1호선을 탔다. 오늘따라 사람이 더 많아서 문 앞에 겨우 서 있었다. 평소보다 10분 늦게 출발했을 뿐인데 지하철 분위기는 많이 달랐다. 서울 역에서 열차 문이 열리자 뒤에서 내리려는 사람들이 무자비하게 움직였다. 엄청난 인파에 영지는 내렸다 탈 셈으로 열차 밖으로 나왔다. 끊임없이 사람들이 내리며 문으로부터의 거리가 점점 멀어졌다. 다시 열차를 타고 노량진에 가야 하는데 혼자만의 힘으로 방향을 거슬러 가기에는 무리였다. 뒤를 돌아보는 순간 야속하게도 열차의 문이 닫히고 있었다. 영지는 난감한 표정으로 주위를 둘러봤다. 어느새 또 새로운 사람들이 내려와 플랫폼을 채우고 있었다.

"서, 울, 역."

영지는 작게 중얼거리더니 가방에 지갑이 잘 있는지 다시 확인했다. 결심한 듯 출구 쪽으로 고개를 돌렸다.

가지고 있는 돈으로 부산 행 KTX 왕복 티켓을 충분히 살 수 있었다. 영지는 생각보다 비싸지 않은 가격에, 짧은 배차 간격에, 얼마 남지 않은 빈자리에 연달아 놀랐다. 고등학교 때 수학여행으로 기차를 탔던 이후 처음이었다. 사람들은 여유 있게 커피를 마시며 신문을 펴보기도 하고, 눈을 감고 잠을 청하기도 했다. 주위를 두리번거리는 영지의 가슴이 마구 두근거렸다. 전혀 계획에도 없던 일이었다. 20년 넘게 살아오면서 한 번도 이렇게 충동적인 행동을 한 적이 없었다. 그럼에도 부산에 가보고 싶다는 생각은 이전부터 늘 가지고 있었으니 그 바람을 오늘 실현하는 것뿐이라고 스스로를 다독였다.

열차는 그동안 지도에서만 보던 큼직한 도시들을 지나고 있었다. 출발한 지 1시간도 채 되지 않아 대전을 지났고, 그로부터 약 30분 정도 후에는 대구를 지났다. 다음이 부산이었다. 부산에 도착한다고 생각하니 가슴이 더 두근거리고 입이 바짝 말랐다. 영지는 물통을 꺼내 물을 한 모금 들이켰다. 부산 어디를 둘러볼지, 무엇을 할지 전혀 계획한 게 없었다. 김 서린 창밖 풍경이 빠른 속도에 번지고 있었다. 영지는 조그맣게 한숨을 내쉬며 두 번째 손가락을 창문에 찍어보았다. 자기도 모르게 ㄹ자를 쓰고 있었다. ㄹ의 오른편에 손가락이 닿으려고 할 때서야 다시 정신이 들어 고개를 도리도리하며 써놓은 글자를 지웠다. 손가락의 움직임을 따라 바깥세상이 선명해졌다.

기차역에서 나온 영지는 뒤를 돌아봤다. 영지가 나온 건물에는 부산역이라는 세 글자가 크고 선명하게 쓰여 있었다. 틀림없는 부산이었다. 가만히 서서 주위를 둘러봤다. 분주한 분위기가 서울과 비슷한 느낌이었다. 이렇다 할 만큼의 차이점을 찾기 어려웠다. 비둘기가 더 많은 게 그나마 다른 점이랄까. 오늘의 도착지는 부산이라니. 영지의 배낭에는 여전히 수험생의 무게감이 무겁게 자리 잡고 있었다. 영지는 가방 끈을 두 손으로 잡아 어깨의 부담을 잠시 줄여보더니 큰 길을 향해 걷기 시작했다.

학원에 가지 않은 사실은 아무도 모를 일이었다. 부모님께 죄송하다는 생각과 오늘 놓친 수업 진도가 떠올랐지만 뱃속에서 울려 퍼지는 꼬르륵 소리를 외면할 수는 없었다. 역 건너편에 있는 밀면 집에 들어가 물밀면을 하나 주문했다. 부산에는 냉면보다 밀면이 많다는 말을 인터넷에서 본 기억이 났다. 고추장 양념을 젓가락으로 살살 흔들자 얼음이 동동 뜬 육수가 빨갛게 물들었다. 새콤하면서도 매콤한 육수의 온도가 시원하다 못해 짜릿했다. 저절로 몸서리가 쳐졌다.

다시 목도리와 장갑으로 무장을 하고 무작정 걷기 시작했다. 사람들이 많이 걷는 방향으로 따라갔다. 어느새 목도리와 장갑이 거추장스럽게 느껴졌다. 새삼 따뜻한 남쪽 나라에 여행 온 기분이 들었다. 몇 분이나 걸었을까. 맞은편에 커다란 백화점이 보였다. 레오님이 부모님과 다녀왔다는 백화점이 이곳일까 싶은 생각이 들었다. 주위를 둘러보며 부산에도 백화점이 있냐는 자신의 물음이 얼마나 우습게 들렸을지 생각했다.

바로 앞에는 스타벅스도 있었다. 영지는 지갑에 남아있는 돈을 머릿속으로 계산해봤다. 여유 있지는 않았지만 아메리카노 한 잔 정도 사먹을 만한 돈은 있었다. 창가에 앉아 따뜻한 아메리카노를 한 모금 들이켰다. 맞은편에는 커다란 백화점이 있었고 그 옆으로는 넓게 펼쳐진 바다가 보였다. 지나다니는 사람들의 모습도 서울과 다를 바 없었다. 이렇게 지나가는 사람들 중에 혹시 레오님이 있지는 않을까 생각하며 영지는 눈을 더 크게 뜨고 창가 쪽으로 몸을 기울였다.

사람들이 많은 쪽으로 걸었다. 용두산 공원이라는 팻말이 붙어있었다. 서울보다 몸집이 큰 비둘기가 많았다. 날씨가 따뜻해서일까. 이런저런 생각을 하며 주위를 두리번거리던 그때, 보수동 책방 골목을 가리키는 안내판이 눈에 들어왔다. 레오의 블로그에서 봤던 장소였다. 흑백 사진으로 봤던 그 장면 그대로였다. 좁은 골목 양옆으로 작은 책방들이 이어졌다. 중간에 있는 책방에 멈춰 서서 앞에 놓인 소설책을 펴봤다. 양손으로 책을 잡았다가 레오가 했던 것처럼 왼손으로는 사진을 찍는 척하며 오른손으로 책장을 고쳐 잡았다. 레오는 키가 더 클 테니까 더 높은 데서 책을 바라보지 않았을까 싶은 생각에 까치발을 들어보기도 했다. 가게 안의 주인 아저씨와 눈이 마주친 영지는 멋쩍은 미소를 지으며 뒤로 돌았다.

처음 보는 부산의 지하철 노선도 앞에서 영지는 익숙한 지명을 찾았다. 바로 해운대. 지하철을 갈아타고 해운대까지 가는 길은 그리 어렵지 않아 보였다. 해운대 역에 도착하자 안내 방송에 갈매기 소리가 나왔다. 영지는 혼자 웃음을 터뜨렸다가 주위 사람들 아무도 웃지 않는 것을 눈치 채고는 웃음소리가 새어나오지 않도록 꾹 참았다. 정말 바다였다. 태어나서 처음 보는 겨울 바다였다. 영지는 이 길이 한여름의 어느 날 레오가 걸었던 길이라고 생각하며 한 발짝씩 천천히 내디뎠다. 끝없이 펼쳐진 바다를 멍하니 바라보고 있자니 속이 뻥 뚫리는 듯한 기분도 들었다. 어쩌면 오늘 레오님도 이곳에 오지 않았을까 싶은 생각에 지나가는 사람들의 얼굴을 한 명씩 쳐다봤다. 하지만 레오가 지금 옆에 있다고 하더라도 알아볼 수 있을 리가 없었다. 안타까운 일이었지만 한편으로는 다행스럽기도 했다. 갈매기가 나는 방향으로 시선을 옮겼다.

314

직접 부산에 다녀오고 나니 레오가 더 가깝게 느껴졌다. 영지는 장소 이름을 틀릴까 봐 안부 글을 쓰기 전에 하나씩 검색해보는 과정을 거쳤다. 차마 혼자 다녀왔다고 말할 수는 없었다. 부산에서 계속 레오님 생각만 했다는 말은 더더욱 할 수 없었다. 부산에 오기 전에 꼭 말해달라는 레오의 말에 마냥 기분이 좋았다. 정말 연락을 할지 말지는 상관없었다.

늦게 귀가한 오빠는 밸런타인데이라고 평소보다 더 말끔하게 차려입고는 여자 친구한테 받았다는 커다란 바구니를 내려놓았다. 연신 웃는 얼굴이었다. 커다란 바구니 안에는 갖가지 초콜릿이 들어 있었다. 영지는 오빠가 받아온 바구니 앞에 앉아 초콜릿을 하나씩 꺼내 종류별로 맛을 봤다. 남자 친구가 생기면 이렇게까지 해야만 하는 거냐는 영지의 물음에 오빠는 말없이 웃을 뿐이었다. 방에 들어와 다시 컴퓨터를 열어보니 레오의 안부 글이 새롭게 올라와 있었다.

내일모레 만나자는 레오의 말에 시선이 멈추었다. 입속에 남은 초콜릿이 너무 달아 물을 연달아 두 컵이나 마셨다. 어느새 초콜릿의 단맛이 희미해져 짭짤한 감자칩을 두어 개 또 집어먹었다. 감자칩의 짠맛에 초콜릿의 단맛이 섞여 입

안을 자극했다. 레오의 제안 또한 그러했다. 고맙고 기대되
면서도 부담스럽고 걱정됐다. 다시 컴퓨터 책상 앞에 앉아
레오에게 답글을 달았다.

무슨 일이 벌어진 걸까. 영지는 두 눈을 끔뻑거리면서 레
오와 나눈 대화를 읽어봤다. 순식간에 벌어진 일이었다. 삼
성역이 가깝다고, 레오님 얼굴을 모른다고 했던 말이 자연
스럽게 약속으로 이어져버렸다. 영지는 입을 헤벌리고 당황
스러운 표정을 지어보였다. 이 순간이 꿈처럼 느껴져 왼볼
을 꼬집어봤다. 살짝 꼬집으니 느낌이 없는 것 같아 손톱으
로 꽉 꼬집어봤다. 자기도 모르게 새어나온 악, 소리에 비로
소 꿈이 아니라는 걸 깨달았다. 아직 입 속에 초콜릿과 감자
칩의 달면서도 짠맛이 남아 있었다.

잠이 올 리 없었다. 공부가 될 리 없었다. 밥도 넘어가지
않았다. 강의 내용이 하나도 귀에 들어오지 않았다. 내일 레
오와 만난다니 상상할 수도 없는 일이었다. 생각은 꼬리에
꼬리를 물고 아주 멀리까지 나아갔다. 레오님은 어떻게 생

긴 사람일까. 코엑스 마르쉐 앞에서 내일 12시에 빨간 장미 꽃 한 송이를 들고 있을 레오님은 왠지 못생긴 사람은 아닐 것 같은 느낌이었다. 그러면 레오님에게 무슨 말로 운을 떼야 할까. 레오님, 안녕하세요. 이영지라고 합니다? 반갑습니다. 처음 뵙겠습니다? 그리고 우리 둘은 아마도 코엑스 어딘가에 있을 스타벅스를 찾을 것이다. 무슨 얘기를 하게 될까. 레오님은 나를 보고 어떤 생각을 하게 될까. 그렇다면 무슨 옷을 입고 무슨 가방을 메고 가야 될까. 이렇게 패딩에 배낭 차림은 아닌 것 같은데. 레오님한테 예쁘게 보이고 싶은 거겠지? 잠깐, 그런데 제일 중요한 건, 내일 우리가 만난 이후에도 지금까지 지내왔던 것처럼 관계가 이어질 수 있는 걸까. 앞으로 우리의 관계는 어떻게 되는 걸까.

영지는 한참 동안 초점 없이 칠판을 응시했다. 그러다가 고개를 푹 숙여 책상 아래로 휴대폰 폴더를 열어 지은에게 도움을 요청했다.

나 이따가 구두
사러 지하상가

갈 건데 거기로
올래?

　영지는 결국 수업을 끝까지 듣지 못하고 자리에서 일어났
다. 정신은 딴 데 팔려 있으면서 몸만 앉아있는 것도 무의미
한 일이라고 생각했다. 약속 시간보다도 빨리 도착해 지은
을 기다렸다. 영지는 이내 도착한 지은의 팔을 잡아끌며 벤
치 한구석에 자리를 잡았다.
　"지은아, 나 큰일났어. 내일, 레오님이랑 만나기로 했어."
　지은의 눈이 동그래졌다. 그러더니 잘됐다고 말하며 영
지의 손을 잡았다. 영지는 어리둥절해져서 생각나는 말들을
순서 없이 늘어놓았다.
　"나 어떻게 해야 하는 거지? 내일 레오님을 만난다는 게
말이 돼? 우리 만나고 나면 그다음에는 어떻게 되는 거지?
이전처럼 지낼 수 있을까? 이전처럼 지내지 못하면 너무 속
상할 것 같은데. 만나면 무슨 말을 해야 되는 거지?"
　지은은 영지의 말이 끝나고 천천히 입을 열었다.
　"만나기로 약속했으면 만나야 되지 않을까? 영지야, 다음

은 그다음에 생각해. 벌써 걱정하지 말고. 내 생각에는 둘 중 하나로 관계가 굳어지지 않을까 싶은데."

"둘 중 하나?"

"솔직히 그러지 않겠어? 지금 어쨌든 서로 호감을 갖고 소통하고 있는데, 직접 만나보면 서로의 감정이 진짜인지 아닌지 확실해지지 않겠어?"

영지는 고개를 끄덕였다. 직접 만나봤을 때 아니다 싶으면 서로 모닝콜이니, 수시로 안부 글을 남기는 일이니 할 필요가 없을 테니까. 그런데 소통하던 레오님이 사라진다는 것, 그건 영지가 가장 두려워하는 부분이었다. 영지의 마음을 읽은 것처럼 위로하듯 지은이 말을 덧붙였다.

"잘 되면 사귈 수도 있고."

영지는 침을 꿀꺽 삼켰다. 레오의 옆에 있는 모습을 수없이 많이 그려봤지만 늘 말이 되지 않는다며 고개를 가로젓곤 했다. 지은은 아무 말 없이 심각한 표정을 짓고 있는 영지를 끌고 자리에서 일어나며 말했다.

"영지야, 너도 오늘 구두 하나 사자. 구두 없지? 내일 예쁘게 하고 나가. 내가 도와줄게. 너무 걱정하지 마."

지은은 지하상가 쪽으로 발걸음을 옮기며 따뜻한 손으로 영지를 꽉 잡으며 말을 이어갔다.

"힐을 신으면 다리가 가늘고 예쁘게 보여. 몸매에도 긴장감이 생기고, 키가 커져서 그런지 진짜 자신감이 생기는 것 같기도 해."

영지는 어리둥절한 표정으로 지은을 바라봤다. 지은은 웃으며 손에 더 힘을 주고 영지를 다독였다.

"괜찮아. 영지야. 그냥 만나 봐."

지은은 자신의 구두를 서둘러 사고 영지의 신발을 골라줬다.

영지는 처음으로 힐을 신어봤다. 거울에 비친 자신의 발이 어색해보였지만 지은의 말대로 발이 딱딱해진 만큼 더 긴장감이 생기고 키가 커져 자신감이 생기는 것 같기도 했다. 영지는 상체를 숙여 구두 앞굽을 손가락으로 눌러보며 걱정스러운 표정으로 지은에게 물었다.

"이런 거 신고 걸을 수 있을까?"

지은은 쪼그려 앉아 영지의 구두 앞굽과 뒤에 남는 공간을 손가락으로 직접 확인해보더니 오른손을 들어 오케이 사인을 보냈다.

"내 친구들은 더 높은 힐도 잘만 신고 다니더라. 그런데 너는 그렇게까지 높을 필요는 없잖아. 얼마나 좋아?"

영지는 지은에게 돈을 빌려 처음으로 하이힐을 샀다. 지은은 아까의 분수대 앞으로 영지를 끌고 가더니 먼저 자리에 앉았다. 가방에서 파우치를 꺼내더니 거울을 열었다.

"너 화장 한 번도 안 해봤지? 안 어려워. 금방 할 수 있어. 레오님한테 예쁘게 보여야지."

지은은 장난스럽게 웃으며 작은 연필처럼 생긴 아이라이너를 꺼내 영지의 눈에 칠하기 시작했다.

"눈 위에 이렇게 살짝만 그어줘도 눈이 훨씬 크고 또렷해 보여. 거울 봐봐. 진짜 그렇지 않아?"

영지는 거울을 들어 아이라인을 그린 오른쪽 눈을 가까이서 봤다. 지은의 손길을 거친 영지의 오른쪽 눈은 정말 왼쪽보다 또렷한 느낌이었다.

"왼쪽은 직접 그려 봐."

영지는 지은이 가르쳐준 대로 눈을 아래로 뜨고 거울을 보며 왼쪽 눈에 아이라인을 그렸다. 처음으로 양쪽 눈에 아

321

이라인을 그린 영지는 거울을 들어서 오른쪽과 왼쪽 얼굴을 번갈아 쳐다봤다. 지은의 칭찬에 부끄러운 듯이 살짝 웃어 보였다. 지은은 파우치에서 마스카라를 꺼내더니 뚜껑을 돌리며 설명하기 시작했다.

"이건 아이라인을 그린 다음에 속눈썹을 올려주는 거야. 속눈썹이 길고 까마면 눈이 훨씬 크고 예뻐 보여."

영지는 작게 감탄사를 뱉으며 고개를 끄덕였다. 아이라인을 그리는 것보다 오히려 더 쉽게 느껴졌다. 영지는 거울에 비치는 자신의 얼굴을 말없이 응시했다. 화장한 모습이 어색했지만 친구들처럼 세련된 느낌이 드는 것 같기도 했다. 레오님의 눈에는 어떻게 비칠까. 지은은 화장품을 영지에게 빌려주며 다음 주에 돌려달라고 말했다. 그러더니 영지의 손을 잡고 백화점 안으로 들어갔다.

제과점을 돌아보다가 초콜릿 세트 앞에서 멈췄다. 지은은 잠시 고민하더니 손바닥보다 조금 더 큰 상자를 하나 집었다. 지은은 영지의 팔을 툭 치며 말했다.

"어제 밸런타인데이였잖아. 이거 내가 주는 선물."

영지는 지은의 섬세함에 놀라 입을 헤벌렸다. 지은은 웃

322

으며 말을 덧붙였다.

"너 주는 거 아니고, 레오님 주는 거야. 네가 준비한 거라고 하면서 슬쩍 전달해."

"와, 정말 고마워. 그런데 뭐라고 하면서 줘야 되지?"

"그냥, 간지러운 말은 하기 어려우니까. 그냥. 이거 드세요? 몰라, 그때 가서 자연스럽게 해."

영지는 새로 산 구두와 초콜릿이 든 쇼핑백, 지은이 빌려준 화장품을 머리맡에 놓고, 자리에 누운 채로 손거울에 비치는 자신의 얼굴을 응시했다. 20년 넘게 거울로 바라본 자신의 얼굴이었건만 문득 처음 보는 사람인 것 같은 느낌이 들었다. 거울을 조금 위로, 아래로, 오른쪽으로, 왼쪽으로 돌려보며 레오님의 두 눈에 자신의 모습이 어떻게 담길지 생각해봤다. 답답한 마음에 자리에서 벌떡 일어나 앉았다. 내일의 해가 뜨면 레오님을 만나러 간다는 사실이 믿기지 않았다. 12시에 코엑스 마르쉐 앞에서 빨간 장미꽃 한 송이를 들고 서 있을 레오님이라니.

만나고 나면 관계가 더 나아갈 수도 있고 아닐 수도 있다.

그렇지만 이러나저러나 이전처럼 지내기는 어려울 것이다. 그렇다면 만약, 내일 만나지 않는다면 이전과 같은 관계를 유지할 수 있는 걸까.

레오와 사귀게 된다고 상상해보기도 했다. 서울과 부산에 사는, 임용고사 수험생과 바쁜 수의대생. 둘의 관계가 오래 갈 수 있을 것 같지도 않았다. 게다가 수험생의 연애라니, 잠시 행복할지 모르는 연애가 인생 전체로 보면 독이 될 수도 있는 시기였다. 친구들은 이렇게 영지의 생각이 앞서 나갈 때마다 미리 걱정하지 말라는 조언을 해줬다. 그때그때 마음 가는 대로 행동하면 되는 거라고. 영지는 베개에 얼굴을 파묻고 머리를 양옆으로 마구 돌렸다. 가능하다면 이쯤에서 이 영화의 막이 내렸으면 좋겠다고 생각했다. 내일의 해가 뜨지 않았으면 좋겠다.

영지는 자리에서 벌떡 일어났다. 사실 밤새 조금도 잠들지 못했다. 많은 생각을 했다고 해서 반드시 결정을 내릴 수 있는 것도 아니었다. 일단 샤워를 했다. 배는 고팠지만 밥을 먹을 수는 없을 것 같았다. 옷장에 있는 옷을 쫙 다 꺼내봤지만 별수가 있는 것도 아니었다. 결국 평소 즐겨 입는 흰색 터틀넥에 진한 청바지를 골랐다. 대학교에 입학할 때 엄마가 사준 남색 코트를 걸쳤다. 아무 생각 없이 거울을 뚫어져라 바라보며 계속 머리를 빗었다. 지은이 빌려준 화장품을 가져와 어제 배운 대로 아이라인을 그리고 마스카라를 했다. 마지막으로 립스틱을 진하게 발랐다. 거울 속 자신의 모습이 처음 보는 사람처럼 어색하게 느껴졌다.

미친듯이 가슴이 두근거렸다. 방에 있던 구두를 가지고 나와 현관에 가지런히 놓았다. 거울 앞으로 가서 얼굴을 가까이 들여다봤다. 눈을 감고 심호흡을 했다. 친구들은 늘 마음이 가는 대로 행동하면 된다고 말했다. 마음이 가는 대로, 아마도 잠시 후에 레오의 옆에 서 있을 것 같았다. 그 언젠가 어디선가 만날 사람은 어떻게든 만나게 된다는 말을 들었던 게 떠올랐다. 그렇다면 레오와는 만날 운명인 것이다. 아아, 이영지가 아니라 그저 샤를로테로 살 수 있다면, 레오님 앞에서 인터넷에서처럼 당당하게 말하고 행동할 수 있을 텐데. 그렇게, 이영지가 아니라 샤를로테일 뿐이라면 얼마나 좋을까.

휴대폰 시계를 확인했다. 어느 새 11시 반이 넘어가고 있었다. 코엑스 마르쉐까지는 서둘러 가면 10분밖에 안 걸릴 것이다. 그렇게 가까운 거리에 지금, 그리고 그리던 레오님이 있다. 나를 위해 빨간 장미꽃 한 송이를 들고 서 있을 거라고 이야기했다. 조금 촌스럽지만 그렇게 하겠다고 키보드를 두드리던 레오님은 조금은 미소 지었을까.

현관에 가지런히 놓인 구두를 신었다. 지은이 준 초콜릿이 든 쇼핑백을 한 손에 꼭 쥐고 발에 힘을 줬다. 지은은 힐을 처음으로 신으면 발이 아플 거라고 이야기했다. 현관문 쪽으로 무사히 발을 돌렸다. 신발의 감촉이 차갑고 딱딱하긴 했지만 나아갈 수 있을 것 같았다. 오른발을 먼저 앞으로 내디뎠다. 그리고 왼발을 내딛는 순간 균형을 잃고 발이 휘청하면서 구두가 꺾였다. 영지는 처음 느껴보는 감각에 깜짝 놀라 자리에 쪼그려 앉았다. 다시 일어나보려고 하는데 다리에 힘이 풀려 일어날 수가 없었다. 짧은 신음과 함께 현관 바닥에 털썩 주저앉아버렸다. 왼쪽 발목이 너무 아파 일어날 수 없었다. 눈물이 핑 돌았다. 주머니에서 휴지를 꺼내 눈가를 닦으니 시커먼 화장품이 묻어나왔다. 깜짝 놀라 휴대폰 카메라로 자신의 모습을 바라봤다. 마스카라가 번지고 있었다. 울면 안 된다, 울면 레오님을 만나러 갈 수 없다. 생각을 할수록 더 눈물이 나왔다. 참을 수가 없었다. 영지는 소리 내어 울기 시작했다. 휴대폰 폴더를 열어 다시 시간을 확인했다. 이런 모습이라도 지금 출발한다면 레오님을 만날 수는 있을 것이다. 눈물을 그쳐야만 한다. 영지는 휴대폰 폴더를 닫았다. 두 손에는 눈물에 섞인 아이라이너와 마스카라의 검은 흔적이 남아 있었다. 두 손을 펴서 멍하니 바라봤다. 손에도 힘이 풀리면서 주체할 수 없이 눈물이 흘러나왔다. 한참을 울던 영지는 허공을 보며 한숨을 내쉬고는 힘없는 목소리로 혼잣말을 내뱉었다.

"결국, 여기까지인가 보다."

#10

인생의 연속 그래프

*

그는 화장품을 바르고 연하게 퍼지는 향기에 만족스러운 미소를 지었다. 많은 것들에 쉽게 싫증을 느끼는데도 이 화장품의 향기에는 오랫동안 질리지 않았다는 사실을 떠올렸다. 언제 맡아도 은은하고 좋은 그린티 향.

그때 안방 문이 조심스럽게 열리고 그의 표정이 환해졌다.

"우리 공주님, 벌써 갔다 왔어요?"

그는 삐삐 머리에 화려한 분홍색 원피스를 입고 아장아장 걷는 여자아이를 번쩍 들어 품에 안았다.

"아빠, 오늘은 야옹이 안 아파요?"

아이를 바라보는 그의 눈빛에 사랑스러움이 듬뿍 묻어났다. 그는 오른손으로 아이의 머리를 쓸어내리며 천천히 입을 열었다.

"오늘은 소은이 생일이잖아. 저녁에 할머니, 할아버지랑"

단발머리가 잘 어울리는 그의 아내가 뒤이어 방에 들어왔다. 그의 아내는 베이지색 트렌치코트를 벗어 옷걸이에 걸며 말했다.

"오랜만에 푹 잤어? 어머님, 아버님 벌써 부산에서 출발하셨대. 얼른 간단히 점심 먹자."

그때 휴대폰이 울렸다. 발신자는 어김없이 원장님. 무언가 반갑지 않은 지시가 있을 것 같아 그는 휴대폰을 들고 잠시 머뭇거렸다. 아내와 아이를 한 번씩 바라보고는 전화를 받았다.

"김 선생, 잘 쉬고 있나? 부탁 하나만 할게."

"무슨 일이십니까?"

"내가 글쎄 깜빡하고 오늘 예약을 다 받아버렸지 뭐야. 저기 다름이 아니고, 오늘 내가 지혜 학교에 학부모 특강 가서 수업하기로 했거든. 거기 좀 대신 가줬으면 하는데."

"네?"

"미안하네. 근데 김 선생도 병원 사정 알잖아. 지혜 담임 선생님이 전화 와서 이게 1년에 한 번 있는 학교행사인데 펑크 나면 곤란하다고, 지혜 입장도 어떻겠나?"

"원장님, 제가 오늘 가족 행사가 있어서요."

"김 선생이니까 내가 부탁하는 거야. 한 시간도 아니고

45분, 45분만 어떻게 해줘. 수의사 하는 일, 수의사 되는 방법 이런 얘기하면 될 거야. 지혜도 자네가 가면 좋아할 거고. 3시까지 새운여중 2학년 4반. 부탁 좀 할게. 미안해."

"원장님 저 오늘 어려운데요."

"김 선생, 한 시간만, 정말 미안하네. 한 번만 부탁해. 지금 예약 밀려서 전화 끊을게."

"아니, 원장님!"

공주 인형을 손에 든 아이는 눈이 휘둥그레져서 그의 얼굴만 바라보았고, 그의 아내 역시 어이없다는 표정으로 입을 벌리고 있었다. 그는 휴대폰 화면의 시계를 다시 보았다. 3시라면 2시간도 채 남지 않았다. 아내가 그의 어깨를 가볍게 툭툭 치며 말했다.

"오빠 일단 밥 먹자. 그런데 정말 가야만 하는 상황이야?"

그의 아내는 팥밥과 미역국을 들고 와 식탁 위에 놓았다. 그는 김이 모락모락 나는 미역국에 팥밥을 푹 떠서 말며 대답했다.

"지혜 학교라니 안 갈 수도 없고, 어휴, 얼른 갔다 올게."

영지는 같은 교무실 선생님들이 앉은 테이블로 가서 앉으며 말했다.

"맛있게 드세요."

쇠고기 미역국에 검은콩밥, 불고기와 김치, 콩튀김이 가득 담긴 식판을 내려다보니 생일상 생각이 났다. 영지는 김이 모락모락 나는 미역국에 검은콩밥을 푹 떠서 말며 질문했다.

"오늘 무슨 날인가요?"

"생일상 같죠? 오늘 생일인 아이는 좋겠어."

학년부장님이 구불구불한 머리칼을 넘기며 대답했다. 과학을 가르치는 그녀는 언제나 웨이브가 심한 머리를 양옆으로 길게 늘어뜨리고 있었다. 아무도 유명한 과학자 '보일'을 실제로 본 적은 없지만 모두는 왠지 그녀가 보일과 닮았다고 생각했다. 그래서 아이들 사이에서의 별명도 몇 년째 '보일'이었다.

영지는 미역국 위에 김치를 올리며 웃는 얼굴로 말했다.

"그런데 영양사님 오늘 이 검은콩밥에서 살짝 놓치신 것 같네요. 흰쌀밥이면 더 그럴듯했을 텐데."

"영지 샘, 서울에서도 생일날 흰쌀밥 먹었어요?"

영지 옆에 앉아있던 4반 담임선생님이 동그란 눈으로 영지를 바라보며 질문했다. 지금까지 살아오면서 일주일 이상 대전을 벗어난 적이 없다고 하는 그녀는 늘 침착하고 온화해서 주위 사람들마저 편하게 해주는 수학 선생님이다.

"네, 대전에서도 그러셨어요?"

"응, 나도 어릴 때부터 생일에는 쭉 흰쌀밥 먹었어요. 그래서 우리 애들 생일에도 흰쌀밥 하는데, 사실 흰쌀밥이 제일 간단하잖아요. 요즘 건강 때문에 이것저것 넣고 잡곡밥도 많이 먹는데 가끔씩 흰쌀밥이 생각날 때가 있어요. 잘 지으면 밥만 먹어도 맛있어요."

그때 보일 선생님이 두 사람을 바라보며 이야기했다.

"나는 부산 출신이잖아요. 우리는 생일에 팥밥을 먹어요."

영지는 정확히 기억나지는 않았지만 생일에 팥밥을 먹는다는 말을 언젠가 누군가에게서 들어본 것 같다는 생각이 들었다.

"어, 저 그 얘기 들어봤어요. 팥이 액운을 없앤다는 그런 의미가 있다고."

"영지 샘 잘 아네요. 그런데 나도 대전으로 시집오면서부터 우리 애들은 그냥 생일에 흰쌀밥 먹어요."

영지는 숟가락으로 콩튀김을 뜨면서 질문했다.

"이 반찬, 충청도 지역에서만 먹는다는 거 아세요?"

"콩튀김이 다른 지역에는 없어요?"

수학 선생님은 영지의 말에 놀라며 젓가락으로 콩튀김을 하나 집었다. 보일 선생님도 아는 말이라는 듯 영지의 말에 동의했다.

"맞아요. 나도 부산에서 자랄 땐 못 봤던 반찬이에요. 신기하죠? 우리나라가 그리 큰 것도 아닌데."

수학 선생님이 영지에게 물었다.

"3반은 학부모님 누구 오세요?"

"은진이 아버지요. 군인이에요. 4반은요?"

"지혜 아버지께서 오신대요. 수의사예요."

"아, 지혜 아버지가 수의사예요? 그래서 지혜가 동물을 좋아하나 봐요."

영지의 말에 수학 선생님은 걱정스러운 표정으로 말을 이어갔다.

"네. 지혜도 빨리 철들어야 할 텐데, 오늘 아버지 오시면 상담도 좀 해야 될 것 같아요."

"요즘 지혜 때문에 많이 힘드시죠? 그래도 지혜, 국어시간에 보면 글도 잘 쓰고 생각이 참 많더라고요."

보일 선생님이 잔반을 정리하며 말했다.

"오늘 선생님들, 6교시 끝나고 교실 정리 좀 부탁해요. 아무튼 오늘 학부모님들 상처받지 않고 가셨으면 좋겠네요."

학부모 특강이 있는 날이라 오늘은 선생님들 모두 평소보다 단정한 차림새였다. 아주 가끔씩 정장 차림을 하고 교실에 들어갈 때마다 학부모의 힘이 대단하다는 둥, 오늘 중요한 일이 있냐는 둥 하는 아이들의 관심이 부담스럽고 싫어서 영지는 오늘도 최대한 신경 쓰지 않은 척, 그러면서도 단정하게 검정색 슬랙스에 흰 블라우스를 입고 남색 트렌치코트를 걸쳤다. 급식실에서 나온 영지는 하루가 다르게 공기가 차가워진다고 느끼며 겉옷의 단추를 하나씩 잠갔다.

6교시 수업만 하면 이번 주도 마무리된다는 생각에 그 어느 때보다 시작종이 경쾌하게 들렸다. 이번 단원에 나오는 소설은 황순원의 '물 한 모금'. 지난 시간에는 4명씩 머리를 맞대고 모둠활동지를 완성했고 이번 시간에는 작성한 내용을 같이 확인할 것이다. 늦가을 저녁 추적추적 내리는 비를 초가집 빈칸에서 피하는 사람들에게 험상궂게 생긴 집주인이 건네준 따뜻한 물 한 모금. 배경 묘사가 두드러지는 이 소설을 읽을 때마다 영지는 실제로 늦가을 저녁에 비를 맞는 것처럼 춥고 서글퍼졌다. 이런 상황에서 누군가 따뜻한 차를 한 잔 준다면 정말 고마울 것 같다며 작가의 의도를 마음으로 이해했다. 부디 학생들도 느껴주기를 바라며.

영지는 매일 잡담할 내용까지 메모했지만 상황에 따라 전혀 생각하지 못했던 내용을 학생들과 나누기도 했다. 교직 생활에 조금씩 익숙해지면서야 비로소 학생들과 생각을 공유하는 일의 즐거움을 깨닫게 되었다. 교탁 앞에 선 영지가 큰 소리로 말했다.

"자, 다음 3번. 우리 사회에서 이 소설의 물 한 모금과 같은 것에는 무엇이 있을까? 여러분들이 지난 시간에 모둠별

로 작성한 내용을 확인해볼게요. 이 문제는 3조부터 발표해
보자."

앞에 앉아있던 학생이 자리에서 일어났다. 네모난 뿔테안
경을 왼손으로 슬쩍 올리고 목소리를 가다듬더니 발표하기
시작했다.

"우리 사회에서 여기 나오는 물 한 모금과 비슷한 것은 아
주 많습니다. 우리가 여름방학에 모으는 빵 저금통, 크리스
마스 즈음에 대전 역에 가면 볼 수 있는 자선냄비, 또 텔레비
전 보면 후원해달라고 많이 나오잖아요. 또 뭐가 있을까요?
저희 모둠에서 정리한 내용은 이 정도입니다."

발표가 끝나니 아이들 모두 박수를 쳤다. 영지는 흐뭇한
미소를 지으며 학생의 대답에 보충했다.

"잘했어요. 또 그런 것도 있어요. 얼마 전 주말에 서울 영
등포 역 화장실에 갔더니 화장실 칸 안에 '여성 노숙자를 위
해 생리대를 기부해 주세요.'라고 쓰여 있고 생리대를 넣을
수 있는 서랍 같은 게 설치되어 있더라고. 그래서 마침 가방
에 있던 생리대를 두 개 꺼내 거기에 넣고 나왔는데 좋은 일
한 것 같아서 마음이 뿌듯해지더라. 노숙자들은 생리대를

사서 쓸 만한 형편이 안 되니까. 그 정도 기부하는 건 어떻게 보면 별것도 아닌데 누군가에게 도움이 됐다고 생각하면 내가 더 기분이 좋아지는 것 같아."

이런저런 상식이 많아 평소에도 발표를 잘하는 2조의 한 학생이 손을 들고 이야기하기 시작했다.

"텔레비전에서 봤는데 서울에서는 노숙자들이 잡지를 팔기도 한대요. 저도 서울에 가면 그 잡지를 사보고 싶어요."

직접 누군가를 돕는 활동을 한 것도 아닌데 그것에 대해 이야기하는 것만으로도 교실 안의 온도가 올라가 따뜻해지는 느낌이었다. 그때 창가 맨 뒷자리에서 조용히 얘기를 듣던 학생이 손을 번쩍 들었다.

"샘, 근데 질문 있어요."

지혜였다. 지혜는 2학년이 되고부터 모든 일에 그래야만 하는 이유를 찾기 시작하면서 많은 선생님들과 부딪히고 있었다. 지혜 입장에서는 자신의 생각을 이야기하고 질문한다는 것이 사춘기답게 강하게 전달되다보니 어른들 입장에서는 무례하게 느껴질 때가 많았다.

"노숙자를 왜 도와줘야 돼요? 일하고 돈을 벌 수 있는데도 노숙자 생활을 하고 있는 사람들도 많대요. 그런가 하면 나이도 많고 몸도 아픈데 열심히 일하는 사람이 얼마나 많아요?"

교실은 찬물을 끼얹은 것처럼 조용해졌고 모든 아이들은 뒤를 돌아 지혜를 바라보았다. 영지는 잠자코 고개를 끄덕이며 지혜의 질문을 끝까지 들었다. 영지는 지혜의 이런 질문들이 좋아서 오히려 4반 수업이 기다려졌다. 영지는 아이들의 반응을 전반적으로 훑어보더니 천천히 입을 열었다.

"지혜 질문이 참 좋다. 실제로 노숙자를 그런 관점에서 바라보는 사람들도 많아. 그 어떤 관점만이 꼭 정답이라고 할 수 없을지도 몰라. 그런데 너네도 이제 거의 15년을 살았으니까 이런 생각해본 사람이 있지 않아? 인생이 우리의 의지나 노력과 관계없이 흘러가기도 한다는 거. 쉽게 말하면 나는 진짜 열심히 살았는데 뜻하지 않게 힘들거나 어려운 상황에 처할 수도 있다는 거야. 그렇게 생각하면 노숙자라고 해서 무조건 손가락질할 수는 없지 않을까? 상황을 하나 가정해볼까? 만약 너희가 식당에서 밥을 먹고 있는데 노숙자가 그 식당에 오면 어떨 것 같아?"

반응이 빠른 아이들 몇 명이 고개를 가로저었다. 영지는 이 얘기를 언제 누구에게 들었는지 기억나지는 않았지만 말을 이어갔다.

"예전에 친구가 미국 여행을 가서 식당에서 밥을 먹고 있었대. 그냥 뭐 오믈렛도 팔고 파스타도 팔고 그런 평범한 식당이었나 봐. 그런데 그 식당에 노숙자가 한 명 들어왔대. 한눈에 보면 노숙자라고 알아볼 수 있는 경우가 많잖아. 그때 미국 사람들 반응은 어땠을까? 식당 주인은 어떻게 해야 할까?"

영지는 아이들의 얼굴을 훑어보며 차분하게 말했다.

"주인이 노숙자를 내보내려고 나가라고 했대. 주인은 그게 자기 역할이라고 생각한 것 같아. 그런데 그때 앉아있던 손님들이 거꾸로 주인을 나무라며 노숙자에게 들어오라고 했다는 거야. 친구도 영어를 백 프로 알아듣지는 못했는데 그때 미국인들이 한 말이 저 사람 인생에 무슨 일이 있었는지 어떻게 아냐고, 당신이 저 사람 인생을 얼마나 안다고 식당에도 못 들어오게 하냐고 그런 내용인 것 같았대. 노숙자한테 음식을 사먹으러 왔으면 당당하게 먹고 가라고 했나 봐."

아이들 몇 명이 박수를 쳤다. 앞에 앉은 한 학생은 멋있다며 혼잣말을 했다. 뒤에 앉은 지혜는 잠자코 영지의 이야기에 귀 기울이고 있을 뿐이었다. 시간을 확인한 영지는 수업을 얼른 마무리해야겠다고 생각했다.

"이렇게 얘기하다 보니 이 소설이 더 재미있어지는 것 같아. 다음 시간에는 좀 더 구체적으로 이 소설 속 인물들 한 명 한 명에 대해서 자세히 들여다보려고 해. 얘들아, 다음 시간에 학부모 특강인 거 알지? 주위에 쓰레기 줍고 교실 정리 좀 하자. 주번은 칠판 지우고."

영지는 급히 앞문을 열고 나왔다. 그때 복도에 말끔한 양복 차림의 남자가 조금은 경직된 채로 서 있었다. 남색 슈트에 밝은 하늘색 넥타이를 맨 그의 손에는 학교 앞 마트의 비닐봉투가 들려 있었다. 온갖 간식이 비닐봉투 속에서 알록달록 선명한 빛을 발하고 있었다. 영지와 눈이 마주친 그는 화들짝 놀란 기색이 역력했다. 영지는 웃는 얼굴로 먼저 인사를 건넸다.

"일찍 오셨네요. 아직 시간이 남아서요. 잠깐 교무실 가셔서 담임선생님 뵙고 쉬시다가 나오시면 될 것 같아요."

학부모를 대하며 애써 더 친절하게 말하는 영지를 바라보는 그의 눈빛에 놀람과 긴장기가 가득했다. 겨우 열린 입에서 나오는 그의 목소리가 미세하게 떨렸다.

"가, 감사합니다."

학부모를 볼 때마다 영지는 생명의 신비라든가 유전자의 위대함을 더욱 강하게 깨닫고는 했다. 누구 엄마, 아빠라고 이야기하지 않아도 딱 보면 알 수 있는 경우가 많았다. 어쩌면 그렇게 닮을 수가 있는지, 더 이야기할 게 뭐가 있을까. 그냥 유전자가 위대하다고 밖에는. 그런데 영지는 지혜가 아버지와 안 닮은 것 같다고 생각했다. 중학생 학부모라고 하기에는 조금 젊어보이시는데, 하긴 아주 젊을 때 지혜를 낳으셨을 수도 있고, 지혜가 엄마를 닮았을 수도 있고, 영지의 머릿속에 많은 생각들이 의미 없이 지나갔다.

"은진이 아버지가 역시 군인 포스가 있으신가 봐요. 애들이 긴장해서 조용히 잘 들었대요."

"올해 학부모 특강은 괜찮았네요. 우리 반은 간식을 많이 먹어서 좋았다던데."

"아, 저 아까 지혜 아버지 봤어요. 되게 젊으시던데요?"

"그게 영지 샘, 지혜 아버지도 너무하신 게, 오늘 오신 분은 지혜 아버지가 아니고 같이 일하는 의사 선생님이시래요. 오늘 비번인데 어쩔 수 없이 오셨다고."

"어머, 너무하신 거 아니에요?"

"지혜랑 평소에 친하시대요. 갑작스러우셨을 텐데 현실적으로 잘 말씀해주신 것 같더라고요. 젊으셔서 애들하고도 잘 통하고."

"이번 주도 잘 끝났네요. 행사도 잘 끝났고."

나이가 들면 많은 것들이 변할 거라고 생각했다. 실제로 많은 것들이 변했지만 여전히 변하지 않는 것들도 있었다. 영지는 여느 때처럼 운동화를 갈아 신고 휴대폰에 하얀색 이어폰을 연결했다. 얼마 전에 본 '초속 5센티미터'의 후유증에서 아직 벗어나지 못하고 있는 영지는 재생 목록을 초속 5센티미터 ost로 가득 채웠다. 어제 저녁에는 남편과 이 음악들을 함께 들으며 영상에서처럼 기차가 지나가는 벚꽃

길을 걷는 느낌이 들어 마음이 설렌다고 말하던 영지였다. 영지는 영상 속 주인공처럼 딱히 그리워하고 있는 사람도, 한 맺힌 첫사랑도 없지만 이런 내용을 접할 때마다 가슴이 그저 먹먹했다. 그런데 아뿔싸, 배터리가 얼마 남지 않았다. 영지는 아쉬운 마음에 혀를 틱 차더니 이어폰을 다시 분리해 가방에 넣고 학교 건물을 나섰다.

늦은 오후가 되니 바람이 더 차게 느껴졌다. 111년 만의 더위라고 했던가, 40도가 넘는 날씨에 짜증만 앞서던 여름이 언제였나 싶었다. 트렌치코트의 단추를 다시 하나씩 잠그면서 교문을 나서는데 진회색 세단이 앞에 보였다. 습관적으로 양쪽 가방끈을 고치며 길을 걸어갈 때였다. 세단의 운전석 문이 열리면서 말끔한 양복 차림의 남자가 차에서 내렸다. 영지는 그를 의식하지 않고 찬바람에 걸음을 재촉했다. 차에서 내린 남자가 뒤에서 영지를 큰 소리로 불렀다.

"저기, 이영지 선생님!"

영지가 뒤를 돌아봤다. 남자는 한 손에 스타벅스 테이크아웃 잔을 들고 영지 쪽으로 다가왔다. 영지 앞에서 멈춘 그는 영지를 바라보며 웃는 얼굴로 다시 물었다.

"이영지 선생님 맞죠?"

어리둥절한 영지는 그와 자신이 무슨 관계가 있는지 열심히 머리를 굴려봤다. 그는 미소를 지었다.

"로테님, 샤를로테님!"

얼마 만에 들어보는 이름인지 영지는 어리둥절할 뿐이었다. 그럼에도 '이영지'가 아니라 그저 '샤를로테'로, '로테님'이라고만 불리며 살고 싶었던 때가 있었음이 분명히 기억났다. 얼어붙은 듯 서 있는 영지 앞으로 한 발 더 가까이 다가온 그는 아직 온기가 느껴지는 커피를 건넸다.

"로테님, 저 레오예요. 아직도 아메리카노 좋아해요?"

영지는 이렇게 정신이 없는 와중에도 아메리카노가 참 따뜻하다는 생각을 했다. 그러다가 이내 정신을 차리고 '레오'를 떠올렸다. 마음속으로 수도 없이 불렀던 이름이었다. 기억 속에 얼마나 많이 나타났던 레오였는지, 얼마나 간절하게 만나고 싶었던 레오였는지, 차마 만날 수가 없었던 레오였는지. 영지의 두 눈을 바라보며 마음이 한결 편해진 듯 그가 활짝 웃었다.

"이영지 선생님, 저 김주원이에요."

영지는 그의 얼굴을 바라보며 천천히 입을 열었다.

"레오님?"

그는 한 손은 허리춤에 대고 한 손은 살짝 주먹을 쥐어 입을 가리더니 다시 웃으며 말했다.

"로테님 어떻게 여기서 만나네요?"

영지는 동그랗게 커진 눈으로 그의 얼굴을 뚫어지듯 바라봤다. 그가 이어서 말했다.

"우리 아까도 봤죠?"

영지는 한 손에 커피를 든 채 아무 말도 하지 못했다.

"오늘 저, 빨리 가봐야 하는데, 지금 아니면 로테님 평생 못 볼 것 같아서 잠깐 기다렸어요. 예전에 이거 사주기로 약속했던 거 기억나서 얼른 사왔어요. 아직 좋아해요?"

불편한 감정은 하나도 남지 않았다는 듯이 편하게 웃는 그의 표정에 영지의 얼굴에도 점차 웃음이 피어났다. 영지는 겨우 입을 열어 대답했다.

"아직 좋아해요. 아, 이거요. 고마워요. 레오님."

그가 헛기침을 한 번 하더니 다시 말했다.

"그러니까 우리 서울에서도 못 보고 부산에서도 못 만났는데 둘 다 연고도 없는 대전에 살고 있었던 거네요?"

영지도 한결 편해진 얼굴로 고개를 끄덕였다. 정말 신기한 일이었다.

"와 진짜 신기하다. 우리 한 10년 만이죠?"

"레오님, 그때 정말 미안했어요."

레오님을 좋아하고 그리워하던 감정의 뒤에는 미안함만 남아있었다. 그런데 너무 미안해서, 차마 미안하다고 전할 수도 없었다. 영지는 많은 시간이 지난 지금에서야 처음으로 미안함을 전했다. 그가 오른손을 영지 쪽으로 흔들어 보이며 대답했다. 그 언젠가 모니터 속에서 봤던 그 손이었다. 지금도 알아볼 수 있었다.

"아니에요. 그런 거 아니고. 이렇게 말하면 어떻게 들릴지 모르겠는데 저 아직도 대학 시절을 생각하면 로테님 떠오르거든요. 그런데 우리 한 번도 만난 적이 없어서 로테님이랑 대화 나눈 게 꿈 같기도 하고 그랬어요. 저 사실 아까 복도에서 로테님 수업하는 거 듣고 제가 했던 얘기 같아서 놀랐는데, 그 교실에서 나오는 사람이 모니터로 많이 봤던 얼굴이랑 똑같아서 또 놀라고. 하하."

영지는 레오가 앞에서 이렇게 웃고 있다는 사실이 믿기지 않았다. 샤를로테가 그렇게나 궁금해하던 레오님이 이렇게 생긴 사람이었구나, 레오님의 키가 이 정도였구나, 이렇게 환한 미소를 가진 사람이었구나, 수없이 많은 생각을 하며 잠자코 그의 이야기를 들었다.

"아까 로테님 보고, 이거 손에 들고 오면서 이제는 그 기억이, 그 시절 제 일과가, 꿈이었는지 현실이었는지 마침표를 찍을 수 있지 않을까 생각했어요. 진짜 신기하네요? 정말 꿈에도 생각 못 했어요. 그런데 꼭 한 번은 보고 싶었어요."

그의 말을 듣고 영지도 살짝 미소를 지으며 대답했다.

"고마워요."

"그리고 늦었지만 축하해요. 걱정 많이 했었잖아요. 힘든 시험 통과해서 로테님 선생님 됐네요."

"고마워요. 레오님도 잘 지내고 있는 것 같아요."

"네, 우리 둘 다 잘 지내고 있는 것 같아 다행이에요. 로테님 미안한데 우리 딸 너무 많이 기다리고 있어서 저 얼른 가봐야 할 것 같아요. 아, 우리 딸이 지혜는 아니에요. 하하."

영지도 활짝 웃는 얼굴로 그의 모습을 두 눈에 담으며 대답했다.

"네, 아까 얘기 들었어요."

"저 곧 다시 부산으로 가요. 앞으로 마주칠 수 있을지 모르겠는데, 혹시 모르니까, 우연히 우리 또 만나면 다시 반갑게 인사해요. 잘 지내요."

망설임 없이 오른손을 내미는 그의 행동에 영지도 아메리카노를 왼손으로 옮기고 그의 오른손을 잡았다. 영지의 손을 잡은 그가 장난스럽게 세 번 정도 손을 흔들며 말했다.

"정말 반가웠어요. 저 이제 가볼게요."

싱긋 웃으며 손을 놓은 그는 그 손을 영지를 향해 흔들었다. 영지는 간단히 고개를 숙여 인사했다. 다시 고개를 들어 앞을 바라봤을 때 그는 이미 운전석에 올라 보이지 않았다. 떠나가는 세단의 뒷모습을 잠자코 바라보던 영지는 오른손에 남아있는 그의 온기가 아메리카노에서 느껴지는 것처럼 따뜻하다고 생각했다.

영지는 얼마 전에 인터넷에서 본 카페에 가기 위해 버스
를 탔다. 주택가에 자그마하게 위치하고 있는 이 카페는 배
경이 많이 나오지 않게 사진을 찍으면 일본 여행을 온 것 같
은 환상을 불러일으킨다고 했다. 버스 차창 밖으로 노란색,
붉은 색의 나무들이 거리를 예쁘게 물들이고 있었다.

오전에 서둘러 나온 덕분에 카페에는 아직 손님이 하나도
없었다. 영지는 항상 그랬던 것처럼 구석 자리에 있는 넓은
테이블을 찾아 가방을 내려놓고 소설 책 한 권, 노트 한 권,
필통을 꺼냈다. 그리고 카페 구석구석을 사진 찍어 남편에
게 전송했다. 혼자 보내는 시간이 좋다고는 했지만 늘 공유
하고 싶었다. 좋은 시간 보내라는 남편의 대답이 그녀의 마
음을 따뜻하게 했다. 그러는 사이에 주문한 메뉴가 나왔다.
나무 트레이에 우유병이 따로 나온 큐브라테와 알록달록한
토마토 키시는 보는 것만으로도 이미 맛있었다.

책을 펼쳤지만 영지의 시선은 같은 부분에서 나아가지 않
았다. 어제 일에 대해서 조금 더 생각해보고 싶었다. 레오님

을 만났다. 레오님을 만났다? 어제 교문 앞에서 있었던 일이 꿈같이 느껴졌다. 대학 시절 모니터 앞에서 한없이 설레하던 자신의 모습이 떠올랐다. '이영지'라는 이름을 처음으로 긍정적으로 생각하게 해주었던 사람, 충동적으로 부산 여행을 떠나게 만들었던 사람, 수없이 많은 텔레파시를 보내게 했던 사람, 실제로 만난 적도 없었고 얼굴도 알지 못했지만 당시 영지에게 레오라는 존재는 무엇보다 거대했다. 그랬던 레오님을 어떻게 잃어버렸는지 생각하며 그때처럼 두 손을 펴서 바라봤다. 얼굴이 빨개지면서 눈물이 나올 것 같았다. 오랫동안 떠올리지 않고 있었지만 완전히 잊은 것은 아니었다. 사실은 모든 게 그렇지 않을까. 삼십 년 넘게 살아오면서 지나쳐간 모든 것들이 알게 모르게 일부가 되어 내 안에 녹아 있음을, 흰 우유에 커피 얼음이 서서히 소리 없이 녹아 스며드는 모습을 보며 깨달았다.

문득 이렇게 아무것도 하지 않고 멍하니 생각하는 시간이 참 오랜만인 것 같다는 생각이 들었다. 글을 쓰고 싶어서 가방에 항상 노트를 가지고 다녔지만 언제부터인지 글이 써지지가 않았다. 지금의 생활에서는 예전처럼 많이 걱정하고 있는 것도, 고민하고 있는 것도 없었다. 나를 들여다보고 생각하며 누군가를 보고 불안할 정도로 가슴이 뛰던 일은 이제 그저 과거의 추억이었다. 청춘이 지나가버렸다는 의미인 걸까. 그렇게 생각하고 싶지는 않은데, 이렇게 한 번 지나가면 이 시간도 다시는 돌아오지 않을 텐데, 나이 먹고 변해간다는 건 그저 남의 이야기인 것만 같았는데, 영지는 순식간에 지나가버린 십 년이라는 세월이 아득하게만 느껴져 조그맣게 한숨을 내쉬었다. 예전처럼 많이 생각하고 고민하지 않아도, 그때만큼 가슴이 두근거리지 않아도, 오늘도 삶은 흘러가고 있었다.

영지는 고개를 들어 파란 하늘을 보면서 양팔을 옆으로 쫙 벌리더니 말했다.

"날씨 좋다."

남편은 환한 미소를 지으며 영지를 바라봤다. 영지는 자신을 둘러싼 이런 가을 풍경을 마치 태어나서 처음 보는 것 같다고 느꼈다. 스스로 기억력이 좋다고 생각하면서도 매년 이렇게 느끼는 자신의 모습이 신기했다. 오늘의 공기는 찬

바람 속에 따뜻한 가을 햇살이 들어있는 것 같다고, 이런 조합이 스스로를 행복하게 한다고 생각하며 오른손을 잡고 있는 남편에게 물었다.

"자기도 지금의 자기랑 이전의 자기가 다른 사람인 것 같다는 생각을 해본 적이 있어요?"

그는 대답을 생각하며 엷은 미소를 띠고 영지의 두 눈을 바라봤다.

"저는 이전의 저랑 지금의 제가 다른 사람인 것 같다는 생각이 들었었어요. 그럴 때면 이전의 제가 없어진 것 같아 슬퍼지더라고요. 제 인생의 그래프가 연속적인 게 아니라 뚝뚝 끊어지는 비연속 그래프처럼 나아가는 느낌이 들어서요."

그는 묵묵히 영지의 이야기를 들으며 보폭을 맞춰 발을 내디뎠다.

"그런데 조금 더 곰곰이 생각해보니까 아니었어요. 더 많이 생각해보니까 알겠더라고요. 많은 시간이 지났어도 여전히 제가 하루하루 그 이전의 그래프에 연속되는 그래프를 그리고 있다는 걸요."

"멋있는 생각을 했네요?"

영지의 오른손에 느껴지는 그의 온기는 오늘도 어김없이 따뜻했다. 그 온기를 더 느끼고 싶어서, 이 가을을 더 아름답게 기억하고 싶어서 그녀는 그의 손을 더 꼭 잡았다. 두 사람을 비추는 가을 햇살이 유난히도 눈부신 날이다.